鹿隐之野

押沙龙 著

北方联合出版传媒(集团)股份有限公司
万卷出版有限责任公司

果麦文化 出品

目 录

天人的礼物

一

自打第一眼看见这孩子，我就讨厌他。他的脸黑黑的，长长的，嘴巴却很宽。两道眉毛向上斜挑着，细细的眼睛里透出狼一般的眼神，尖尖的，绕着你转圈，给人贪馋的感觉。也许是心理作用吧，被他看久了，身上甚至会觉得微微刺痒。

我本不该到这里来。对我来说，进村寨总是有点危险。可我太累了，外面又下着大雨，在树林里待一宿可能会冻出大毛病来的。毕竟上了岁数，身子骨经不起折腾。这是附近最大的一个村寨，住着几百户人家。按照野蛮人的标准，这几乎算得上一座都市了。我一走进寨子，就被领到头人家里。他倒是很客气，说接待漫游者是自己的本分，但是他脸上还是闪过一丝警惕。这也难怪，在这么原始的时代，陌生人总是显得可疑。好在我对此早已习惯，用一套说辞搪塞过去了。

头人的妻子是老实人，说起话来一惊一乍的，相当热情，就是嘴有点碎。他们有两个儿子。小儿子没问题，容貌漂亮，身手敏捷，性格看着也很开朗。

就是大儿子不对头。

他眯缝着眼睛，鬼鬼祟祟打量我。我有意把眼神错开，不和他对视。可是我走到哪儿，他就跟到哪儿，时不时还伸手摸摸我的衣服。我花了很大力气才压住冲动，没把他一脚踢飞。

我假模假式地拍了拍他脑袋："这孩子真活泼。"

他抬起头来，咧着嘴冲我一乐。

我硬挤出一丝笑容，假装这不是个阴刁刁的狗崽子，而是个可爱的小朋友：“孩子，你有话想对叔叔说？”

“嗯。”他点了点头，居然显得有点羞涩。

我只好蹲下身子，凑近他问：“那你告诉叔叔，想说什么呀？”

他说：“我想日你妈。”

脚趾一阵抽搐，真想一脚踢死他。

我轻轻揉了揉他的头发，笑着说：“顽皮！”

主人拿出一把干枯的蓍草，点着了。他举着这团火在我身子前后晃了几下，嘴里念念有词，想要吓走我身上可能带着的邪灵。这帮野蛮人就信这一套。在他们眼里，精灵简直无处不在。它们有好的，有坏的，但不管好坏，都拥有魔力。要是架子上的奶被猫偷喝了，他们就会说，灶灵收走了这罐奶。要是羊羔下得很顺利，他们就说这是牂灵保佑。要是哪个姑娘莫名其妙怀孕了，他们也会说，这肯定是夜灵做的好事。其实这根本不需要什么夜灵，一个能翻墙的小伙子就足够了。

小小的袚除仪式结束后，主人安排我住在棚屋里。头人当然比普通村民要富裕，房屋也更宽敞，但差别并不大。棚屋里依旧是泥土地，只不过在睡觉的地方架了一层木板，用来隔绝潮气。房屋角落里摆着小小的陶土人偶，赤红色，造型稚拙，高举双手，似乎是在舞蹈。猜想起来，多半是主人供奉的家宅精灵。

我躺在稻草上，听着外面哗哗的雨声，鼻子里有股浓烈的气息，像是青草和牛粪混在一起的味道。我想了一阵心事，就迷迷糊糊睡着了。

不知过了多久，我忽然惊醒。周围还是那种青草的潮湿气味，但是有了一种奇怪的感觉，好像屋子里多了什么东西。在这方面，我的直觉一直很好。我睁开眼睛，四下仔细打量，发现角落有团模糊的黑影。

我爬起来，摸索着找到一团干草，掏出燧石敲打起来。火星落在干草上，发出一缕青烟。红红的火苗逐渐变大，就着亮光，我看到了那个讨厌的孩子。他正盘腿坐在地上，静静地瞅着我。

“你来这儿干什么？”

“没什么。”

“没什么？”

“就是看看。”

“看什么？”

一段长长的沉默。那个孩子忽然低声说：“你是天人。”

刹那间，脑海里像是有道霹雳闪过，打得我一阵阵发蒙。我几乎要扑过去掐住这孩子的脖颈，但是我很快清醒过来。他找我说这事儿，多半有自己的打算。

我稳住心神，尽量做出一副轻松的样子，问他：“你凭什么这样说？”

他指了指自己的脑门。

这小崽子真狡猾。我额头上确实有天人标志，从皮肤一直贯穿到颅骨深处。所有天人都有，这是没办法的事情，不过我已经处理过了，用麻黄配上药碱，反复漂洗，又留长了头发尽量盖住。这么多年下来，痕迹越来越淡，远远看去就是一团模糊的褐斑。可要是挨近了看，还是能看出来。回想起来，这个孩子引我蹲下，并不是真想日我妈，而是要仔细看看我的额头。

这孩子换了一种谄媚的口气：“我不跟大人说。”

“唔……”

“我不说，你得给我好处。”

果不其然，这个狗东西。“你要什么好处？玩具？贝壳？小弓箭？”

孩子扭捏着身子，不住朝四下张望。过了好一阵，他才压低声音说：“你帮我把弟弟弄死呗。”

我微微一惊，虽然知道这孩子坏，但还是没想到能坏得这么彻底。“为什么呢？”

“爹娘喜欢我弟，不喜欢我。”

这不是废话吗？什么样的父母会喜欢这种妖孽呢。我仔细打量这孩子，他身上有股杀气，而且不仅仅是杀气，还有更黑暗黏稠的东西，就像泥潭底部的浆汁。野蛮人有各种各样的毛病，却很少这么诡诈阴郁；他们更像熊和野猪，这个孩子却像一条蛇。我越看越觉得像。细细的脸，阔阔的嘴，尖尖的眼神，阴毒的调门。蛇不就是这个样子吗？

可我要的也许正是这样的人。

我琢磨了片刻，觉得他值得投资。我不怎么熟悉历史，不知道野蛮人的混沌溶剂里，需要滴进什么样的溶质，眼下也只能凭直觉行事了。再说，我也没有太多选择。

“长大以后，你想干什么？”

他挠了挠屁股，说：“嗯，当头人。”

“还有呢？”

“当酋长。”

回答得很好。我接着问他：“你为什么要当酋长？”

“想吃啥吃啥，想干啥干啥，谁不听话就弄死谁。”

现在的酋长可做不到这一点。不过事在人为，这孩子坏得让人满怀希望。

“你叫什么名字？”

“辛。”

我捡起一个树枝，在地上画了一个字符。“这就是你的名字。”

他皱着眉头，用小野蛮人的头脑思考了一会儿，说：“这是个画，不是名字。”

“这叫天人符。它代表某个声音，也代表某个意思。你把这个符号写下来，别人就能念出来。”

他盯着天人符看了又看，脸上露出敬畏的表情。

“符号是有力量的，想法也是有力量的。把想法和符号混在一起，编成故事，就更有力量了。有时候，它们比弓箭还管用。”我压下对他的厌恶，细声细语地说，“你想当酋长，就别忙着弄死你弟弟。他兴许还有用呢。你要学会利用别人，控制别人。”

他的眼睛闪着兴奋的光，看来是听进去了。

“怎么控制？”

“你养过狗吗？”

“嗯，算是养过吧。”

“跟那差不多，不过人比狗多少要麻烦一点儿。你要有耐心，有技巧。而且，你还要足够坏。”

他显出一点不自信的样子——可能他觉得自己是个挺不错的好人呢。

我鼓励他说：“我觉得你差不多够坏了。”其实我也没多大把握。这孩子确实坏，但这种坏能不能经受时间的考验呢？我也说不准。也许恶毒的火焰会渐渐黯淡，到头来他会变成一个普普通通的坏蛋。不过，我盯着他的眼睛看了又看，觉得还是有希望的。他眼里有种坚硬的东西，他自己多半都没意识到。

我掏出符片，用衣襟仔细擦了擦，放在手心里。

“摸摸看。”

那孩子有点畏怯。在野蛮人眼里，天人都是危险的，他们的东西也是危险的。实际上，天界的规矩很严，不许我们携带任何破坏古老禁忌的物品。就算允许携带的东西，也严禁乱用。今天我要做的事就不合规矩。如果放在以前，我绝对不敢，可现在谁还顾得上这些呢？

“没事，摸摸看。”

他犹犹豫豫地伸出手来，刚一碰到符片就缩了回去：“凉。”

我从腰里抽出石髓刀。“把手伸出来。”

“干吗？”

“血祭。不愿意就滚。”

这个孩子没说话，把手伸到我眼前。我用刀尖在他指肚上轻轻一挑。血涌了出来，滴滴答答落在符片上。肉眼难以辨别的细小血滴渗进符片，就像被猫舔舐了一般。符片看上去毫无变化，但我知道，它已经开始运作了。

“平时挂身上，睡觉的时候放脑袋边儿。千万别离远了，它很有用，到时候你就知道了。去吧。”

孩子站起身来，晃晃悠悠地往外走，看着就像喝醉了。快到门口的时候，他回头对我说：“再给我点别的东西呗。”

“没了。”

“好吧。”他咧嘴冲我一笑，“真小气，我日你妈。”说完他就一溜烟跑了。真是个小畜生。

第二天一大早，我就上路了。头人给我送行，礼节很周到，还准备了一些干粮让我带上。这让我多少有点愧疚，我给他们留了一个祸害，可是没办法，该做的事情总是要做的。

辛站在门口，举着那块符片，扬扬得意地向我炫耀。他弟弟站在旁边，仰着头看那块符片，一脸羡慕。

辛说：“想摸不？”

他弟弟说：“想。”

辛说：“想摸，就管我叫声爹。”

好吧，好吧，我暗自叹了口气，但愿他不要变成一个普通的无赖。

二

我确实是天人。

以前天界和人间是相通的。我们在大地上漫游，接受野蛮人的膜拜，想吃什么就直接拿，想和姑娘睡觉就直接去搂，一切都很简单。天界对我们有要求，不准我们干预野蛮人的生活，这是古老的禁忌。除此之外，我们几乎为所欲为。现在回想起来，那真是个黄金时代啊。

但是，黄金时代终于落幕了。天界发生了混乱，对我们的监控渐渐放松，最后干脆不闻不问。空中不断出现爆裂的红云，焰尘像流星雨一样划过天际。野蛮人也察觉到了变化。他们的胆子越来越大，最后干脆拆掉天梯，切断了天地之间的通道。

说到天梯，也许你会猜想是个长长的梯子，从天上一直垂下来。实际上不是这样。所谓天梯，无非就是石柱，有几十人那么高。柱子上刻着天人符，记录着古老的盟誓，只是这些野蛮人已经读不懂这些符号了。天梯只是标志，本身没有任何力量。竖着天梯的地方，就表示欢迎天人降临；没有天梯的地方，天人就决不会降落。这只是远古时代的约定，野蛮人随时可以拆掉天梯，可是他们不知道。而我们这些天人当然也不会去提醒他们。

联盟的酋长站在土丘上，手舞足蹈地动员那些蛮子：

“天人就该待在天上，不该再到我们这里来。他们吃我们的猪，喝我们的酒，和我们的女人睡觉，可对我们有什么好处呢？什么都没有。我们的神灵不在天上，在地上！山有山灵，河有河灵，火有火灵，鹿有鹿灵，这些才是我们的神灵。天人对我们有什么用？凡是天人走过的地方，就有灾难发生。他们是一群祸害！我们要拆掉天梯，一个都不留。这里不欢迎天人，他们要是敢来，见一个宰一个！”

野蛮人不太把酋长当回事，但是这次酋长的话他们却听进去了。结果十二个天梯全被推倒了。现在想起来，这些蛮子其实一直恨我们。他们冲我们傻乐，围着我们跳舞，我们就以为自己受欢迎，实际上他们恨透了我们，既恨又怕，巴不得天人全死光。

天界对此又是什么反应呢？什么反应也没有。拆掉天梯，无非表示野蛮人不欢迎天人。欢迎也好，不欢迎也好，他们根本不在乎。天界忙于宏伟的争斗，无暇顾及此事。至于我们这些滞留下界的天人，他们也任由我们自生自灭。反正在天界看来，我们不过是些罪犯或者异类。

野蛮人把这件事称为“绝地天通”。然后，他们就开始围捕天人，就像猎人打兔子一样。我们张皇失措，四处逃窜。我们往森林里跑，往芦苇丛里躲，往洞穴里藏，实在走投无路的时候，干脆就自杀了。我们自以为比野蛮人优越得多，可实际上呢？面对有组织的暴力，我们那点小智慧几乎毫无用处。

“绝地天通”之后不到一年，地上的天人至少就死了一半。后来我们就学乖了，知道如何躲藏，甚至学会了装成野蛮人，和他们混在一起。可就算这样，还是不断有人送命。我们有天人的标记，说话做事的方式又和他们太不一样，伪装起来很困难。说起来，我算是个幸运儿。我了解野蛮人，就像野蛮人了解他们的牲畜一样。

野蛮人的寿命很短，一代死去，一代又来。新生代的蛮子渐渐淡忘了“绝地天通”的事儿，任由天梯的废墟横倒在原野上，风吹雨淋，藤蔓滋生。但是他们没有忘记天人。只是在他们的传说中，天人变成了恶灵一样的东西，擅长魔法，嗜血成性，邪恶不堪。

实际上，我们差不多已经灭绝了。以前我偶尔还能碰到别的天人，可最近这些年，我一个都没遇到过。我相信他们都死光了。我可能是大地上最后一个天人，而我也渐渐衰老，最多再活个二三十年，不会再多了。

要想躲开死亡，只有一个办法，那就是找天界帮忙。天界有的是办法延续我的生命。可是怎么才能联系天界呢？我想来想去也只有一个办法，那就是重建天梯。我不知道天界发生了什么，可如果重新把天梯竖起来，我相信天界还是会遵守古老的盟约，恢复天地之间的通道。也许我还有机会重返天界，看到日帆、星粉、云翼之车，以及从虚无中创造出的殿宇……即便回不去，至少也能让他们帮我延续生命。而且天界到底发生了什么，我也希望能搞个明白。

我自己竖不起天梯，只能利用这些野蛮人。想要操控千万个人是困难的，可是通过一个人去操控他们就容易得多。辛也许就是我要找的那个人。成年人很难改变，孩子就容易得多。辛很恶毒，但他的恶毒没有定型，很可能白白消散掉。我给了他符片，就像在恶毒的溶液里投下一粒籽晶，让它凝固成我需要的样子。这有点冒险，但是我不能再等下去了。而且说到底，我还能损失什么呢？

希望虽有但非常稀薄，捕风般的虚幻。我自己也明白这一点。所以我只在开始的时候热心了一阵，后来忙着觅食和流亡，也就慢慢淡忘了。可是就在我逐渐遗忘之际，辛的消息却传进我的耳朵里。辛长大了，成了一个有头有脸的人物。我说过野蛮人的寿命都不长，他父亲去世了，辛接替父亲做了村寨的头人。

但是事情不止于此。辛的名声远远超出了他的村寨。我在乡村流浪时，不止一次听人提到过他。据说他做了一件怪异的事情。野蛮人都崇拜各种各样的精灵神鬼，辛却打出了天帝的旗帜。他声称在所有的精灵神鬼之上，还存在一个至高无上的天帝。这个说法很新鲜，对野蛮人既有吸引力，又让他们心怀疑虑。

只有我明白，辛是开窍了。

看来我得去见他了。我选择在一个温暖和煦的日子，紧了紧我的草鞋，背起小小的行囊，踏着葱绿的野草，朝着村寨的方向走去。周围是无尽的原野，暖风习习，鸟鸣啾啾，随处可见一丛丛的野杜鹃，而白云像羊群一样在天空徜徉。不远处有间小小的泥巴屋，一个野蛮人正坐在泥屋前，牲口似的张着嘴，傻傻地看我在他面前走过。一切都是那么荒蛮而安详。

当年天地分离之际，谁是对的，谁又是错的呢？我一边走，一边默默地思忖着。

辛还住在原来的地方，只是房屋变样了。以前它不过是个宽敞些的普通住宅，如今完全不同了。按照野蛮人的标准，屋子绝对称得上奢华。暗红色的大门旁，悬挂着两颗狼头，被鞣制得干干净净，就像迎宾的门童。庭院也拓展了，中间还用鹅卵石铺了一条宽阔的道路，通向厅堂。厅堂原本覆盖着苫草，现在变成了青陶瓦，地面则铺着白垩和灰泥，看上去亮晶晶的。厅堂很大，要靠几根涂着丹砂的木头柱子支撑。

几个精壮的小伙子散坐在柱旁，轻声细语地聊天，而辛坐在尽头的一个石凳上，手托着下巴，侧着脑袋打量我。

他虽然长大了，相貌的底子却没变。还是长长的脸，一张阔嘴，扬起的眉毛，尖利的眼神，看人的时候像蛇一样。辛装饰得很华贵，面颊上涂着油彩，腕上套着绿松石镯子，头顶束着蚌泡额箍，脖颈挂着一道骨链，骨链下端坠着符片。

我的符片。

他认出我了，眼睛里有道光轻轻一闪。“是你。”他咧嘴笑了起来。

“是我。好久不见了。”

辛朝那几个小伙子摆了摆手，他们站起身来，默默走了出去。看来这都是他的随从，而他父亲当头人的时候，是没有随从的。辛确实带来了改变。

屋子里只剩下我们两个。一开始，我们谁都没说话，只是彼此打量着。过了一会儿，辛打破了沉默。

“找我有事？”

我点了点头。

“我知道你迟早会来找我。只是没想到这么多年过去，你还是这副落水狗的样子。”

我哼了一声：“那个符片戴着怎么样？”

辛用手指敲了敲脑门，像是在回忆什么：“那符片确实很怪。晚上睡觉的时候，如果把它拿走，梦就是黑漆漆的一片。可一旦戴上它，就会出现很多奇怪的东西。我见过旗子、大斧、深坑、隧道、人头、城墙……还有数不清的天人符。还有宫殿，非常非常大的宫殿，里面摆着……”他停顿下来，努力寻找词汇去描述那个怪东西，“很大很大的容器，像是口锅，但不是陶做的，下面还有三只脚，看上去漂亮极了。我梦见的是你们天人的宫殿吗？”

“不是。”

“那是什么？”

“是你的未来。”

辛似乎被这话惊着了，他若有所思地看着我，眼神有点茫然。

我问他：“它说过什么吗？”

辛皱起了眉头，说：“我不确定。它好像会在梦里悄声说点什么，可到底说的是什么，我醒来以后都忘了。不过，我觉得我的很多念头，可能都跟它在梦里说的话有关。”

“包括天帝？”

“尤其是天帝。这个念头真是好极了。没有天帝，我就是个普通的头人，跟我爹没什么两样。他当了一辈子头人，像条狗一样忙来忙去，可又得到什么了？大家有事情就来找他，却没人怕他。可现在他们都怕我。”辛的眼里闪出兴奋的光，他忽然跳了起来，“走，我带你去看看天帝！”

村寨有一大块空地，供祭祀和聚会用。空地中心是个圆形土台，一人多高，直径有两三丈。土台上竖着一面高高的黑旗，正随风飘扬。我仰面看去，只见黑旗上画了一张血红的人脸。它没有表情，瞪着一双空洞洞的细长眼睛，既冷漠又狰狞。

“这就是天帝之旗。”辛的口气里带着几分得意。

我蹙着眉头打量了一会儿，说：“这是你在梦里见到的？”

“差不多。”他有点不解地看着我，“那东西是你给我的，怎么你倒不知道呢？”

“当年你的血滴到了上面。那东西用你的血滋生了你的梦，说到底那些梦是从你的血里长出来的，我又怎么会知道呢？”

辛思考了片刻，然后就把这个问题抛在了一边。辛就是那种人，只对切身利害感兴趣，除此之外的好奇心基本为零。辛仰面看着旗，说：“他们不害怕精灵，但害怕天帝，因为天帝是可怕的。他们害怕天帝，也就跟着害怕竖起天帝旗的人，而那个人就是我。但是，他们还是不够害怕。或者说，光是害怕还不够，怎样才能让他们死心塌地跟着我呢？你是天人，你知道该怎么做吗？”

我还没来得及回答他，就听到远处传来一阵喧闹。我转过身去，只见几十个年轻人正沿着一道土坡进入村口。这里地势比较高，我看得清清楚楚。他们大多穿着兽皮做的衣服，手拿着弓箭、长矛之类的武器。有的小伙子手里还提着野兔、雉鸡之类的猎物。他们高声说笑着一路走来，显得非常兴奋。在队伍中间是一头大象，身躯庞大，肩高至少有一丈半，超过绝大部分的野象。它瓦灰色的皮肤相当粗糙，但是两只长长的象牙却显得洁白细腻，在阳光下闪着亮光。大象漫不经心地迈步前行，时不时卷起鼻子来朝四下甩动，像是在驱赶蚊虫。

在象背上稳稳坐着一个青年，身材高挑，肌肉紧实，皮肤泛着古铜色的光泽。在他身后搭着一具较大的猎物，远远望去似乎是文豹，但我不能确定。这青年朝着辛挥了挥手，又撮起嘴唇发出一声啸叫，像是在致意。

辛冷冷地看着他，没做出任何回应。这支队伍并没有朝土丘这边走，而是拐了个弯，向着西边走过去了，后来我才知道，象舍就在那里。

“你还记得他吗？我的弟弟癸。”

听他这么说，我想起了当年那个漂亮敏捷的孩子，以及辛对我的请求。

“他是村里猎手的头领，经常带着那帮人去丛林里打猎。那头大象本来是头野象，也被他捉来驯服了。”辛忽然转向我，说，“小时候爹娘喜欢他，长大了，大家也都喜欢他。整个村寨里，他是最受欢迎的人。你觉得呢？”

“他看着确实讨人喜欢。”

辛点了点头，默默看着渐行渐远的队伍。

我说：“可那又有什么关系呢？喜欢没有力量，恐惧才有力量。如果让你选，你是愿意做被人喜欢的人呢，还是做被人害怕的人呢？”

辛咧开嘴笑了起来，露出蛇一般的表情：“当然是被人害怕的人。”

“是啊，聪明人都会这么选。”我停顿了片刻，忽然问道，“你为什么没弄死癸？”

辛做出吃惊的表情：“他是我亲弟弟呀！啊，我知道了，你还记得我的那些话。唉，小时候不懂事嘛。”

我一言不发，等着他说下去。

辛沉默了一会儿，脸色渐渐阴沉下来：“还没到时候。不过——”他转身看向我，“既然你来了，我觉得时候可能到了。你有什么要跟我说的？”

“有，不过我们换个地方说吧。”

我们一前一后，走向村寨后面的小山。山势蜿蜒，也没有什么道路，我们深一脚浅一脚地走在草丛里，费了不少力气才登到山顶。那里有几块凸起的石头，如同是巨人头上长出的赘瘤。站在石头上看，山脚下的村寨显得很小，一堆矮矮的房子，周围环绕着农田和丛林，看上去就像一个土黄色的泥碗，搁置在绿色的桌布上。环顾四周，还能眺望到两三个村寨，只是距离太远，辨认不出细节，只是模模糊糊一团黄褐色。越过这些村寨，就是辽阔的原野，一直延伸到了地平线。天色已近黄昏，夕阳的光芒从天而落，像金粉一样洒落在大地上，野草在黄金海里炽烈歌唱。

“当年，你对我说过，你要做酋长。”

“是的，我现在还是想做酋长。”

“不，你不仅能当酋长，还能当王。”

“王？”辛呢喃地重复着，这个陌生的神秘字眼让他一阵战栗，“什么是王？”

“酋长只是酋长，跟头人没什么区别。王却是人间的天帝。你一旦做了王，就不需要取悦任何人，所有人都要取悦你。你可以拥有一切，稻谷、牛羊、宝石、大象、女人。你梦里见到的宫殿、铜鼎、宝座，也都是你的。”我用手指着山脚下的原野，画了一个大圈，“这些村庄，这些田野，还有田野之外的村庄，村庄之外的田野，我们现在肉眼看不到的地方，辽阔无边的地方，都是你的。所有人都是兽，而你是龙。所有人都是鸟，而你是凤。他们都要跪拜你，听从你，你让他们做什么，他们就要做什么。你让他们修建城墙，他们就会给你修建城墙；你让他们给你竖起天梯，他们就会给你竖起天梯。你的每句话都会像沉甸甸的石头，你的每个念头都会像射出去的箭。你让谁死，谁就要死。酋长算什么呢？你会是大地的王。”

起风了，辛的长发在他脑后鼓荡飘扬，就像眼镜蛇两侧兜起的肉翼。红红的落日照在他的眼里，火一样地烧着。他狂热地看着我，被我描述的前景搅动得意乱神迷。

“你们天人的世界里有这样的王吗？”

“曾经有过，”我含糊地说，“所以我们才能登天。”

他的身体在轻微地颤抖，就像发烧了似的。“那么，我该怎么做？”

“人需要旗帜，需要鲜血，需要奇迹，需要能让他们为之而死的东西。他们尤其需要战争。你已经做得很好了，但是还缺少奇迹和战争。平时做不到的事情，有了战争就能做到。我知道，你们村寨之间经常打来打去，可那只是打架，不是战争。你知道打架和战争的区别吗？战争不是抢一口井，抢一块地，战争是灭绝，是征服，是至死方休的仇恨。记住，没有战争就没有王。”

辛俯身看着脚下的大地，沉默了片刻。然后，他开口说道：“姜寨。我应该攻打姜寨，我早就有这个打算。其实在你说这番话之前，符片也给过我类似的提示。可是村寨里很多人不赞成。尤其是我那个弟弟癸，他跟姜寨的猎手有交情。

这帮人喝点酒之后，倒是很乐意跟姜寨的人打上一架，但是并不想真的灭掉姜寨，他们也不敢。”他转回身看着我，眼睛里跳动着黑色的火焰，“你说得对，我需要你说的战争，而我弟弟也活得够长了。你说过，他兴许有用，现在就是拿他派用场的时候了。你是天人，能帮我这个忙吗？”

我想了想，说：“可以试试。”

“那么你为什么要帮我？”

“这是天人的礼物。”

“礼物，真是一个好听的字眼。”辛转过脸去，若有所思地说，“小时候癸过生日，我答应给他送礼物。他想要一条小狗，想得要命。于是我偷了一条奶狗，差不多两个月大吧。我把狗剥了皮，血淋淋地装在袋子里，当成礼物送给了他。接下来的好几个月，他都一直做噩梦。哼，礼物？我不信任礼物。我知道你厌恶我，从你的眼神里就能看出来。我说的对不对？”

我叹了口气，说：“是啊，你说的不错。”

“那你到底想要什么？”

“我想要天梯。你当了王以后，要帮我竖起天梯来。”

“什么是天梯？”

“连接天地之梯。有了天梯，我就能和天界取得联系。而你，也可以获得天界的力量。”事实上，最后这一点不大可能实现，但我也只能这么说，希望他能吞下这个诱饵。

他盯着我看了又看，似乎想要看穿我的心思。然后他微微一笑，露出白白的牙齿，说：“好吧，不管天梯到底是什么，它都是我要送给天人的礼物。”

三

正午的太阳高悬在天顶，把大地晒得白花花一片，望过去眼睛都发疼。天气也变热了，只要在阳光下稍微站一会儿，额头就会渗出汗来。村寨中心的空地上挤满人，弥漫着浓重的汗臭味。土丘下堆着三只被宰杀的羊，还有几只野兔，一头猪。它们的血混在一起，顺着泥土地流进凹坑，汇成一片小小的血泊。血腥味和汗臭味混在一起，把周围的空气都熏得厚腻黏滞。

天帝旗被高高地竖在土丘上。风轻轻吹拂旗面，天帝那张通红的脸孔时隐时现。旗子前面摆放了一个很大的火盆，里面的火焰熊熊燃烧，不时迸出火星来。辛站在火盆旁，身穿一袭白袍，从头至脚罩住了全身。他的脸上涂抹了浓重的油彩，头上戴着羽毛冠，看上去就像一个真正的巫师。

“我是你们的头人。”他冲着台下的人群大声喊叫着，声音尖厉高亢，“我是你们的头人！”

台下的人群渐渐安静下来。大家都仰面看着辛。

“我父亲是你们的头人，我也是你们的头人。我不眠不休，日夜操劳，都是为了你们，为了村寨。我做了头人以后，庄稼收成更好了，牲畜繁衍得更多了，你们都没再尝过饥饿的滋味，对不对？”

他身子前倾，凶悍地看着台下的人。一开始，人们都没说话，似乎有点拿不定主意，但很快就东一片、西一片地发出赞同的声音。

“没错！”“确实这样！”“说得对！”

辛伸出双手，做了个下压的姿势，人群渐渐安静下来。“那么，是因为我比别人都聪明吗？是因为我比别人更能干吗？”他停顿了片刻，用更大的声音喊叫了起来，“不！不是因为我更聪明，更能干，而是因为我听从天帝的命令！”

他伸手指着身后的黑旗，说：“是天帝在引领我！天帝让我怎么做，我就怎么做。我是你们的头人，天帝是我的头人。天帝是所有精灵的神，所有神的神！谁敢违背天帝，必遭天谴！”

台下传来一阵嗡嗡的附和声。

“那么大家请听好了，天帝给了我一个命令，让我带领你们去灭掉姜寨。”辛的视线像刀锋一样从众人脸上划过，依次审视他们的表情，“姜寨一直在欺凌我们。难道不是他们侵夺了我们疆界的荒地？难道不是他们抢走了我们打来的猎物？难道不是他们抢占了我们的水源？”身后的火堆还在燃烧，辛热得满头汗水，一缕头发湿漉漉地贴在他的脑门上。头发下面，是他恶狠狠的眼睛，扭曲的面颊，还有咬得咯吱作响的牙齿。“他们不承认天帝，他们必遭天谴！天帝命令我带着你们去扫荡姜寨！他们的男人都会被斩尽诛绝！他们的财产都是你们的，他们的女人也都是你们的。我们要在他们的土地上撒种，我们要在他们的田野上放牧，我们要在他们的广场上祭祀天帝！到时候所有村寨、所有的部落都会畏惧我们。我要带着你们走向胜利！”辛攥紧双拳，用近乎疯狂的眼神望向人群。

这次，人群显得有点分化。有人在鼓掌欢呼，但也有人交头接耳，窃窃私语，还有人摇头不语，一副不以为然的样子。癸站在人群前列，表现得最为明显。他抱着肩膀，面带讥讽地看着土丘上的哥哥。

辛的脸色阴沉下来："有人会说打仗不好，打仗会死人。他们说的没错，攻打姜寨会死人，你们中间有人可能会死。"他面色沉重地看着人群，沉默了一阵，然后他忽然将两个拳头交叉在胸前，朝着台下大声呐喊道，"可是那又怎样？那又怎样？！我们每个人只会死一次，也必定会死一次。我们都会死，可问题是我们要怎样去死。你愿意像废物一样死在女人的怀里，白白到人间走一遭，还是愿意像勇士一样死在战场上，被天帝铭记为宠儿，被子孙铭记为英雄？你们是男人，就要做男人的事，流男人的血！"

辛整个人激动得颤抖起来，腮上的肌肉一跳一跳的，像是在抽搐。他张开双臂，眼睛里喷涌着狂野的黑火。激情像电流般从土丘传到了台下。人群还没意识到怎么回事，就已经激动起来了。无数人跟着辛一起呐喊："做男人的事，流男人的血！"喊叫声越来越响亮，到后来已经搞不清楚谁赞成，谁反对了。

可是等叫喊声渐渐平息下来，前排忽然传来一个响亮的声音："可我还是想死在女人的怀里。"

众人朝声音的方向看去，发现说这话的人正是癸。大家都哑口无言，不知该如何反应。过了片刻，有几个年轻人脸上露出淫猥的表情，哧哧地笑了起来。这个时候，再没有比笑更具破坏力的了。随着笑声，整个会场的气氛也随之松弛。

人们就像从梦中苏醒过来似的，恢复了乱哄哄的喧哗。刚才那种疯狂的庄严感，居然就这样转瞬而逝。

事后我也曾想过，如果癸不说话，是不是后面的事情就不会发生。可想来想去，我还是觉得，辛早就料到癸会发言。他让我做的准备并不是以防万一，而是确定无疑的计划。

辛也冲着台下笑了起来。他朗声说道："我就知道有人会不赞成。癸，你上来，告诉大家你为什么反对这件事。"

癸上前几步，用手搭着边缘，一拧腰跃上了土丘。这次距离较近，我看得很清楚，他长得确实英俊，鹅蛋脸，清澈的眼睛，高耸的鼻子，裸在外面的右肩光洁饱满，充满力量。他和辛站在一起，简直看不出是一奶同胞。但是很可惜，他太老实了，对我没有什么用处。

癸朝着哥哥躬身致意，然后转向人群，大声说："我确实不赞成我哥哥的打算。为什么呢？因为我们就不该去做这件事。姜寨的人是和咱们闹过，但那又有什么？哪些村寨之间没闹过？没错，他们抢过咱们的猎物，这事我最清楚。可我们以前也抢过他们的，还是我带队干的呢。"癸说到这儿，忍不住咧嘴笑了起来，"这种事儿有什么大不了？要是哥哥觉得不乐意，我可以带上几个猎手，再跟他们去捣次乱，偷几只羊，拆几段水渠，都没什么。要是哥哥还觉得不解恨，我还可以骑上大象，去踩坏他们几块庄稼地。可是要把姜寨灭掉，杀光他们的男人，抢走他们的土地和财产，这种事情可做不得。没人那么干过，谁要是那么干，才真会遭天谴呢。再说，联盟会饶了咱们吗？人家肯定会来收拾咱们。这种事对大家没好处，对村寨也没好处。我没有哥哥那么会说话，但要我说，男人就不该死在外头，就该死在老婆的怀里。我说完了。”

台下又传来一阵嗡嗡嗡的声音，人们你一言我一语地窃窃私语，似乎很多人都支持癸。

辛冷冷地说：“这是天帝的命令。你觉得天帝是错的，你才是对的？”

癸看着哥哥，张开嘴想说什么，但又停住了。他迟疑了一会儿，才勉强说：“我没那么讲。但我觉得你可能想错了，天帝不会是那个意思。”

辛朝我的方向扫了一眼。我冲他点了点头。辛满意地转向癸，说：“我的好弟弟，那么咱们就来试一试。你敢吗？”

“试什么？”

“祭牲已经屠宰了，但还没有献祭。就让我们俩向天帝献祭，看天帝会嘉纳谁的祭品。”

癸露出畏缩的表情：“我是猎手而已……”

“有什么关系呢，我们所有人不都属于天帝吗？如果天帝嘉纳了你的祭品，就说明我把天帝的意思理解错了，攻打姜寨的事情再也不用提了。你只要比照我的样子献祭就行了。怎么，你害怕了？”

癸朝人群望了望，又看了看哥哥，咬着嘴唇没说话。

“算了。”辛用食指戳着弟弟的胸脯，压低声音说，“别看你能打能闹，还老跟我作对，可你骨子里就是个胆小鬼。当年一条剥了皮的狗都能把你吓尿。滚下去吧！”

癸脸色涨得通红，愤愤地盯着辛，没有说话。

辛又逼了他一步：“怎么样？你还是个男人吗？”

癸深吸了一口气，大声说：“好，那就如你所愿吧。”

辛退后两步看着弟弟，脸上慢慢浮现出一个大大的笑容。“好的，我的弟弟，我的好弟弟。”他转向台下的人群，高声叫道，“你们听到了吗？就让天帝来决断我们的对错吧！我们都会犯错，可是天帝不会！”

辛用燧石刀剖开羊腹，小心地摘除肝脏，捧在手里。他一步步走上台阶，血滴滴答答洒了一路，形成一条细细的红线。辛先是跪在天帝旗前，匍匐行礼，然后他站起身，双手举着羊肝，悬在火盆的正上方。

“天帝啊！如果你希望灭掉姜寨，请接收我的祭品！”

羊肝落入火堆，溅起一串串火星。浓浓的黑烟过后，土丘上传来一阵焦煳的香气。

辛和癸两人都聚精会神地盯着火堆。过了好一会儿，辛长长地出了口气，拿起一根短木叉，在火堆里翻了几下：“羊肝被烧透了。天帝已经嘉纳了祭品。轮到你了，弟弟。”

癸的脸色有点不好。他什么也没说，转身要往台下走，辛拦住了他，说：“献祭不能穿这个。披屋里有祭服，你去换上吧。”

癸没有提出异议，径直走进土丘旁的披屋。那里整整齐齐地码放着一件黑色的祭服。昨天，我和辛为了这件衣服，忙活了大半个晚上。癸换上祭服后，浑身漆黑，站在那里就像一个幽灵。他出了披屋，走进太阳地里，祭服在阳光下泛出若隐若现的亮色。

“这衣服有点臭呢。”癸一边朝土丘走，一边小声跟辛抱怨。

辛轻轻哼了一声："不会比大象粪还臭吧？"

癸不再说话。他按照哥哥的样子，摘下一只羊肝，来到天帝旗前匍匐下拜。然后他也捧着羊肝，走到火堆前。

"天帝啊，我们都会犯错，而你不会！如果你不想灭掉姜寨，不想让人们白白死去，就请接纳我的祭品！"

癸回过头来，面带微笑，朝台下的人群扫视了一圈。人群朝他发出一阵喝彩。他又看了看辛，说："我只是不赞成这件事，没有其他意思。你永远是我的头人，也永远是我的哥哥。"

"我知道，我知道。"辛喃喃地说。他退开几步，抱着双臂，不动声色地观察着。

癸的手撒开了。羊肝跌入火堆，一蓬火星飞溅而起。我瞪大双眼，全神贯注地看着癸。几粒细小的火星落在他的袍袖上，别人没有注意到，但我看得清清楚楚。

一开始，什么都没发生，癸还静静地站在原地，俯身看着火堆里的羊肝。我几乎都要失望了，可忽然之间，他祭服的袖口上燃起一团火苗，虽然不大，却亮得刺目，就像闪电一样纯白耀眼。癸也发现了。他低下头，惊慌失措地想扑打火苗，可是火苗迅速膨胀开，砰的一声，发出炸裂的声音。一朵巨大的火花把癸整个吞噬了。

台下的人群爆出一阵阵惊呼。站在前排的人想往土丘上冲，可是已经来不及了。癸发出骇人的惨嚎，像喝醉了一样，在土丘上跌跌撞撞地蹒跚着，浑身焦臭四溢。

"哥哥，救我！"火焰中传来一声哀号。

辛站在天帝旗下，一动不动，凝神看着那团四处乱撞的白火。

癸跌倒在地。他的嗥叫已经不像人声，毛骨悚然的凄厉。已经冲上土丘的人也都停下脚步，谁也不敢上前。一切都晚了。癸在地上翻滚着，哀号声越来越小，最后终于停下了。他一动不动地躺着，脸上已经焦黑得无法辨认，地上渗出一摊黑乎乎的油脂般的东西。火焰还没彻底熄灭，在他身上黯淡地焚烧着。

辛满脸悲悯，俯下身看着那团焦炭一般的东西。他呜咽地叫了起来："弟弟啊！我的弟弟啊！"过了好一会儿，他才站起身来，面向人群，张开双臂，像一只黑色的大鸟。辛用最大的声量喊了起来："癸是我的弟弟，是我最亲的人。我愿意拿我的命去换他！可是没有用啊，因为这是天帝的惩罚！谁违抗天帝，谁就是这个下场！"

台下鸦雀无声，死一般的静寂。

辛仰面向天，喊道："天意如此！天命昭昭！"

人们的脸上都显出敬畏和惊恐的表情，仰望着他，宛若仰望神灵。现在再也没有人敢提出异议了。

正午的阳光自天顶倾泻而下，照在辛狂迷的面孔上，也照在癸那焦黑模糊的肉体上。我心头一片惘然，就像身处梦中一样。但是事情走到这一步，已没有回头的余地，一切只能按照约定做下去了。

我和辛曾经仔细讨论过。摆平异议之后，他就要发动对姜寨的战争。双方力量悬殊，辛有绝对的信心。姜寨必定会被彻底摧毁，他也会利用这次战争，打造出一支忠于他的力量。可是下一步怎么办？联盟决不会坐视不理。如果酋长带队前来，能轻而易举地粉碎辛，就像打烂一个鸡蛋似的。

所以辛需要我的帮助。我将动身前往鹿隐之野。鹿隐之野距此并不遥远，野蛮人却从未涉足那里。那里有山川，有花海，还有很多奇妙之物。我将从鹿隐之野带回一样东西，一样也许能帮助辛渡过难关的东西。

那时，辛会和酋长展开正面对抗，而对抗的结果将改变野蛮人的整个世界。

四

山川祭是一年一度的最大庆典，各个部落和村寨都会前来参加，联盟里很多事情也都会借这个机会做出决定。祭典要持续整整三天。第一天上午举行风祭，下午举行土祭，晚上则是火祭。第二天才是正式的山川祭，不仅要祭祀山川河流，还要祭祀各种各样的精灵。第三天则用来讨论联盟内的各种事务。

祭典刚刚进行到第一天，酋长就觉得疲惫不堪。他老了，眼睛花，耳朵背，腿脚也不灵便。在会场上坐一整天，对他来说是个难以忍受的考验。一对对男女来了又去，没完没了地舞蹈；一个个巫师去了又来，没完没了地吟唱。这些场面，酋长已经见过几十遍，实在是厌烦透了。他还要不断地站起、坐下、致辞、奠酒，结果到下午的时候，他就开始咳嗽气喘，后背一阵阵钻心地疼，站起身的时候双腿直打晃。

他只想多休息一会儿，可就连观看表演的时候，也得不到片刻安静。总是有人会走过来，恭恭敬敬地俯下身子，跟他说些什么。一开始，他还竖起耳朵努力去听，慢慢地也就懒得理会，只是不断点头微笑，做出一副和悦的表情。

但即便如此，他还是不断听到辛这个名字。

一想到辛，酋长就觉得头疼。这个年轻人的所作所为，既让人费解，又让人恶心。一个头人，不去老老实实做头人该做的事情，反而搞什么天帝旗，说什么所有神鬼精怪都要臣服于天帝。这不仅疯狂，还透出危险的气息，让酋长联想到了当年的天梯。“绝地天通”的往事早被大家忘掉了，可是在酋长代代相传的秘辛中，还多少残留着一些记忆，只是经过时光洗磨，变得有些模糊而已。

酋长见过辛。联盟聚会的时候，辛坐在角落里，不怎么发言，沉默地四处窥伺着，看上去就像一条蛇。但是很奇怪，不少人都吃辛的那一套。酋长知道他们私下里交头接耳地谈起天帝，畏惧而沉迷。辛的阴郁神秘，在他们看来也有一种独特的魅力。酋长很厌恶辛，但是拿他没办法。酋长只是酋长，如果没有头人们的同意，他几乎什么都做不了。

可现在不一样了。辛胆大包天，居然袭击了邻近的姜寨。村寨之间干仗是常有的事，不然也就不需要成立联盟了。可辛是怎么做的呢？他把姜寨彻底摧毁，所有的成年男人全被杀光，女人和孩子则被当成战利品给分掉了！据说现场血流成河，惨叫不绝。姜寨的全部财产，包括土地和牛羊，也都落入了辛的手中，他用这笔财富豢养了一支属于他的武装。那些年轻人尝到了甜头，像狗一样追随他。

这么多年，联盟里还没出现过如此恶劣的事情。头人们大多很恼火，而且他们还有一种深层的不安。在他们的村寨里，虽然大家都谴责辛的行径，但是不少年轻人却隐隐地显出兴奋来，好像盼着自己也能这样干一把。这种风气如果不及时刹住，后果不堪设想。头人们都希望酋长能够严惩辛。

酋长也有此意。他派人通知辛来参加山川祭，如果他敢来，就在议事会上收拾他。具体如何收拾，当然还要看大家的态度。但是辛始终没有露面，看来是害怕了。既然这样，酋长决定在会议上重点讨论此事，派出一支部队讨伐辛。

决心已下，酋长也就不再多想，现在他只想把这两天的祭典熬过去。他越坐越难受，不光浑身骨头酥痛，还时时刻刻想撒尿。酋长暗自叹息，不明白自己一大把年纪了，为什么还要干这种苦差事。年轻时一心想当酋长，可真当上了又有什么好处呢？好不容易挨到傍晚，酋长已经筋疲力尽。豹皮下的裳衣早就尿透了，贴在大腿上，凉飕飕的。风祭和土祭都结束了，人们开始准备晚上的火祭。酋长退入帐篷，换下裳衣，瘫软了好一阵，这才打点精神，走了出来。

天黑了，人们点起了一堆堆的篝火。火巫们在做最后的演练。他们拿着两头燃烧的火把，在手上旋转着，画出一道道光弧。小伙子们三三两两地比赛空手翻，为舞蹈做热身。姑娘们围在一起叽叽喳喳，对男人评头论足。更多的人在旁边安排肉食和醴酒，为祭典后的宴会做准备。酋长坐在高高的石台上，旁边是几位德高望重的头人，个个老迈不堪，和酋长一样满脸疲态。年轻的头人坐在台下，一群手持矛戈的武士站在远处的黑影里，一边打哈欠，一边没精打采地聊天。

火祭就要开始了，人群渐渐安静下来。酋长默默地打着腹稿，准备开场的致辞。这种套话他已经说过无数次了，但还是要在心里过一遍，省得出纰漏。可就在这个时候，远处隐隐传来一种奇怪的声音，把他的思绪打乱了。酋长皱起眉头，凝神倾听。这下他听清楚了，是丛林里传来的鼓声，铿锵有力，节奏非常整齐。

酋长困惑地朝周围看了看，发现大家也都一脸茫然，侧过脸朝着鼓声的方向望去。声音越来越近，酋长有种不安的感觉，肌肉不由自主地绷紧了。过了一会儿，鼓声骤然停歇，几十名身穿白衣的人从黑暗中走来。在队伍前面，是一头身躯庞然的大象，挺着两根惨白的牙，昂然阔步朝人群走来。它背上架着红木椅，辛安然地坐在上面。在大象身旁，两个随从高举火把，把辛倨傲的脸孔照得红彤彤的。

走到距会场不远的地方，辛摘下带刺的象棒，朝大象后背敲了一下。大象温驯地曲下膝盖，伏倒在地。辛从象背爬下，踩着一个随从的脊梁，轻轻跳到地面上。他目不斜视，径直走进人群。大家不由自主地朝两旁分开，给他让出通道。他一路走到会场中心，站定身子，威严地望着黑压压的人群。

酋长远远望着辛，满心困惑。这样的事情，以前从没发生过。他看了看周围的人，发现他们也都一脸愕然。

这时，辛扯起尖厉的嗓音，大声说起话来了。酋长侧着耳朵，努力捕捉他的话。可惜他耳朵太背，距离又远，只能断断续续抓到些片段。

“……天帝……百鬼千神，皆为帝属……”

“……抗拒天命者，必遭天谴……”

“……姜寨覆没……天命……我弟弟癸……”

“酋长……”说到自己了，酋长心头一震，耳朵似乎也忽然好使起来。“……酋长老了，顽梗不化，淫祀神鬼，轻蔑天帝。”辛忽然转身，远远地指着酋长，“酋长天命已去，必须退位！否则的话，天帝必降灾难！”

酋长勃然大怒。他恶狠狠地看着辛，眼里恨不得喷出火来。这个野心勃勃的妖孽！酋长怀疑辛甚至可能和天人有关。他虽然厌倦了酋长这个位置，但也决不能把位置交给这样的人！

不仅酋长恼怒，会场上大多数人也都很不满意。打断祭祀已经犯了忌讳，公开侮辱酋长就更不像话了。很快，人群就对辛发出了阵阵嘘声。嘘声越来越响，渐渐变成了骚动，有些人甚至摆出要动手的架势。

酋长略微有点犹豫，不知道该怎么做。他想结束这场胡闹，可辛带着不少随从，很容易造成流血冲突。就在他踌躇的时候，辛忽然大喊了一声：“旗！”

身后的随从应声向前，立起了一根长长的木杆，上面悬挂着黑色的天帝旗。晚上风很大，旗子猎猎作响，上面那张血红的人脸完全展开了，瞪着冷漠的眼睛看着人群，就像俯视着一群蝼蚁。

辛尖厉的嗓音又响起来了：“这是天帝之旗！天帝乃万鬼之神，万灵之神！”

人群骤然发出惊叫。这倒不是因为辛说的这番话，而是因为黑旗边缘居然射出一圈光芒。蓝绿色的光圈闪烁不定，在黑夜中显得诡秘妖异。即便是最渊博的巫师也没见过这般景象。

辛对着旗子双膝跪倒，以额叩地。他身后的随从也哗啦啦跪倒一片，齐声高喊："万鬼之神，万灵之神！"

随着叫喊声，光圈更加鲜艳，甚至吐出了肉眼可见的火苗。

人群不安起来。在距离黑旗较近的地方，有几个人犹犹豫豫地跪倒。接着，惊畏的情绪波浪般地漾开，越来越多的人也跟着跪下。那些站着的人也有点手足无措，不知道该怎么办。

酋长跳了起来，望着天帝旗，把牙齿咬得咯咯直响。这是背叛，公然的背叛！酋长走下高台，大步流星地朝广场走去。看他走近，辛站起身来，恭恭敬敬地弯腰，用手触碰酋长的脚面。这是联盟里对人的最高礼节。

可是酋长并不领情。他一把推开辛，对着人群咆哮起来："你们都给我站起来！我们祖先供奉的是山灵，是河灵，是土灵，是火灵！那些神灵才是我们的，那些鬼也是我们的，它们就在我们旁边，守着我们。早上，它们吹干露水；晚上，它们唤醒野兽。我们都睡觉的时候，它们为我们看护羊棚。它们往田里吐唾沫，庄稼才会结穗。它们朝蜂巢里吹气，那里才会生出蜂蜜来。难道你们要背叛它们吗？天帝和我们有什么关系？要是他在天上，那他就该待在天上。我们不需要他！"他转过身，用手指着辛，对人群喊道，"你们朝着天帝跪拜，那么有一天，你们也要向这个人跪拜吗？你们也要把他尊为人间的天帝吗？”

辛冷冷地看着他，脸上一点表情都没有。

酋长仰面望着吞吐着光芒的旗子，又看了看跪倒在地的人群，满脸鄙夷之色。“这面旗子就让你们害怕了？一点点火苗就让你们跪下了？那么好，我就给你们听听地灵的声音！到时候你们就知道，该尊崇的是他的天帝，还是我们的精灵！”

酋长闭上眼睛，张开双臂，嘴唇开始快速翕动，似乎在念动什么符咒。人们都目瞪口呆地看着酋长，就连辛的脸上也显出一丝惊惶。这时人们才想起来，他年轻时可是鼎鼎大名的巫师，否则也做不到酋长的位置。

随着酋长的念诵，风渐渐停息，天帝旗耷拉下来，嘈杂声也止住了，广场上一片寂静。片刻之后，人们听到一些微小的声音，开始的时候窸窸窣窣的，全然不成形状，后来就渐渐地明朗起来。声响并不大，但清晰可闻。叹息声、轻笑声、低语声、撕咬声，从四面八方汇拢过来。它们碰撞在一起然后分开，在广场上滚动着，就像一群隐身人占据了这里。

大家毛骨悚然。跪在地上的人陆陆续续站了起来，惶然地四下张望。

这团声音还在变大。要是不管它的话，也许就会变成喊叫声，甚至嘶吼声。有人甚至开始害怕，会不会有什么东西从这堆喧嚣里钻出来。下面到底会发生什么，最终没人知道，因为辛从惊慌中回过神来了。他简化了计划中的程序，直接跳到了最后环节。

辛暴喝一声："血祭！"

这句呐喊把随从们惊醒了。他们把早就准备好的牛拽了过来。一个壮汉走上前，举起大斧劈向牛颈。一声哀鸣，血像瀑布般地喷洒出来，填满了下面的木桶。

两名随从高高端起木桶，朝辛的头顶浇了下来，就像给他冲澡一样。辛的白衣瞬间被血浸透，看着就像个被剥了皮的血人。他的面颊也全被血浆糊住了，只露出一双眼睛在血泊里挣扎着，射出恶狠狠的目光。他转过身来，瞪视着酋长。面对这个血人，酋长也被惊得后退了两步。

"天帝需要血祭！"辛用最大的嗓门喊道。

"血祭！血祭！"随从们也一起嘹亮地喊道。

风呼啸起来，把广场上的声音吹得凌乱破碎，旗子又被刮得直直的。天帝的脸重新展开，俯视着众人。

血污满身的辛凑近酋长，低声说："日你妈，你死定了！"

他转身对着丛林，口中发生一串啸叫。声音锐利刺耳，宛如金属的刮擦。啸叫越来越尖，越来越响，不断向上盘旋。等到快要破音的时候，远处蓦地传来一声鸣叫，有点像婴孩的啼哭，又有点像叫春的猫儿。

林中发出噼里啪啦的声音，由远及近，越来越响亮。然后又是一声鸣叫，它从树林里钻出来了。

一只巨大的鸟，有三人多高，浑身长满亮晶晶的赤色羽毛。长长的脖子从那堆羽毛里钻出来，顶着一个硕大的脑袋。两只翡翠般的小眼睛眯缝起来，用恶毒的眼神盯着人群，一副若有所思的样子。

在远古的时候，人们也许见过怖鸟。但是很早以前它们就彻底消失，只留下一些模糊暧昧的传说，就连原来的名字也被人遗忘了。现在它忽然出现在大庭广众之下，人们虽然不知道那是什么，但最原始的恐惧却被唤醒了。所有人都惊慌失措地望着怖鸟，就连辛的随从也不例外。

怖鸟张开鸟喙，里面是密密麻麻的尖牙。“咿咿呀！”它一声长啸，奔跑了起来，两条长长的腿一跳就是几丈远，速度快得惊人。草丛被压得纷纷倒伏，人群吓坏了，纷纷朝两边闪开。武士们则犹犹豫豫，不知道该不该放箭。

如果这时酋长下令，他们也许会放箭。可是没有。酋长只是愣愣地看着怖鸟，身子动也不动，就像被麻痹了一样。

辛大声喊道：“凤凰！这是天帝的凤凰！”他伏倒在地，声嘶力竭地叫了起来，“凤凰来仪，天命昭昭！”

他的随从踌躇了片刻，也跟着喊道：“凤凰来仪，天命昭昭！”

转眼间，怖鸟已经冲到广场中心。武士们手里的弓箭垂了下来，只顾四处躲闪。怖鸟伸长脖子，小心地嗅着周围的空气。接着，它左右打量，似乎在找什么人。

然后，它注意到了酋长。

酋长就像被施了定一样，呆呆地站在原地，仰面看着怖鸟。怖鸟垂下头，和酋长对视了一会儿。它的眼中透出一种古怪的神情，完全不像动物该有的样子。此时此刻，酋长几乎确信无疑，并不是鸟在看，而是有某个人在透过鸟的眼睛打量着自己。

怖鸟凑在他脑袋上嗅了嗅。酋长觉得全身肌肉都不听使唤了，裤裆登时湿了一大片。怖鸟张开大口，轻轻叼住酋长的脑袋，嘴巴稍微开合了一下，似乎在试探尺寸和硬度。酋长发出一声低低的呜咽，就像受到惊吓的孩子。试过之后，怖鸟觉得问题不大，就用力合上了嘴巴。

鸟喙里面发出颅骨碎裂的声音，黏糊糊的脑浆混着鲜血，滴滴答答地淌到草地上。怖鸟晃动脑袋，稍一用力，干净利落地把酋长的脑袋扯下来了。腔子里的血狂飙而出，活像座小小的喷泉。没了脑袋的身子晃了几晃，双手还朝周围抓了几下，然后就栽倒在地。

人群发出了骇人的尖叫。辛站立起来，举起双手，大声欢呼:“这是血祭！这是天帝的血祭！抗拒天命者，必受天诛！”

怖鸟走到辛的身旁，用血淋淋的鸟喙在辛的脸上蹭了几下，似乎在表示亲热。然后，它仰面向天，高声鸣叫。

一只血淋淋的大鸟，一个血淋淋的人，并排立在一起，背后是高高的天帝旗，画着血红的天帝面孔。这幅画面深深地烙在茫茫黑夜中。

随从们率先拜倒在地，发出呐喊:“天帝立辛为王！立辛为王！”过了片刻，人群也跟着喊了起来。一开始犹犹豫豫，后来就越来越整齐。到了最后，广场上只飘荡着一个声音:“天帝立辛为王！”

透过那层浓浓的血浆，辛脸上显出了一个扭曲的笑容，如鬼怪般骇人。

五

我费了这么大力气，总算让辛成了前所未有的王。无论是天帝旗上的光焰，还是怖鸟，都是我耐心布置的结果。尤其是那只怖鸟，真是让我耗尽了心思。当然，这里也有运气的成分。我本以为怖鸟都死光了，可是几年前，我在鹿隐之野发现了它。也许因为那里是禁忌之地的缘故吧，漂游无根的生物才会本能地前去避难。但我游遍了鹿隐之野，也只找到了一只怖鸟。我不知道自己是不是大地上最后一个天人，但我相信它是最后一只怖鸟。

怖鸟本就是天人的造物。如果我把意念集中起来，朝它投射，就能控制怖鸟，或者说，我能够进入它的脑海。控制只能持续很短的时间，但对我来说已足够了。这也是我身为天人，拥有的寥寥几项能力之一。说到底，我们额头上的印痕不是白白留下的。

把怖鸟悄悄带进丛林，路上还要避人耳目，那真是一段艰难的旅程。而钻进怖鸟的脑子里，更让人觉得不舒服。那里就像一片单调的荒原，混沌未开，沸腾着原始的愤怒。你要使出全部力量，才能驾驭这个野蛮愚钝的大脑。但也正因如此，我才看到了酋长那惶恐的脸。那一瞬间，我还真是有种兴奋感。也许我和辛的区别没有我想象中那么大。

可是到头来，我的努力还是付诸东流。辛成功了，但我却失败了。我大大低估了这个野蛮人。我看透了他的恶毒，却没有看透他的狂妄。他拒绝重修天梯。“我要那个东西干吗？‘绝地天通’是个好主意，当年那些人想得不错。他们不需要天人，我更不需要。如果有天梯的话，那帮人就能亲眼看到天人，谁还会相信天帝？就算他们相信天帝，又怎么会相信我能代表天命？天梯就该被推倒。没了天梯，我就是天梯！”

我用天人的力量来诱惑他，可是他嗤之以鼻。“当年有天梯的时候，天人教给我们什么了？再说，我现在的力量就足够了，谁也别想爬到我上头！重建什么天梯？我还不如拿那些石头去修我的宫殿呢。”

事情过去没几天，辛就带着随从偷偷进山，捕获了怖鸟，然后呢？他们把它给宰了，就像宰头猪似的。他们割下怖鸟的肉，放进大锅里煮吃了。剩下的部分就地掩埋，这样就没人能发现凤凰的下场。辛后来对我说，凤凰的肉太粗了，一点都不好吃。

辛倒是没有杀我。他担心一旦我死了，符片的魔力也会跟着消失。但他又生怕我念什么咒语来害他，就割掉了我的舌头，把我看管起来。我成了留在他身边的一个废人。

我虽然没法开口，但我还是在听、在看。我见证了辛后来一连串的成功。他在联盟内部的清洗，他被奉为共主的仪式，他对叛乱部落的讨伐，他修建的第一座宫殿、他铸造的第一个铜鼎……他被自己的成功迷住了。有时候他喝醉酒之后，会把我叫到跟前，滔滔不绝地炫耀自己的成就。最后，他总是盯着我，问：“你们天人可曾听说过这样的事情？”虽然他的眼神很傲慢，但我还是能辨认出藏在傲慢之下的不安。

我总是摇摇头，辛就会很高兴地大笑起来。

我无法告诉他，他做的这些事情其实没什么奇特。我虽然没有经历过，但是我完全明白是怎么回事。这就像把一个石头放在斜坡上，只要轻轻一推，它总是会滚下去。真正重要的是那轻轻一推。

而轻轻推动石头的人，是我。

有的时候，我也能听到村民的聊天。他们谈到辛的时候，总是称赞他的威武仁德，讲述他的种种功勋。但是谈得最多的，还是他和凤凰的故事。

在他们的描述里，酋长老了，想要把位置传给仁德的辛，可辛坚决不肯。酋长举行了隆重的仪式，要逼迫辛接受，但是辛就是不愿意。这个时候，天帝派出了凤凰。凤凰飞到会场，直奔酋长而去。辛害怕了，以为它要伤害酋长，就拦在前面，宁肯让凤凰吃掉自己。但是凤凰并没有这个意思。它伏下身子，驮着酋长就飞上天庭，回到了天帝那里。就这样，辛才成了联盟的王。

我猜想这个故事是辛编出来的。但是事情才刚过去几年，很多人都目睹过当时的场面。他们讲起故事来绘声绘色，似乎真的相信酋长被凤凰接走了，也真的相信辛曾挡在酋长的前面。为什么会这样呢？也许人心就是如此，故事永远比真相更有力量。

但是我相信，他们的脑子里还是留下了一个场景。一只血淋淋的大鸟，一个血淋淋的人，并排立在一起，背后是血红的天帝像。虽然他们谁都不提这个画面，但是他们一定记得。就算白天不记得，晚上做梦的时候也一定会想起来。不管他们怎么讲故事，真正吸引他们的还是这幅画面。

我自己就清清楚楚地记得这个画面。直到我死的那一天，我都不会忘记。

一旦我死去，大地上就再无天人。这些野蛮人就要独自走上旅程，开启他们的命运。那又会是什么样子呢？我有点好奇，但又没那么好奇，因为据我猜想，也并没有什么特异之处。

石头总是会滚动的。

天邑商

一

早晨的天空清冷纯净，就像一块巨大的琉璃，蓝蓝的，平平的，铺向无限远的远方。天空下是青葱的原野。现在是初春光景，草只能浅浅地遮没人的脚踝。放眼过去，能看到远处的丘陵。它的顶上泛着黄，春天的风还没把那里吹绿。

地里长着一簇簇的苿苢。它们的叶子比野草要宽得多，就连小孩子也不会弄混的。华和季没费多大力气，每人就采了一小筐。苿苢用热水焯一遍，去掉苦味，就可以吃。它味道寡淡，稍微带点清香，但是他们都不太喜欢。他们更喜欢吃肉。

香香的，肥肥的肉。

想到肉，华就忍不住流口水。可惜肉是给主人吃的，他们很少能吃到。

身边的狗子忽然竖起耳朵，满脸警惕，鼻子一抽一抽的。它肯定发现了什么。华也跟着兴奋起来，说不定今天真能吃到肉。

原野上有很多小动物，刺猬、兔子、黄鼠狼、旅鼠，还有鹿。据村里人说，很久很久以前，这里还有大象。其实除了主人，谁也没见过大象。据说它大得惊人，像座小山一样，走起路来地面直颤。它还有很长很长的鼻子，能把人横着卷起来。

华怀疑这是瞎编出来的，但主人说世上确实有大象，他在天邑商见到过。南方蛮邦向商王进贡过几头大象。它们披着画布，身上坐着黧黑的象奴，在天邑商招摇过市。后来商王修宫殿，就把两头最大的给宰了，埋进了地基里。

“咱们这儿也有过大象？”华对这种动物相当着迷。

“有过呀。”主人说得很有把握，“我爸爸说几百年前这里有很多大象，后来不知道为什么，天气慢慢变冷了，大象就搬到南方去了，剩下的一些也被杀掉了，所以就没了。”

“这么大的大象，也能被杀掉？”

“当然了！”主人自豪地说，“我们有弓箭，有铜戈铜钺，再大的动物也说宰就宰。”

几百年前，一群庞然大物卷着长鼻子在村外走来走去，这个场景太古怪，华实在想象不出来。他希望自己有一天能见到大象，不过恐怕很难。羌人不许离开村子，除非被送去天邑商。

但是，没人愿意被送到天邑商。

想到大象，华稍微有点走神。季悄悄拉了拉他的手，向左前方努了努嘴。华顺着方向看去，草丛里趴着一只灰兔。兔子好像感觉到了危险。它耸着鼻子，嗅着周围的气息，红眼睛也紧张地四处张望。

华刚准备下命令，狗子已经冲了出去。兔子嗖的一声弹跳起来，朝着前方没命地跑。狗子在后面紧追不舍。远远看过去，它们就像掠过绿色草原的两支箭，前面一支是灰色的，后面一支是黄色的。

“追呀！”季尖着嗓子叫了起来。

“追呀！”华也尖着嗓子叫了起来。

两个孩子迈开小腿，使劲追了过去。华的嘴里开始分泌唾液，好像已经吃到了烤兔肉。但是他也知道，这事没太大指望。他们的狗子只是普通土狗，不是主人养的猎犬。它很难追上野兔，就算追上了也未必能扑杀掉。但是他们还是兴奋地大喊大叫，一个劲儿地往前跑。凉飕飕的风吹在他们脸上，软软的小草被他们踩在脚下，光是这样跑就让他们高兴得要发狂了。华跑着跑着，没来由地翻了个跟斗。他恨不得永远这样跑下去，最好一直跑到地平线的那边。

狗子拐了个弯，不见了。小山丘把它挡住了。华和季没有丝毫犹豫，跟着追了下去。大人不许他们靠近山丘。对小孩子来说，那里太远了。大人说，有危险呐，山丘上有狼，说不定还有鬼！小孩子听了就一哆嗦。

可是今天，华和季把大人的话忘得干干净净。他们绕着山坡拐了个弯，继续追了下去。不知不觉中，他们跑出了很远。这时，狗子在前面闪了一下，忽然不见了。他们停下来，一面四下打量，一面弯下腰直喘粗气。华撮起嘴唇，打了个呼哨。狗子以往听到呼哨，就会吠着跑回来，可是这次一点反应都没有。

周围安静极了，能听到的只有风声。

兴奋感渐渐消退，华感到莫名的惊恐。周围的样子有点陌生，就连野草好像也比别处更高一些。而且从这里看不到村子，山丘把它挡住了。以前他们玩的时候，总是一回头就能看到村子，这给他们一种安全感。

现在，村子一下子被他们弄丢了。

华看了看季，想提议往回走。但是他不愿显得太孬，所以只是咽了咽唾沫，没有说话。他等着季开口。要是季建议回村子，他马上就会同意。可是季什么都没说。她皱着眉头四处张望，寻找狗子的踪迹。

季比他勇敢。华不得不承认这一点。

忽然，狗子远远地吠叫起来。声音又狂躁又激动，像是有了大发现。华纳闷地想：难道它真逮到兔子了？

他们顺着声音跑去。等他们绕过山脚，果然看到了狗子。

一根高高的木杆竖在草地里，上面挂着两团东西。狗子正绕着木杆转圈，不时向上跳跃，想要把那东西拽下来。

他们朝着木杆走过去。越往前走，华的心就越往下沉。他看了看身边的季，发现她的脸色也有点发白。

这根木杆应该就是界标了。

他们都听说过界标。主人的土地有东西南北四个边界，每个边界上都竖着一根界标。村里的人不许越过界标，否则就算逃跑，格杀勿论。至于界标之外是什么地方，就没人知道了。主人也没跟华说过这事儿。

不过他们害怕的不是界标，而是界标上悬挂的东西。

第一眼看见它的时候，华就模模糊糊猜到那是什么了。他们本应该停下脚步，把狗子唤来，然后头也不回地离开。可是他们做不到。脚就像被催眠了似的，不由自主地一步一步走向它。

华一边走，一边哆嗦。

他们站在木杆下，仰面望去。是具被劈成两片的尸体，对称地挂在上面。它已经腐坏得差不多了，烂肉下面露出白白的骨头，看上去也没有多大分量。三月的风吹动着它，两片尸体一荡一荡的，就像两卷干皮。人脸也被剖成了两半，看不清楚长什么样。本该是眼睛的地方，现在只有黑魆魆的两个洞。

木杆下面的草长得格外旺，还开出黄色的野花。华怀疑这跟尸体有关。

季紧紧攥住了他的手，两个人的手心都汗津津的。

华咽了一口唾沫："是人牲。"

季没说话，仰着脸定定地看着尸体。过了好一阵，她才长长嘘了口气："回去吧。"

两个人默默无言，按着原路往回走。狗子也不叫了，俯首帖耳地跟在后面，模模糊糊觉得自己闯了祸。来的时候，草地显得这么绿，可现在也黯淡下来，就好像它的颜色被大地抽干了。

等他们绕过山脚，季扭头对他说："以后我们也会这样吗？"

华沉默了好一会儿，才小声回答："会吧。"

"为什么要把它剖成两半？"

"这叫'卯'。"

"什么？"

"主人说过，这叫'卯'。就是把人牲从中间剖成两片，献给鬼神。"

"活着剖，还是死了以后剖？"

"听说是活着剖。"

两人又默默走了一阵。

华说："我们是羌人。"

“羌人怎么了？”

“羌人都要把自己献出去。”

“为什么？”

华摇了摇头，说：“不知道。但是羌人最后都要这样。不过，对咱们来说，那是好多年以后的事儿。”

季站住了，一动不动，好像是在消化这件事。过了好一阵，她说：“到底什么是羌人？”

华想起了主人房间里的骨片。那些骨片有的大，有的小，上面都刻了很多符号。主人说这叫天人符。老主人专门请了一位巫师，教主人认这些天人符。主人向华炫耀过。他一边把天人符指给华看，一边扬扬得意地大声念出来。其中有个符号，华记得特别清楚，那就是“羌”字。

华蹲了下来，用手指在地上画出了那个符号。画的可能不太准，但大致就是那个样子。

“喏，这就是‘羌’。骨片上就是这么画的。”

季盯着符号看了一会儿，宣布说：“它长着两个角。”

确实，“羌”字看上去就像一个小人，头上顶着两个弯弯曲曲的角。华点了点头：“主人说这是羊角。羌人就是羊人。”

季比着符号，在旁边也画了一个“羌”字。她看着自己的作品，一脸不高兴：“羊人为什么都要当人牲？”

华其实也不太懂，但还是努力向季解释：“人养羊是为了什么？当然是为了吃掉啊。天神养我们，也是为了最后吃掉我们。我们都要奉献出去，这就像……”

季打断了他：“那鬼神为什么不吃主人他们呢？他们为什么不做人牲呢？”

“这个……”华不知道怎么回答。把主人当成人牲？这听上去太荒唐了。但为什么荒唐，他也说不上来。过了一会儿，他才想到了一个比喻，“他们就像马。谁会把马杀了吃呢？”

季没赞成也没反对。不过，这个比喻好像并没说服她。她啃着指甲，默默地出神。

在剩下的那段路上，他们没再谈论这个话题，有一搭没一搭地聊些孩子间的八卦。到了村口，他们挥手告别，各自回家。华在家里待了一整天，别的孩子找他出去玩，也被他轰走了。他躺在稻草铺上，一动不动，满脑子都是那个画面。高高的木杆，白白的骨头，荡来荡去的人牲。他不知道该怎么吸收这个画面。

据说在别的地方，人牲被公开展示，到处都能看见。可是老主人不许这么干。所以，华长这么大，也才是第一次亲眼看到人牲。

到了晚上，他钻进爸妈的床铺，躺在他们中间。以前做噩梦的时候，华也会这么做。爸爸妈妈什么都没问，只是轻轻地拍着他。身下的稻草混合着爸爸妈妈身上的气味，暖暖的，臭臭的，让华觉得安心。

他在黑暗里静静地躺着，听着角落里老鼠窸窣爬过的声音。华一闭上眼，那个画面就会出现，所以他睁大了眼睛看着屋顶。过了不知多长时间，华开口说话了：“我们羌人最后都要做人牲吗？”

爸爸妈妈没有说话，但是华感到他们的身体变得僵硬起来。

华没有等到答复，有点失望，但也有点莫名的安慰。过了一会儿，他又说：“为什么羌人都要当人牲啊？”

还是没人说话。

华不再发问了。困劲儿上来了，他缩起身子，把脑袋放到妈妈腋窝那儿，闭上了眼睛。那个画面在黑暗里浮现了一会儿，然后渐渐消散，融到那些黑块里去了。就在他迷迷糊糊要睡着的时候，爸爸说话了。

“在很久很久以前，”爸爸讲故事的时候，总是这么开头，“天帝住在昆仑山上，那是世上最高的山。山上长着好多果子，每个果子都香气扑鼻，好吃极了。可是天帝吃来吃去，觉得厌倦了。他想喝点血，吃点肉。你不也想吃肉吗？

“于是，天人们就带来各种动物，献给天帝。动物被宰杀掉，血流进了昆仑山的天池，天池成了一个红色的湖泊。这些血和肉都非常好吃，天帝很喜欢。可是过了一段时间，天人们发现天帝的力量变弱了，昆仑山顶的火也黯淡下来。整个世界一片混乱。

“为什么呢？因为动物们太蠢了。它们的血肉会污染天帝。那怎么办呢？

“于是，他们给天帝送来了人。

“天帝品尝了各个部落的人，发现羌人的肉是最好吃的，羌人的血也是最洁净的。这些血肉让天帝充满了力量。于是，他清洗了天池，把动物们的脏血都给放掉，重新灌进去羌人的血。他把动物的肉也都烧掉，换上了羌人的肉。他命令天界的神鬼都拿羌人做食物。这下，神鬼变得更加强大，昆仑山也比以前更漂亮了，山顶的火焰熊熊燃烧，照亮了整个世界。

“天帝让我们羌人不断繁衍，就像春天的草一样，越来越多。这样天帝和神鬼都不会挨饿了。但是天帝还是不放心，就把玄燕派到人间，来看管羌人。玄燕就成了商人的祖先。

“现在你明白了吧？我们羌人都要当人牲，因为在所有人里面，我们的肉最甘甜，我们的血最洁净。只有我们才能配得上天帝，配得上神鬼。”

华在半梦半醒中听完了故事。他的脸上浮现出了微笑。羌人是最洁净最香甜的。自豪感轻轻笼罩了他的身心。

华蠕动了一下身子，滑入黑黑的梦乡。

五年后，爸爸做了人牲，把自己奉献给了神鬼。

接着轮到了妈妈。

华长大了。

二

主人也长大了。

他岁数和华差不多，两人算是从小一起长大的玩伴。老主人经常不在家，有时是去天邑商，有时是去打仗。一旦老主人走了，主人就会拉着华，到处疯跑。他们比赛爬树，摔跤，摸鱼，抓蝌蚪。主人还喜欢和华玩扮演游戏。比方说，他会让华蒙着白布，躺在地上装死人。他扮演巫师，绕着华翩翩起舞，嘴里叽里咕噜地念着咒语。华则配合咒语，慢慢爬起来，张开双臂，眯缝着眼，一瘸一拐地走路，假装是鬼。然后主人再披上豹皮来捉鬼。

主人经常跟他聊天，绘声绘色地讲自己在天邑商的见闻。有时候说的太夸张，华怀疑他在吹牛。主人说那里的宫殿漂亮极了，到处都是走廊，就像一个大迷宫。宫殿旁边有一个非常高的高台，站在上面都能摸着星星。他还说，商王养了好多猛兽，有一种特别厉害，叫老虎。金黄的皮肤，上面还生着黑色的条纹，一巴掌能把人脑袋拍烂，十头狼加一起都打不过它。每过一段时间，商王就会送几个大活人去喂它们，这样能保持老虎的野性。

他还说，进天邑商要经过一条大路，两旁有很多青铜作坊。这些作坊每天都要杀人牲。就在路边现宰，过路的人都围着看。人牲的血要用大陶罐盛了，浇到炼铜的炉子上。肉拿大锅炖了，大家分着吃，据说这样不光敬神，还能长力气。

华问主人:“那你吃了吗?”

“尝过一点。”主人的口气里带着点得意。过了一阵，他又找补说:“味道有点怪，不好吃。所以我也没怎么吃。”

华并不怎么相信。迷宫啊，老虎啊，高台啊，作坊啊，还有以前说的大象啊，听上去都不太像真的。他更不信主人吃过人肉。每个人都喜欢吹牛，自己也吹过牛，主人当然也不例外。再说人牲是献给天帝鬼神的，人怎么敢吃呢?但是他没有说出自己的怀疑。跟主人斗上几句嘴，那是常事，但在主人吹牛的时候，还是不要戳破他为好，这个分寸感华还是有的。

就这样，时间流逝，他们慢慢都长大了。主人吃得好，所以个子比华高出半个头，相貌也更白皙俊俏些。但是华脸上的痘斑更多，胳膊更粗壮，性子也更沉稳。

华和主人玩得很好，但是主人毕竟是主人，华私下里最好的玩伴还是季。父母奉献自己以后，季就成了他生活的重心。不过，现在华不光把季当成朋友，他还想要她。夜晚躺在铺上的时候，华会幻想着把季压在身下，紧紧贴着她的胸脯，进入她的身体。想多了他的身体就会膨胀，就像吸气的青蛙一样。膨胀到一定程度，他就得自己把它放出来。放出来的时候，华的脑子里也还是想着季。

村里的男孩女孩凑在一起睡觉，是非常自然的事儿。谁也不会觉得有什么。他觉得总有一天，自己会和季搬到一起住，然后生几个小娃娃，就像周围那些大人一样。大家都是这么做的。可是不知道为什么，季不乐意。他们倒是做过一些事情，搂抱，亲嘴，把手伸到衣服底下，摸索彼此的身体。但是到了最后，季总是会把他推开，若无其事地聊起闲天来。华又羞又怒，小腹也胀得难受。但是季非常顽固，完全不考虑他的感受。要是华还要坚持，她就会大发雷霆。她性子暴躁，发脾气的时候活像一只野猫，还会动手拧他。华不由自主就会被吓得蔫下来。

季长得也像只野猫，四肢纤细，身体柔软，两只眼睛离得有点远，又大又亮，像黑釉一样闪光。村子里很多男孩都追求她，但是季跟谁也不肯睡觉。只有主人使用过她几次。老主人不在的时候，他有时会偷偷把季召到自己屋子里。季总是面沉似水地走进去，到了天亮，再面沉似水地走出来。

华算好时间，蹲在门口等着她。两个人肩并肩走回村子。华悄悄拉她的手，季也不挣脱。她的手烫烫的，放在他手里动也不动。太阳低低地挂在地平线上，发出一抹淡光。天色还很黑，周围一片寂静，只能听到两人脚底板敲在地面的声音。嗒嗒嗒，嗒嗒嗒。华想说点什么，又怕季生气，就侧过脸去看远处的树。有什么东西在华的心里钻来钻去，就像泥鳅似的。但他说不清那是什么，只能长长地嘘出一口气。

日子就这样一天天过去，无声无息，波澜不惊。直到有一天，这样的生活忽然被血溅醒了。

那是一个初夏的中午。阳光火辣辣的，空气都被烤得直发颤。狗趴在阴凉的地方直吐舌头，连棚里的老牛都显得蔫蔫的。华躺在地上，眯缝着眼睛，打算睡个午觉。这时，主人突然冲了进来。

“别他妈睡了，快起来！我马上要去天邑商了！”主人大喊大叫，显得非常激动，“我要到那儿参加训练，三个月呢！”

“什么训练？”华脑子还有点发蒙。他坐起身子，睡眼惺忪地看着主人。

“训练打仗呀！天邑商有专门的训练团，招的都是大人物的孩子。我爸爸让我也去，以后说不定我还能当将军呢！到时候我指挥大军讨伐鬼方，把他们的头头捉来砍头。”主人忍不住吹嘘起来，“不过那是以后的事儿了。现在我们一进去就要比赛，好分出级别来。这几天我要加紧练习，可不能输给天邑商的那些公子哥。快起来，快起来，陪我去格斗场！”

华暗暗叹了口气，他知道又要挨揍了。

主宅东边有个格斗场，上面铺着松软的黄土，相当宽阔。主人在那儿学习格斗技巧，而华就是陪练。所谓陪练，就是一个人肉靶子。当然，你不能傻傻地站在那儿挨揍。干这种活儿，呆头呆脑的可不行。华要躲避、奔跑，还必须适度反击，整个过程要尽量模拟战场，只是要注意别伤着主人。反过来，主人当然不会考虑这么多。每次格斗下来，华身上都青一块紫一块，钻心的疼。

华被打狠了也会发牢骚，每到这个时候主人都会哄他几句，有时候还会送他一两件稀罕的小玩意儿。其实华也知道，这是主人派下来的活儿，他必须干，没什么好商量的。而且说实话，偶尔挨几次揍，总比到地里干活轻松。

华跟在主人后面，没精打采地往格斗场走。主人一边走，一边兴奋地连说带比画。训练完成以后，他就有资格参加明年讨伐鬼方的战役。当然还做不到将军，只能当个小队长。但是，凭他的本事，自然很快就会被提拔喽。说不定商王还会亲自接见他，给他奖赏呢。

听到这里，华有点为主人担心。他听村里人说过，鬼方人是可怕的蛮子，跟他们打仗可不是闹着玩儿的。不过，华搞不明白，鬼方怎么敢抗拒天邑商。连傻子都知道，没人能敌得过天邑商，它是天帝派到人间的。鬼方人明知道行不通，还非要瞎捣乱，华多少有点生气。鬼方人都该被干掉。要是没有他们，自己也可以少挨几次打。

但是一走进格斗场，华就觉得情形不太对。往常架子上摆放的都是木戈、木殳，现在却是真正的青铜武器，就连弓箭也装上了铜镞。格斗师站在架子旁，笑嘻嘻的面孔下隐隐透出一股兴奋劲儿。

主人大声宣布说："天邑商的胄子都用过真正的兵器，兵器上都沾过血。到时候我可不能给比下去。今天咱们也要拿上铜戈，见点血。来，帮我套上皮甲！”

铜戈？见点血？华目瞪口呆，愣愣地看着主人。主人扑哧一声，乐了出来：“怕什么？只是见点血而已，又不是真要拿你怎么样。打仗能不见血吗？”

华觉得后脊梁一阵阵发凉。他强打精神，走过去给主人系铠绦。他偷偷瞟了一眼主人。主人容光焕发，眼里闪着奇异的光，显得亮晶晶的。

华垂下了眼睑。

格斗师给他们分了武器。主人左手持弧形盾，右手持青铜短戈。华则拿着柳条盾和短木棒。他们俩面对面，相距一个人身的距离。主人迈出左脚，微微躬身，摆出进攻的架势。华侧着身子，用柳条盾护住自己。

胖头鹅似的格斗师退后两步，忽然发出一声暴喝：“劈！”

铜戈劈了过来，速度并不快，似乎对力度有点拿捏不定。华跳到一旁，躲了过去。

“再劈！”

铜戈又劈了过来。华举起盾牌，铜戈弹了回去。

“稳住下盘！刺！”

铜戈颤抖了一下，猛然刺将过来，挂着风声。华慌忙竖起盾牌，铜戈的尖头狠狠戳了进去，嵌在柳条缝里。主人往后拽了一下，没能拽出来。他着急了，抬脚朝柳条盾猛地一踹。华没有提防，连人带盾倒在地上。铜戈摆脱了柳条，又被高高举起，朝华劈了下来。

华陪练多年，身手也很敏捷。他就地一滚，抡起棍子朝主人两腿扫去。主人赶紧往上跳，但是速度不够快，棍子打到了他的右腿，主人重重摔在了地上。

格斗师冲过来，对着主人大喊：“要是在战场上，你这样就完了！知道吗？爬起来，进攻，砍他的右手！”

主人一跃而起，脸上带着羞愤之色。他嘴里发出“喝喝”的威吓声，抡起铜戈发起猛攻。这次他遵从格斗师的指导，专盯着华的右翼进攻。几个回合下来，华有点支撑不住，连连后退。这时，主人猛地向他右边一跳，铜戈呼地劈落下来。华只能伸出木棒去挡。只听嚓的一声，木棒被齐齐削断。铜戈在空中停顿片刻，接着划了个弧线，重重落下。

一声钝响，戈刃切开了华的肌肉，卡进肩头的骨缝里。铜戈左右一转动，华登时感到钻心的疼痛，差点昏厥过去。铜戈猛地抽离，血喷涌而出，染透了整个右肩。

“见血了！”华脑子里闪过一个念头，“这就行了吧？现在可以投降了吧？”

可是主人并没停下来。在那一刻，主人似乎变了个人。他的脸整个都扭曲了，嘴里发出嘶吼，就像发怒的野兽一般。他朝着华猛扑过来，弧形盾撞开了华的柳条盾，铜戈当胸直刺。

华忽然明白，现在不是见点血的问题，主人真的会杀了自己。也许主人并没这个想法，但是他不受自己的控制。血让主人癫狂了。主人现在可能什么都没想，甚至可能都没意识到眼前这个人是华。主人就是本能地要捅死眼前这个人，劈开、洞穿、刺透，甚至砍成几段。然后，他才会变回正常的主人，想到这个死人是华。

华丢下柳条盾，拔腿狂奔。他什么也顾不上了，只想跑出格斗场，逃回自己的泥巴屋。

身后传来一阵怒骂，华也不敢回头看，只是拼了命地往前跑。血还在往外涌，洒在地上，形成了一条细细的红线。

然后他就忽然跌倒了。

一开始，华没反应过来怎么回事，还以为是被什么东西绊倒了。可紧接着，他就感到左腿阵阵的剧痛。一支箭射中了他的腿肚子，铜镞贯穿肌肉，露出了一寸来长的箭杆。华挣扎着往前爬。这时，主人挥舞着铜戈冲了上来。他满脸通红，恶狠狠地咬着牙齿，眼睛里射出骇人的光。华避无可避，情急之下大喊一声:“我是华！”

铜戈没有丝毫犹豫，朝着他脑袋劈落下来。华忽然想起手里还有半截木棍，他举起木棍想拨开铜戈，铜戈顺着棍子直落而下，登时血花喷溅。华的小指和无名指被齐根斩落，中指也被劈了个很深的口子。

华想要喊叫，可是嗓子哽住了。在他眼里，整个天地变得通红，就像蒙上了一层红布。他看到主人那红红的脸，红红的眼，还有高悬头顶的红红的戈。

然后一切都又迅速变黑。他什么都意识不到了。

是格斗师把华救了下来。格斗师怂恿主人做这次训练，主要就为了让他找到杀人的感觉。战士需要有股狠劲儿，见到对手要恨不得劈开他的肉，溅出他的血，不把对手弄死就不罢休。在战场上，人和人的较量有时并不完全靠技巧，也要看谁更有狠劲儿。主人平时缺少这方面的锻炼，让他真刀实枪地砍个人是有好处的，这就跟拿活羊喂老虎一个道理。

主人表现得不错，看见血就野兽般的亢奋，格斗师对此非常满意。但是杀掉华还是有点可惜，日子还长着呢，这个羌人满可以再用几次。所以在最后关头，他冲上去拽开了主人。铜戈砍在地上，砸出一个深坑。

就这样，华捡了一条命。

华在死亡线上挣扎了好几天。村里的巫医把草药捣碎，用水调成糨糊，抹在华的伤口上。他往华的嘴里塞进一片薄薄的石片，说是能辟邪，可是华谵妄中差点把石片吞下去。巫医把手伸进他嘴里，拼命往外掏，华才没被噎死。巫医没有办法，只能退而求其次，在泥巴屋的门口跳了一阵驱魔舞。可惜舞蹈的效果不明显，华还是发了高烧。

他的身子滚烫，像团火炭。华时而清醒，时而昏迷。每次醒来的时候，总是能看到季。她给他喂粟米粥，用湿布擦他的身子，拿陶罐给他接尿。华费力地抬起手，想摸一下她的脸。季抓起他的手，按在自己脸上。华满意地叹了口气，闭上了眼睛。在蒙眬之际，他想起自己少了两根手指，但这个念头很快就滑了过去。

华沉沉睡去。

等他再醒来的时候，烧已经退了。华觉得浑身清爽了不少，周围的东西也变得比较切实，不像前两天，看什么都像浮在空中。他扭过头来想找季。季不在，主人坐在那里。

看他醒了，主人起身摸了摸他脑门:“感觉怎么样?”

“嗯，好多了。”

“要喝水吗?”

“喝点吧。”

主人拿起地上的水罐，递给了华。华咕嘟咕嘟连喝了几大口。主人坐了回去，很长时间没说话，只是神色显得有点古怪，低着头，手指在地上轻轻划着，有点臊眉耷眼的样子。

华也觉得尴尬，就随口找了个话题：“你不是要去天邑商吗？”

“明天就走。”主人又沉默了片刻，才开口说，“师父说，那次训练挺有用的。”

华愣了一下，主人不会是临走前再找他练一次吧？他的皮肤登时爆出了一片片粟米粒似的小疙瘩，就像开了花似的。他瞠目结舌地看着主人，但是主人并没有那么说。

主人身子前探，捧起华的那只残手，看了看上面的伤疤。它不再那么鲜红了，黑紫黑紫的。主人说：“你是羌人。”

华不知道主人为什么忽然这么说，只能低声附和着：“嗯。”

“羌人最后都会做人牲。”

华的声音更低了：“嗯。”

“这是你们的命。”

“我知道。”

“可是，”主人停顿了片刻，轻声说，“我可以答应你一件事。在你四十岁之前，我决不让你做人牲。”

华愣住了。羌人很少能活到三十岁，在这个岁数之前，他们基本都会被奉献出去。主人这个承诺，等于送给他至少十年的生命。这份礼物太贵重了，但是主人确实给得起。老主人岁数大了，以后的家业就要靠主人来管。他有这个权力。

华垂下了头，把额头抵在主人的手上，泪水无声地滴落在地上。主人伸出另一只手，轻轻地放在华的头上。两个少年保持着这个姿势，很长时间都没动。

这时，华忽然想起一件非常重要的事。他仰面看着主人，嗫嚅着说："那么季……"

"谁？"主人有点困惑。

"季。"

主人想起来了："是不是那个大眼睛的小姑娘？她怎么了？"

"能不能也让季……"

主人的手抽了回去。他皱起眉头想了片刻，口气变得坚硬起来："这我可答应不了你。"

华鼓起勇气，逼着自己把话说出来："可是，没有季我活不下去。"

主人很长时间没说话。他又困惑又恼怒地盯着华，似乎不知道该拿他怎么办。最后主人忽然扑哧一声笑了起来："那你就去死呗。"

华的脑袋耷拉了下来。

主人站起身来。从华的位置，只能看到主人穿的那双翘头履，上面裹着一层黑色的丝绸。右履站在原地，左履一上一下地轻轻敲打地面，过了片刻，两只履忽然调转过来，不见了。

华抬起头来，发现主人已经走了。

晚上，华被身边的动静惊醒了。他伸手摸去，是个温热柔软的赤裸身子。这时，季的声音在黑暗中轻轻响起："别动，让我来。"华躺着一动不动，她的舌头沿着他的胸脯游走，轻轻地舔舐着，然后顺着小腹一直向下。华闭上了眼睛，感受一波波袭来的快感。季撩起头发，骑到了他的身上。那里是那么温暖湿润，他毫无困难地进入了季的身体。

在黑暗中，他抚摸着季滑腻的皮肤，耸动腰肢，向快感的巅峰一点点攀爬。但是他心头闪过一丝阴影。他在犹豫要不要把白天的谈话告诉季。这时，季俯下身子，和他紧紧地贴合在一起，她的嘴唇凑在他耳边，吹出来的气息撩拨着耳蜗，痒痒的。

"我们逃走吧。"

华骤然停止了运动。

"下次说不定他就会杀了你。"

"……"

"我们逃走吧。到一个没有人牲的地方，我们可以在那里生孩子。我不想生出人牲来。"

华不明白，世上怎么会有没人牲的地方呢？就算有，它又在哪里呢？

"可是，主人……"他刚说到一半，嘴就被季的嘴唇堵住。

高潮突如其来地降临，就像月亮和星辰同时爆裂，天地间只有光流的喷涌。一阵剧烈抽搐后，华紧紧搂着季的身体，就像拥抱着世间唯一的珍宝。

他打定了主意，等到三个月后，主人从天邑商回来，他会再去求主人。哪怕为了让主人开心，再参加一次真刀实枪的格斗，也在所不惜。

可是事情并没有如此发展，因为主人在第二个月就回来了。

三

华探查过周围，没有人。他悄悄掩上门，蹑手蹑脚地往里走。

这里是祭堂。从格斗场往右拐，走过一个长满浮萍的池塘，再绕过仓库，就是祭堂了。这里是供奉鬼神的地方，绝对禁止任何羌人进入。

除非那天轮到他们做人牲。

祭堂在村子里是个禁忌，人们尽量避免提到它。实在避不开的时候，也只是说“那个地方”。华很小就知道“那个地方”的存在，他曾缠着父母，打听它的情况。爸爸被他纠缠不过，就给他描绘了里头的情形。他说祭堂富丽堂皇，香气扑鼻，还悬挂着会发光的天帝像。祭堂中间有个大大的圆盘子，人牲沐浴以后躺在上面，鬼神会用无形的利刃结束他的生命，整个过程毫无痛苦。后来，华才知道爸爸也从没进过祭堂，一切都是他瞎编的。那里根本就不许羌人进去。主人倒是进去过。他说那儿普普通通，跟其他地方没啥两样，再详细他就不肯说了。

要想知道祭堂什么样，现在就是个最好的机会，因为所有商人都到主宅那里去了。昨天主人从天邑商带回了惊人的消息，商王去世了。这简直让人难以置信。商王已经当了很长很长时间的王，村子里有人说是四十年，也有人说是五十年。不管是四十年还是五十年，都长得像个神话。在大家心目中，他是不会死的，商王以前是他，现在是他，将来也还是他。

可是他居然死了。

接着，村民们开始谈论更可怕的消息。这位商王是古往今来最伟大的王，所以葬礼也要办得格外隆重。天邑商周围的村镇都要交出所有的羌人。他们将被送到天邑商，巫官从中挑选出最优秀的男女，祭献给商王的魂灵。

也有人说这是造谣。不可能把这么多人都送到天邑商，怎么装得下呢？再说，羌人都被送走了，村里的活儿谁干呢？但无论如何，肯定要送去一大批。这一点大家倒是都同意。说到这里，人们都面面相觑，恐惧像洪水一样淹没了整个天地，让人透不过气来。

当天晚上，主厅里举办了盛大的宴会，说是要为商王哀悼。所有的商人都参加了，走廊、庭院、披屋都挤满了人。各种乐器响个没完没了，音调说不出是悲伤还是兴奋，但是都很嘹亮，从主厅一直传到村子里。村里也派出羌人前去伺候。据这些人说，主人带头又哭又闹，对着月亮嗥叫，还朝火堆撒尿。最后大家都喝得醉醺醺的，横七竖八地躺了一地。

华几乎一夜没睡。他满脑子都是乱七八糟的念头，但是一个也抓不住。这些念头滑溜得就像游鱼，刚一碰就不见踪影，只留下串串泡沫。等到天刚蒙蒙亮，他忽然跳起身来，悄悄朝祭堂的方向走去。爸爸妈妈就是在那里把自己奉献出去的。万一他要被送到天邑商，那么临走前，他好歹应该去祭堂看一眼。

看了又如何呢？华也说不上来，但是无论如何，他也想去看一看。

路上一个人也没有，但是他的心还是狂跳不止。

跟他预料的不同，祭堂并不是一间大屋子，而是露天庭院。庭院中间有半人高的土台，旁边围绕着很多圆坑。在庭院角落里有几间小屋，门上涂着红漆，顶上覆着板瓦。看上去主人没骗他，祭堂看着确实普普通通。

但也有不太对头的地方，就是它的气味。庭院里弥漫着一股说不清的味道，浊浊的、闷闷的、甜腻腻的。气味是从圆坑里发出来的。一个又一个的坑，围绕着土台，就像花瓣簇拥着花蕊一样。

华盯着这些圆坑，看了又看。某个念头盘踞在他的脑海里，把其他东西全都挤了出去。可是这个念头本身却空空荡荡的，说不出是什么，就像没有面孔的人。

他慢慢地走近一个圆坑。坑里铺着黄土，看不出什么异样。但是它周围的土壤颜色不对。不是黄色，而是黑红色。这种颜色让华想起了酱缸里沉淀的汁液，也是这么暗浊浓稠。几只苍蝇停在坑边。华离它们很近，它们却视若无睹，依旧搓着前肢，气定神闲地舔着泥土。

华脑海里的那个念头慢慢成形，就像没有面孔的人渐渐生出面孔，既狰狞又丑怪。没错，黄土下面躺着人牲。一层黄土，一层人牲，一层黄土，又一层人牲。等坑填满了，就换个地方再挖一个。这里的每一块土都能攥出血来。

他试着去想象土坑下面的情形，却想象不出。他转而去想象爸爸妈妈在哪个坑里，也失败了。但是爸爸讲过的那段话却忽然跳入脑海，“在所有人里面，我们的肉最甘甜，我们的血最洁净。只有我们才能配得上天帝，配得上鬼神”。华环视周围，没有看到天帝鬼神的画像。

真的会像爸爸说的那样，毫无痛苦吗？华不是孩子了，知道这是不可能的事情。但最可怕的不是痛苦，而是痛苦后面的黑暗。他努力去想象那个场景。你被杀死，杀死你的人接着过日子，但你躺在坑里，身上盖着厚厚的黄土，什么都不知道了。对你来说，世界就是个黑黑的大洞。没了，消失了，不见了，一切都不存在了。太阳还会不会升起，地里还长不长庄稼，都跟你没有关系了。或者，你不是躺在坑里，而是挂在木杆上。太阳晒着你，风吹着你，小孩子在木杆下看着你，可你什么都不知道。想到这里，华浑身一阵阵地发冷，觉得周围的阳光似乎变暗了。

他不明白，为什么天帝和鬼神不能就只吃果子呢？

他和主人谈论过这个问题。主人对此嗤之以鼻，反问道：“狼为什么要吃羊？为什么它们不吃草呢？”华无言以对。主人最后评价说：“羊想不通的事儿，对于狼根本就不是个事儿。”华虽然想不出什么词儿来反驳，但他并不赞同主人的看法。世上的事情总该是有一番道理的。

华穿过那些圆坑，走到小屋跟前。他轻轻一推，门无声无息地打开了。里面堆放着一堆乱七八糟的东西，托盘，柴火，陶罐，凿子，刀斧……华掩上房门，又来到隔壁的小屋。

隔着门，就能闻到一股淡淡的臭味。华犹豫了一下，还是推开了木门。里面是骨头，各种各样的骨头：臂骨、腿骨、椎骨、头骨……凌乱地堆在一起。有个头骨正对着华，但是它并不完整，从颌骨以下都被齐齐地削掉了。

为什么会被削掉？是死后被削掉的，还是活着的时候？如果头骨在这里，那些坑里埋的又是什么？

华强迫自己把目光挪开，不去看那两个大大的黑窟窿。然后，他发现了狗的骨头。没错，一定是狗。小小的头，长长的嘴，颅骨下还连着一两节脊骨。它夹在两具人骨中间，显得小巧而脆弱。

华盯着狗的头骨看了又看，整个人都被这块骨头给定住了。他脑子里似乎有个尖厉的声音在啸叫，但又听不清叫的是什么。等华好不容易转过目光，扫视整个屋子，他发现这里不仅有狗的骨头，还有猪的。不是野猪，而是猪圈里畜养的那种。圆圆的头颅，硕大的鼻子。还有羊的……

华蹲了下来，双手撑着地面，开始呕吐。黄褐色的呕吐物聚成一团，黏糊糊的，上面还浮着小泡沫。等吐完了，华站起身，朝这堆人兽混杂的骨头看了最后一眼，然后猛地转身而去。他先是快走，接着就开始奔跑。早晨的风吹在他的脸上，让他体内滚烫的血液渐渐冷却下来，也让他心中的那个念头渐渐凝固成形。

主人刚刚醒过来。昨天喝得实在太多，现在他整个脑袋像炸开了一样，两个太阳穴一跳一跳地疼。胃里也一阵阵的恶心。华气喘吁吁跑进来的时候，主人正趴在竹席上，有气无力地呻吟着。

他抬头看了看华，脑袋又耷拉了下来。

“水。”主人小声嘟囔着。

华倒了一杯水，递给主人。主人抬起身子，咕嘟嘟地一口喝光了，稍微舒服了点儿，又重重趴回到席子上。

“我……”华刚开了个头，就说不下去了。这个字孤零零地悬在空中，上不着天下不着地，渐渐枯萎消失了。

“嗯？”主人揉着自己的脑袋，很不耐烦。

华努力整理思路，换了个说法：“王去世了。”

主人没说话。

“我们会被送去天邑商吗？”

“嗯……”

“那么，”华咳嗽一声，清了清自己的嗓子，“你答应我的事儿……”

“什么？”

“你答应我的事儿，还算数吗？”

主人整个人还是发木，脑子有点不转个儿。他抬眼看着华，过了一会儿才明白华的意思。他生气地嚷起来：“天邑商的命令，我爹都扛不住，我又有什么办法？”这一喊，他的头更疼了，忍不住呻吟起来。

“可是……”

“可是个屁！”主人忽然暴怒，抄起杯子向他砸了过来，“滚！给我滚！你们这些羌人，就是他妈的做人牲的命！脑袋都给你们剁下来挂着！”

华轻轻一闪，陶杯掉在地上，摔成了碎片。华低头看了看地上的碎片，什么都没说，扭头朝外走去。在他身后，主人还在小声呻吟。等他走到门廊的拐弯处，隐约听到主人喊了一声他的名字。华装作没有听见，慢慢朝村子走去。他一边走，一边小声地自言自语，至于说的是什么，他自己也不知道。

他只知道，两个手指头白被砍了。

晚上，他开始做梦。

他梦见自己飘在天空上，像只鸟一样。下面是一座城市，看上去大极了，无边无沿地朝着四方延伸。城市有很多街道，有纵有横，都很宽阔。路中间跑着一辆辆马车，两边是走路的人，摩肩接踵，像蚂蚁似的。街道旁边的房屋基本都是黑色和红色，整个城市看上去就像一块染着血的黑布。

虽然没人告诉他，他也知道这就是天邑商。梦里的人总是什么都知道。华的视角忽然下沉，从街道上空低低掠过，向北方飞去。那里是王的宫殿。啊，这里真是富丽堂皇啊，一道又一道的大门，数也数不清的走廊，复杂得像个迷宫。柱子涂着红艳艳的丹砂，立在青铜柱基上。阳光洒在上面，亮得把华的眼睛都看花了。

王宫里面的广场大极了，比祭堂大出不知多少倍。广场上跪着黑压压的人群，一男一女搭配着，排成队列。身穿皮甲的武士围着他们。武士们手持青铜钺，在阳光下走来走去，被晒得直冒汗。

华知道祭礼很快就要开始了。青铜钺会咔嚓咔嚓，把这些人牲砍成几段。横着砍，竖着砍，自由发挥地砍。头颅会被收集起来，尸体则被运走扔进祭坑。然后，武士们从地牢带来新的人牲。那里关着的羌人多着呢，足够杀上好多好多轮。

华低头朝自己身上看去，看到一团黑亮的羽毛；往左右看去，双手已经化为鸟翼，上面长满了粗大的黑羽。他在广场上空盘旋，发出尖锐的啸叫。武士们茫然不觉，好像根本没有听到。但所有跪着的人都抬头望着他。华发现每个跪着的男人都长着和自己一模一样的脸，每个跪着的女人都长着和季一模一样的脸。在梦中，他忽然明白了，自己已化身为死神之鸟，注视着必死之人，而也为必死之人所注视。

这时，广场摇晃起来，宫殿也跟着晃动，好像马上就要坍塌。连天空都开始剧烈抖动，太阳弹珠似的跳个不停。

他醒过来了。有人在使劲儿晃着他的身子，是季。

她直直盯着他的眼睛："今天就走，再晚就来不及了。"

华说："好。"

四

他们不知道该往哪个方向逃。想来想去，只有小时候走过的那条道比较熟悉，于是他们就往那里去了。原野上一片寂静，只有风从草丛上吹过的声音。草丛在他们面前打开，又在他们身后合拢，就像绿色的水流一样。

他们来到界标的时候，天还没有亮。但借着月光，还是能看到那根木杆。木杆上依旧挂着两片尸体，肯定不是小时候见到的那具了。它的体形相当小，看着还比较新鲜，肌肉都没烂透。

“是吕。”季紧紧攥着拳头，断言说。

华觉得季说得对。最近村子里做了人牲的，只有吕。他十岁左右，按理说还不用做这种事。可是他爬树的时候跌下来，摔断了腿。老主人下了命令以后，吕的妈妈给他烤了一条鱼吃，吕还想吃个苹果，可是没有，也只好算了。吃完以后，妈妈就把他送过去了。从那以后，再没人见过吕。

他们俩屏息看了片刻，就手拉着手接着往前走。月亮渐渐落下，群星寥落，东方泛出惨白的亮光。此时，界标已经被他们远远甩在了后面。右边能模糊看到一条小径，他们马上决定转向左边。离人越远的地方越安全。但是，他们到底要去什么地方呢？

对这个问题，季回答得斩钉截铁：“到一个没有商人的地方。”可是，世上真有这样的地方吗？华一点把握都没有，但是他什么也没说。此时此刻，争论这些已经都没有意义了。他们只能向着前方，不停地走下去。

前面的景色没有多大变化，原野上开着零碎的小花，单调而寂寞。有的地方没有草，露出下面黄黄的土地。他们持续不停地往前走，中间只停下来喝了点水。等到太阳高高升起，地面开始蒸腾热气的时候，他们听到了后面传来的声音。

轰隆隆，汪汪汪。

汪汪汪，轰隆隆。

隐约，细微，但确定无疑。

回头望去，一团黑黑的东西出现在地平线上。华忽然有了一种强烈的虚脱感。他早就猜到了这个结局，但没想到来得这么快。如果身边没有季的话，他几乎肯定会瘫坐下来，静静等着那团黑色的东西。

可是，季冲着他高声大喊："别愣着，快跑啊！"

"跑有用吗？"在华的脑海里有个声音悄悄地抗议。可是，另一个声音声嘶力竭地叫了起来："可是，那也要跑啊！"

好吧，好吧，他几乎是哀求着对这个声音说。

华和季疯了似的向前跑。耳边风声呼啸，面前的土地一片接一片地撞过来。华张大了嘴，用尽全力呼吸。他的肺感觉像要爆炸了，右腿的箭伤也发作起来，一阵阵钻心的疼。但是，马车的隆隆声还是越来越近，狗好像就在他耳边吠叫。

"啊啊啊啊啊"，华大声喊叫起来。

一个绳套从天而落，正好套在华的脖子上。他眼前发黑，猛地摔倒在地，颈椎疼得像是被人生生掰断了。华呻吟着在地上翻滚。接着，他也听到了季的叫声。

"完了，"华绝望地想，"一个都没跑掉。"

马车停了下来，两名武士跳下车来，一人一个，把华和季拖了起来。主人慢慢走下马车。他穿着一身漂亮的丝绸夏装，手里拿着马鞭。几条大黑狗簇拥在他身边，低沉地咆哮着。

"华呀华呀华呀，"主人叉起了腰，叹息着说，"逃跑都跑得这么笨。"

华低头不语。

主人转头看向季："季？"

季看着他，没有说话。

"我记得你，我跟你睡过觉。"

季还是不说话。

主人撇下季，走到华的面前："说吧，为什么逃跑？"

华咽了口唾沫，说："我昨天问过你。"

主人微微一愣，说："然后呢？"

"你说，以前答应的事儿不算数了。"

主人原地转了个圈，哈哈大笑起来："我操，你为什么非挑那个时候问我？"他渐渐收起笑声，"所以，你就跑了？"

"嗯。"

"是你想跑的，还是她让你跑的？"主人用马鞭指了指季。

"是……"华张口结舌，过了片刻，他说，"是我要跑的。"

主人的娃娃脸上露出狡黠的表情："我什么时候会说话不算数？是你自己犯傻，非挑我难受的时候来问我。我喊你回来，你也不理，我就把这事儿忘了。说起来，你可真是活该。"华惊诧地看着他。主人挠了挠脑袋，说："不过呢，我费这么大劲儿才抓住你，总不能就这么算了。再说天邑商那边又催着我们缴人牲。所以，华，季，你们两个听好了。我给你们一个机会。你们两个人里面，有一个能活命。至于是谁，你们得赌一把。"

主人跑回车厢翻拣了一阵儿，取回两片兽骨。

"这两片兽骨都刻着字儿，有一片骨头上刻着'商'，另一片上刻着'羌'。你们谁选到带'羌'字的骨头，我就放他走。选到带'商'字的，我就把他抓回去送到天邑商。这个赌法公平吧？"

华和季面面相觑，没有说话。主人看了看华，又看了看季。然后，他走到季的面前，把兽骨递了过去。

“和我睡过觉的小姑娘，我把机会先给你。你来挑吧。”

季还是一语不发，也不伸手。

主人把手伸得更近了些：“来，挑吧。”

季低下头，朝主人的手心使劲吐了一口唾沫。

主人猛地抬起另一只手，好像要打季，但马上又收住了。他呵呵一笑，把手在身上擦了擦，转身来到华跟前。

“她不肯挑，那你来吧。我是认真的，要是你们都不挑，那就都送去天邑商。好好挑吧。”主人侧过身子挡着季，拍了拍华的肩膀，同时压低嗓门，用只有华能听到的声音说：“长着羊角的。”

华哆嗦着接过两片兽骨。它们很光滑，放在手心里凉凉的。有一片似乎来自牛的肩胛骨，偏厚。另一片比较薄，大致是个圆形。每一片兽骨上都刻着两三个符号，有的符号像小人，有的符号像动物，还有的说不上来像什么。

华用右手摩挲着兽骨。三根手指在那些符号上划过。断掉的那两根手指，伤口已经愈合，新长出来的肉嫩红嫩红的，像是肉芽。他看了看季。季本来也正看着他，碰到他的目光，马上扭转头去，望向远方的原野。

华低下头，死死盯着兽骨上的符号。风呼呼地吹。野草随风起伏，波浪般地荡漾着。华站在那里一动不动，他也不知道自己站了多久，也可能很长很长时间，也可能只是闪念之间。

“快挑吧。”主人不耐烦地催他，“想要的留下，不要的给我。选中带‘商’字的，我把你抓回去；选中带‘羌’字的，我把她抓回去。就这么简单。”

华还是低着头，愣愣地看着兽骨。

“挑！”主人不耐烦地大声叫道。

华觉得脑子里好像有个东西骤然爆裂，发出耀眼黑光，让他一阵阵眩晕。他缓缓地伸出右手，两眼呆望着前方的一个空虚之点。主人接过那块肩胛骨，在手心里颠了几下。“果然是这样，”他叹了口气，“华呀华呀华呀，果然是这样。”

他打了个手势，那两名武士拿出皮绳把季捆了起来，一个人抱头，一个人抱脚，把她扔进了车厢。季始终默不作声。哪怕身子重重撞到车毂的时候，她也没发出一点声音。

武士和季都上了车，现在只剩下主人和华。主人让华坐在草地上，自己也在对面盘腿坐下。他用手托着下巴，脸上又浮现出孩童式的表情。

“你走错方向了。”

华茫然地看着主人。

“你应该往西走，”主人用马鞭指着西方，“你们羌人部落在西边，至于多远，我也说不准。应该是很远很远吧。”

“羌人有自己的部落？”华的声音有点颤抖。

“有啊，西方有很多羌人的部落。你们的祖辈都是从那里抓来的。我没去过，是我爸爸说的。你就朝西边走吧。到了那儿，你就安全了。记住，越往西越好，离我们商人越远越好。”

华低下了头。

“这次要用很多很多人牲，恐怕得好几千。新王下了命令，让我们把所有羌人都交出来，一个不留，到了天邑商他们再挑，挑剩下的会还给我们。你不能待在这儿，我也保不了你，你还是跑吧。”

“季……”

“跑一个还好说，都跑了怎么行？再说，我只答应过你。”

华猛地抬起头来，“可是你也让季选了啊。”

主人乐了起来：“我只是想看看那小姑娘会怎么选，看她是不是跟你一样。”他站起身来，掸了掸身上的土。

华忽然伏在地上，额头碰到了地上的泥土：“饶了季吧！饶了她。”

“没门儿。”

华发出野兽般的号啕：“饶了她！把她还给我！”

“你已经选过了。”主人拍了拍华的脑袋，“看来没有她，你也能活。”

“我要是……”华哽着嗓子，没法说完这句话。

主人看着他，摇了摇头：“华呀华呀，你何必非要问出一个跟自己过不去的答案呢。”

华死死地攥住地上的青草，把草根都拽了出来。他手心一阵一阵地痉挛。如果，如果，啊，如果。

主人走回马车，拿出一个布袋，扔在他面前。“我都给你准备好了，这里有旅契，过津卡的时候兴许有用。还有干肉脯，还有点儿贝币。你拿着吧。”他想了想，又解下腰间的匕首，连鞘放进布袋里。主人蹲下身子，把额头放在华的脑袋上，“碰到人了，就说自己是商人。走吧，华。走得越远越好，再也别回来。”

华忍不住怆然泪下。

主人转头而去。他跳上马车，拍了拍车厢。鞭子响起，马车轰隆隆开动，只留下华一个人，孤零零地伏在地上。烈日照耀，阳光轰鸣。

往西走，没有那么多草，到处是大块大块的黄土地。地势逐渐升高，形成一道山岭。天气太过酷热，华尽量找阴凉的地方走。但没过多久，后背还是全湿透了。仰天望去，天上就连飞鸟都没有了，一片空荡。

等他爬上山顶的时候，太阳已经渐渐西坠。他往左手边看去，有一道深深的山崖，山体几乎垂直削落。山崖底部就是洹河。水浑浊极了，就像黄色的浆汤。在河的对岸，一座城市遥遥在望。

它跟梦里看到的一模一样。烟雾腾腾，把天上的云都染黑了。下面是无数的黑房子、红房子，朝着四面八方伸展。整个城市看上去就像一块染着血的黑布。

华呆呆地看着它，就像和一头猛兽对峙。

他想起手里一直紧紧攥着的东西，就把它高高举起，朝着山崖扔了过去。华本想把它扔进那条大河，可是劲儿没那么大。那块圆圆的兽骨跌落在石头上，弹了起来，又落到一株藤蔓上面，晃了一晃，接着跌落。它顺着山壁往下滚，最后卡在石块间的缝隙里。它也许会一直待在那里，几百年，上千年，被雨水侵蚀，被黄土覆盖，再也无人见到。

“天邑商！”华大声喊道。

他的声音被风送到洹河的上方，然后渐渐消散，了无痕迹。

“天邑商！”华冲着河水声嘶力竭地呐喊。

河水不动声色，自顾自地流淌。

“天邑商啊！”华蹲了下来，使出最大的力气喊道，“你什么时候才灭亡？”然后，他把脸埋在地上，两肩无声地抽动。

过了片刻，华直起身子，头也不回地朝着西方走去了。

猎龙

一

清晨的阳光铺满天空，宛若金黄色的挂毯。大海清澈晶莹，一道道白浪漾过水面，扑向岸边，然后又缓缓转身退去。空气中弥漫着海藻和盐的味道。

陆地上是密密麻麻的人群。他们排成了十几个阵列，每个阵列前都竖着黑色的军纛。两翼是骑兵，中间是步兵，排在前面的是一排排的弓弩手，队形严整，井然有序。从空中俯瞰过去，就像被刀子切割出来的一个个长方块。

队列后面有无数帐篷和车辆。圈出来的空地上堆着金属、木头，各种各样的工具，像是工地的样子。不过现在没人干活，也没人走动。所有人都伫立不动，望着北方的山丘。

山丘不算太高，坡上长满柏树，一道石头台阶穿越树丛，伸展到山顶。山顶的树木被砍光了，整理出相当大的一块平台，从那里能够俯视整个营地。平台上空荡荡的，一个人都没有。山脚下的人们一边眺望，一边等待。

也不知过了多久，山顶忽然传来钟鼓声，铿锵响亮，直飘到远处的海面上，惊起许多鸥鸟。等声音渐渐沉寂，一群人出现在平台上。由于隔得太远，他们看上去只是模糊的小点。努力分辨的话，勉强能看出几个人抬着步辇，里面坐着一个黑衣人。步辇旁围着一大群穿杂色衣服的人。

步辇停在平台前方。

所有人都屏住了呼吸，就连战马都不敢嘶叫，整个山脚鸦雀无声。一种紧张感如电流般，灌注到了每个人的身体里，空气似乎也被绷紧了。有人在微微战栗。他们被宏大感压倒。面对步辇中的黑衣人，他们觉得自己是一粒沙，非常小；但同时又化身为整个沙海，非常大。

金黄的太阳悬挂在步辇上方，光焰喷射，难以直视。步辇的帷幔被拉开了，黑衣人端坐其中。过了片刻，他缓缓地抬手，朝山下挥了挥。

人群中爆发出一声呐喊：“皇帝万岁！”稍作停顿，又是一声更高亢的呐喊：“皇帝万岁万万岁！”然后，上万人朝着山丘齐齐跪倒，就像狂风下倒伏的麦田。

青山不语，大海凝滞，阳光狂野倾泻，将山海间的一切都镀上了金色。黑衣人静静地看了会儿这片人形沙海。

他做了个手势。帷幔放下，人们将步辇抬走了。

又是一阵钟鼓声。检阅结束了。队列解散，人们站起身来，返回各自的岗位。

海岬停泊着近百艘战船，有修长的大翼、小翼，有轻快的桥船，也有戴冲角的突冒船。战船前面是一大片空地，船员排成一列列纵队，人人都满脸严肃，在等待着什么。

一个穿着皮甲的都尉手拿简书，走到队伍前面，扫视一下人群，又抬头望了望远处的山丘。

“第四营，向前！”

一个纵队向前走了十步。

“第四营！昨日之役，你们畏葸避战，造成缺口，使得海鲛逃脱。依陛下敕令，当行轮斩！”

没人说话。第四营的人既没辩白，也没求饶，只是一个个面如死灰，默默地看着都尉。

都尉挥挥手，站到一旁。

第四营最前列的六个人站了出来。他们向前走出二十步，缓缓跪倒。接着，第二列的人跟了上来。他们站在同伴身后，从腰间抽出剑，轻轻搭在同伴肩头。

都尉大喊一声:“斩!”

利剑挥出，六个人头落地。鲜血喷溅在沙土上，殷红一片。有人过来把尸体抬走，放在旁边的车上。第二列的人向前一步，把沾血的剑放在地上，剑鞘也解下来摆在旁边，然后跪倒在血泊中。

第三列走上前，站到跪倒的同伴身后。他们同样抽出剑，轻轻搭在同伴肩上。

都尉在原地走了几个来回。他神经质地将手一攥一合，眼睛时不时地望向平台。那里出现了几个人。他们一边朝这里看，一边指指点点，好像在议论着什么。

周围一片安静。跪着的人闭着眼睛，轻轻地哆嗦。持剑者两眼通红，也在轻轻地哆嗦。等待的时间长得有点不合理。都尉终于沉不住气了，他大喊一声:“斩!”

六颗人头滚落在地，尸体重重栽倒。刚刚砍杀同伴的士兵，放下剑，跪倒在血泊里。

就这样一轮又一轮，共有八列的士兵被处死了。越到后面，都尉就越是躁动，而行刑的间隔时间也就越长。

等到第九列的士兵跪倒时，一个骑着马的信使赶来了。他姿态从容，马蹄踏在沙地上，发出不疾不徐的嘚嘚声。信使来到阵列前，下了马。他看了一眼跪在地上的士兵，袖起双手立在一旁。

所有目光都投向信使，都尉更是死死盯着他。信使淡淡地笑着，也不说话。

都尉等了一会儿，忽然扭转头来，一声暴喝："斩！"

又是六颗头颅落地。

这时，信使才缓步走到行列前面，从衣袖里掏出一张帛书，对着人群抖了抖："陛下敕令！"

人群齐刷刷地跪倒，低头看着地面。

"轮斩，止！"说完这三个字，信使转身上马，扬鞭而去。对跪在地上的这些人，他一眼都没有多看。

大家慢慢站起身来。第四营的人围在血泊旁，愣愣地看了一会儿。有人上前把地上的剑收拾起来，搬到车上。血滴滴答答洒了一路。从头到尾，谁也没有说话。

都尉高喊道："上船，出发！"

各个队列小跑着，奔向自己的船只。没过多久，战船纷纷起碇，驰向大海。它们在水面上排成巨大的弧形，开始地毯式搜索。

在大海深处，据说有三座仙岛，名叫蓬莱、方丈、瀛洲。岛上不仅有仙人，还有不死药。皇帝派了很多船队去寻找仙岛，可始终没有找到。有的船队自称已经看到了仙岛，海上却忽然起了风浪，将船队吹散。皇帝对此非常恼火，却也无计可施。

后来有位方士给了一个解释。他说海里有个巨大的怪物，名为鲛。是它在兴风作浪，阻止人们登上仙岛。要想登上仙岛，获得不死药，就要先杀掉海鲛。

因此，皇帝东巡时，特意绕道至琅琊郡海岸。他命随行的船队从这里出发，一路北上，寻找海鲛。船队在海上搜索，大部队在陆上开拔，齐头并进，务必把海鲛捕杀掉。

从琅琊到荣成，一路上都没有找到任何踪迹。但是在芝罘，没有任何征兆，它忽然就出现了。它看上去诡异、阴森，而且大得不可思议。那蓝灰色的身子涌出海面时，简直就像一座岛屿。

船队试图猎杀它，但是屡遭挫败。海鲛很厉害，它的尾巴能击碎小船，身子能撞翻大船，一旦张开血盆大口，甚至能把船舷和水手一起嚼碎。而且它还狡猾得要命。它会等待，会伏击，会寻找船队的薄弱点，战术相当高明，智慧程度简直不亚于人类。

海鲛的皮肤不算太厚，弩箭可以射伤它。激战过后，它周围的海面总是一片鲜红。但这并没多大用。它身上似乎有流不尽的血，这点伤并不能让它丧失战斗力，反而会让它加倍狂暴凶狠。船员们推测，海鲛皮肤下必有极厚的脂肪层，所以弩箭伤不到它的要害。要捕杀它，只能是一场消耗战。

可是这种消耗太恐怖了，船队每天都会损失十艘以上的船，皇帝还动不动就要处死一批畏战的船员。大家担心这样拼下去，没等干掉海鲛，船队先就完蛋了。但是没办法。皇帝下了死命令，他们就只能硬着头皮去战斗。

而且奇怪的是，海鲛就是不肯逃走。它顽固地守在海口，一次又一次地战斗，流血，杀戮。大家渐渐有了一种感觉，海鲛并不害怕被围猎。相反，在海鲛的眼里，他们才是猎物。海鲛要把他们全部毁灭，然后才肯退回大海深处。

为什么呢？没人知道。也许它真的在保护通往仙岛的道路，也许它是被激怒了，但也许它就是单纯嗜杀，看到活动之物就要撕裂它们，夺走它们的生命。

船队悄悄朝深海开去。

水手们按照固定节奏划动船桨。从天空望下来，船队就像一群海蜈蚣，伸出密密麻麻的脚，在海面上匆忙爬行。海风轻柔，天空湛蓝，白云缓缓飘过天心，水面上漾着粼粼金光。眼前的一切都很美，但美得让人恐怖。每个船员都知道，前方凶险万分。揭开大海这层蓝绿色的脆皮，下面就是黑洞洞的死亡。

都尉负责前线指挥。他站在双层楼船上，努力捕捉海面上最轻微的变动。

但他什么都没发现。

海面非常平静。波浪懒洋洋地卷动着，偶尔有鱼跃出水面，也是一副从容不迫的样子。船队已经开出了很远，岸上的山丘变成了一个模糊的小凸起，可是海鲛还不现身。

现在他们多少知道一点海鲛的习性。它不能老在海底待着，每隔一段时间就得浮出水面来换气。这个间隔最长能有多久，都尉说不准，但不太可能超过一两个时辰。随着时间一点点过去，他觉得海鲛也许真的离开了。

不光都尉这么想，其他船员也有这种想法。站在身后的军候凑过来小声说：“大人，我看那玩意儿走了。”语气里颇有如释重负之感。

“嗯，”都尉扫视着前方的海面，沉吟说，“要是那样的话……”

话刚说到一半，他忽然觉得脚底传来一阵轻微震动。决不是海浪。海浪起伏有规律，不是这种感觉。没等都尉反应过来，震动已经变成剧烈颠簸。前方浪花喷涌，海面像煮沸了一般。接着，巨大的水柱升腾而起，一个蓝灰色的东西隆了出来。

是海鲛的鱼脊！

都尉马上明白了，海鲛早就设好了埋伏。这次它既没有迎面冲来，也没从后面伏击，它耐心地等船队开到正上方，再忽然跃出，从中心地带把整个船队打个七零八落。

“散开！散开！”都尉扯着喉咙大喊，但是他也不确定有多少人能听得到。海鲛做了一个回旋，激起的海浪直冲天际，差点把都尉砸倒。都尉双手死死抓住护栏。也就在这个时候，他第一次近距离看到海鲛的眼睛。

海鲛身子有二三十丈长，相比之下，眼睛却小得出奇，直径最多有半尺。如果按人体比例，真是比芝麻粒还小。这小眼睛里泛着奇异的绿色，空洞冷漠，像燃着的鬼火一般。有那么一个瞬间，都尉觉得它在盯着自己看，不由得打了一个冷噤。

海鲛甩动尾巴，把一艘小翼战船打得粉碎，就像随手拍碎了一个甜瓜。然后，它调整了一下方向，猛地向楼船撞来。刹那间，船舷爆裂，碎木板四处飞溅。楼船整个翘了起来，向着右方倾斜。都尉扭头看去，军候他们早就不知滑到哪儿去了。他刚想喊，整个人已经坠入海中。水一下子灌进他的嘴里。都尉害怕被船身砸到，猛蹬双腿向下沉潜，然后拼命向前游。能游多快游多快，能游多久游多久。直到所有空气都耗尽，肺火辣辣的像烧着了一般，他才踩着水浮了上来。

海面一片惨烈景象，到处是船舶碎片，到处是挣扎的船员。楼船的半个身子浸在海里，很快就会彻底沉没。海鲛撇下它，扑向前方的几艘大型战船。船员手忙脚乱地朝它发射弓弩，投矛手也把标枪投了出去。海鲛身上扎着十几根弩箭和标枪，但它毫不在意，从容地跃起半个身子，重重地砸在大翼舰的船尾。浪花激起了十几丈高。整条船就像被巨灵之手拍了一巴掌，在空中弹起，翻了个个儿，肚皮朝下落入海中。

都尉朝一艘小船游去，上面有人伸出竹竿把他拽了上来。船上的人都一脸惊恐，围着都尉，等着他拿主意。可是都尉愣愣地望着海鲛，脑海中一片茫然。

船队四散奔逃，海鲛在后面穷追不舍。好在队形散开了一些，损失没那么密集。但队形一旦分散，也就没有了进攻能力，只能被动挨打。现在是海鲛狩猎的时间，海面上不断有船只沉没，海鲛随口撕咬咀嚼。人血混杂着鲛血，铺展在水面上。

“完了。”都尉心头一阵悲凉，闭上了眼睛。这次弄不好要损失一半战船。自己就算不死在海里，回去以后也会死在剑下。绝望感像枚巨大的钉子一样，把他牢牢钉在原地，动弹不得。

就在这时，他觉得周围传来一阵骚动。有人在大声尖叫：“看那边！快看！”

都尉顺着他们指的方向看去，一时间竟不敢相信自己的眼睛。一个白衣人破浪而来，越过一艘艘逃窜的战船，朝着海鲛冲去，快得就像离弦之箭。在白衣人身下，是一头海豚。

都尉在海上服役多年，见过很多海豚，但他从没见过有人骑海豚。不说别的，光是海豚那滑溜溜的身子，就很难骑乘。可是这人骑在海豚身上，显得轻松自然，毫无困难。

这是一个极其俊美的少年，身材高挑，皮肤白皙，长长的睫毛下，一双眼睛清澈如湖水。他穿着白色的紧身衣，束着赤红色抹额，浓密的黑发披下来，散在肩膀上。他身下的海豚也很漂亮，至少有两丈长，皮肤黑白分明，光洁润滑，身体呈完美的流线型。

少年跨骑在海豚身上，左手抓着背鳍，随着海豚游泳的节奏摆动着。一人一兽配合得天衣无缝，仿佛彼此的身体连在了一起。

太阳已升到了天中，金黄光芒飘落水面。天空蔚蓝得近乎透明，海水碧绿得近乎凝固。在天与海之间，海豚劈浪斩波而行。它不时弓起身子，从水中跃起，带起的浪花碎裂如水晶。少年也随之在半空中腾起。他长长的头发被海风吹起，飘荡在脑后，如同一束黑色的火焰。

少年拿起背后的弩箭，指向海鲛。

二

他前面的战船纷纷避开，给他让出一条通路。海豚在战船间飞速穿行，转眼就冲到海鲛附近。

海鲛发现了异常。它本来正追击一艘战船，稍微犹豫了一下，就调转身体，朝海豚扑了过来。海鲛身躯庞大，相应地就没那么灵活，至少没有海豚灵活。它刚冲过来，海豚往左一个急闪，躲了开去。海鲛掀起尾巴，朝它重重砸下，海豚一个前冲，又轻松避开了。尾巴空落在海面上，砸起了冲天的浪花。

也许是少年在操控它，也许是海豚本身的力量，总之它显得非常机敏。不管海鲛怎么进攻，它都能及时化解。一只海鲛，一只海豚，在海上展开了复杂的舞蹈。但不管海豚如何敏捷，双方体形相差太大，只要这场舞蹈的节拍稍有差错，海豚就会粉身碎骨，它背上的少年当然也在劫难逃。

少年也紧张起来。

他弓起身子，咬紧嘴唇，死死盯着海鲛，等待出现某个空隙。几个来回后，这个空隙终于出现了。海鲛一扑不中，正要调转方向，速度不免略有迟滞。这个时候，它的侧面正好横在少年面前。

在这电光石火的瞬间，少年手中的弩箭射了出去。

箭镞深深刺入海鲛右眼。

一道殷红的细线从眼窝垂了下来。海鲛眼中鬼火般的光骤然熄灭。它发出一声惨嚎，声音嘶哑低沉，在大海上嗡嗡作响，震碎了水面的波纹。船员们都听得毛骨悚然。

它疯了似的在海里打转，用左眼去搜寻敌人。现在它视力虽然受损，但狂怒之下速度却变得极快。它发现目标后，猛然跃起，尾巴带着摧枯拉朽的力量横扫过来。海豚拼命向前冲刺，总算在最后关头躲过了一劫。少年身子一晃，差点栽进大海。他死死抓住海豚背鳍，才勉强稳住了身体。

海豚全速游动，绕了一个大圈子，总算退入相对安全的区域。

很难再射中海鲛另一只眼睛了。海鲛眼睛本来就小，现在它又不断翻腾，少年根本没法瞄准。他伏在海豚背上观察了一会儿，决定换种打法。少年从背后抽出了一支弩箭。这支弩箭的镞上生着倒钩，尾上穿着长绳，有点像射鸟用的矰矢，只不过粗大得多。

他轻拍了一下海豚。海豚斜斜地朝着海鲛左侧冲去，但是始终和海鲛保持距离。等到它们大致处于平行位置的时候，少年的弩箭再次射出。

弩箭射中海鲛头部，离眼睛还有将近一丈的距离。箭镞的倒钩牢牢嵌入海鲛脂肪层，少年用手攥住箭尾的长绳。这时海鲛猛地甩头，想要摆脱弩箭，少年踩在海豚背上，借着拉力腾空跃起。他的身子轻盈如白燕，在空中划出一道弧线，稳稳落在海鲛头上。

没等海鲛反应过来，他就手拉长绳，纵身跃下。弩箭抓钩成了支撑点。他一边荡秋千似的贴着海鲛脑袋荡了几个来回，一边顺着绳子攀爬，调整高度。

等他荡到海鲛的左眼处，少年抽出短剑猛地刺去，登时血花喷涌。海鲛发出了撕心裂肺的怒吼。它整个身体像被电击了似的，在海水里剧烈翻腾。水面炸裂开来，形成一道道排天巨浪。

它全盲了。

在盲鲛翻腾的时候，少年好几次被砸进海水里。但他死死抓住绳子，每次都能重新回到海鲛头顶。但是海鲛越挣扎越剧烈，随时可能甩掉箭镞。少年必须尽快脱身。

少年果然找到了机会。海鲛猛地朝右甩头的时候，少年忽然撒手。他借着甩力，整个身体远远飞了出去，像鸟一样在天空滑翔。直飞出二十多丈，少年才坠入海中。

海水猛地吞没了他，然后又猛地将他吐出。少年从水底高高跃起，在碧海蓝天间画出彩虹的曲线。

他的身下，还是那只海豚。

船队爆发出一阵欢呼。紧接着，都尉发出呐喊："保持距离，射死海鲛！"

海鲛停止了翻滚，茫然地转动脑袋，好像在寻找什么。它的两只眼睛都变成了血窟窿，什么都看不见。它侧耳倾听，努力感受水流的波动，然后猛地向前方扑去。

但是它扑了个空，那里什么都没有。

船队形成了一个松散的圆形，远远围住海鲛。一排排弩箭射过，血花在海鲛身上点点绽放。

海鲛陷入狂怒。它不断变换方向，朝着四面八方发起进攻。但是这些攻击几乎一无所获。只有一艘小船靠得太近，被它击碎，其他船只都安然无恙。他们从容地朝这只盲兽射击，慢慢耗尽它的鲜血。

海鲛只有一个脱身办法，那就是下潜。海鲛的速度和船只相差无几，很难摆脱追击。但如果它潜得足够深，朝一个方向使劲游，还是有可能逃脱的。然而海鲛并没这么做。它固执地浮在海面上，跌跌撞撞地冲向想象中的敌人。它不断地朝前扑，巨口一张一合，拼命想要撕扯什么。而在它身下，水面已经变成一泊血湖。

海鲛宁死也不走。

过去非常非常遥远，远到它差不多已经淡忘了。它只模糊记得，在一片空虚的黑暗里，自己的意识慢慢成形了。那时的大海比现在更深邃，更广阔，如同无际的深渊。但也许只是因为那时自己还比较小。

在水里，它学会了杀戮，也学会了诡诈。它杀死遇到的一切生灵，撕开它们，吞噬它们，从中得到巨大的快乐。哪怕遇到同类，它也总是毫不留情地杀掉。杀死同类能带来更大的快感。对方集中全部意志想活下来，但最终不得不屈服于自己的意志，血肉糜烂，走向死亡。这种意志的较量让它着迷，让它每个毛孔都沉醉欢欣。它获胜之后，总是会翘起尾巴，轻轻拍打水面，扬扬得意，觉得生命真是美好。

就这样，它游遍了每一片海域，又杀又吃，成了最强者。对于鱼虾，它漫不经心地吞噬；对于鲸鲨，它兴致高昂地啃啮。所过之处无不笼罩在它的杀戮意志下，为之恐惧，为之战栗。

汪洋大海里，无物可以和它相匹，但它也不觉得孤独。孤独是弱者的标志。它不需要陪伴，只需要对方恐惧、屈从。所有生灵见到它，都毫无例外地逃跑。但是有一天，它遇到了这些木壳子。木壳子里的小家伙居然迎上来攻击自己！这让它又生气，又兴奋。它当然要把这些家伙全部消灭掉。

本来事情进行得很顺利。可是，那只海豚出现了。不，海豚并不重要，重要的是海豚身上的那个小东西。他灵巧得出奇，就像自己梦里见到的精灵。海鲛有点恍惚，好像以前在哪里见过这个小家伙，但又记不清楚了。小家伙有一种奇异的气味，像是在挑衅。这种气味让它愤怒，但愤怒里又掺杂着一丝恐惧。

恐惧很微弱，但确实存在。

这是一件怪事。只有猎物才会恐惧，它自己也从没有感受过。

然后，世界忽然变成了一片漆黑，什么都看不见了。愤怒和恐惧同时暴涨，淹没了它的整个脑海。它知道自己死期将至。看不见东西，就成不了猎手，在大海里必死无疑。死亡沉甸甸地降临，像块黑色的大石头。

它不再躲避，也不想潜入海底。它向那块黑色的石头冲去。在生命完结前，尽量杀死更多的生命。要是能杀死那个跳来跳去的小家伙就好了！

他到底是谁啊？

就算什么也看不见，它也知道自己的伤口越来越多。体内的血在不停地往外涌。疼痛渐渐消退，变成了乏力。它知道，最后的时刻就要到来了。但是它不禁感到诧异，难道自己真会死？生灵都会死，这它理解。但如此伟大的自己，也会死？

这真是不可思议，太荒谬了。

肢体在一点点变冷，坠向黑色的深渊。它努力抬起头，发出一声吼叫，既愤怒又困惑。

然后，它死了。身体浸泡在血水里，载沉载浮。

船队排成弧形队列，合力把海鲛尸体拖回海岸。海鲛太大，到浅水区就过不去了。船员只好用绳索把它固定在岸边。尸体一动不动地趴着，就像灰乎乎的小山。

营地沸腾了。至少有几千人跑来看海鲛。海滩上人声鼎沸，船员们一个个就像英雄归来，绘声绘色地讲述今天的血战。都尉没去凑热闹。他得赶紧去汇报战果。但是在此之前，他要和白衣少年谈一谈。

海豚已经不见了，只有少年静静地站在他面前。

“确实漂亮。”这是都尉脑子里跳出的第一个念头。少年五官很精致，皮肤光洁如锦缎，嘴唇红得像伤口，浑身上下没有一点烟火气。都尉从没见过这么漂亮的男人。

还没等都尉开口，少年先冲他微微一笑，说：“我想见皇帝。”

都尉愣了一下：“我会上报。皇上见不见你，我也不知道。”他想了想，又说，“不过我觉得皇上会见你。”

少年若无其事地说：“他不见我，我也要去见他。”

听到这话，都尉有些疑惑，不知该说什么。过了片刻，他问道：“海豚呢？”

“你说小驷啊？我让它走了。”少年一本正经地向都尉解释说，“它上不了岸。”

“你是从仙岛来的？”

少年看着都尉，很严肃地说：“世上没有仙岛。”

都尉也不是很相信有仙岛，但听到这么斩钉截铁的回答，还是微微皱了皱眉。少年看他那样子，就耐心地解释说：“如果世上真有仙岛，岛上的人又都长生不老，那他们肯定无聊透了。换成你也是一样，对吧？所以嘛，如果真有仙人的话，他们肯定会拼命找事情做。不等我们去找他们，他们就来找我们了。可是这么多年来，并没有仙人来找咱们，所以世上根本没有仙人。没有仙人，自然也就没有什么仙岛了。”少年说完这番话，得意地看着都尉，仿佛对他做出了一个无懈可击的证明。

“唔……”都尉并不觉得这话很有说服力，但也不想争辩，就撇下这个话题，朝少年抱拳施礼，“今天实在要多谢你。没有你，我们杀不了海鲛。”

少年微笑着说：“本来我就要杀海鲛，说起来，今天倒是你们帮了我的忙。”

都尉好奇地问：“你为什么要杀海鲛？”

少年又严肃起来，皱起眉头说：“因为它该死。”

都尉想了想，说：“不管怎么样，你也是救了我。要是没有你，今天就算不被海鲛吃了，我回来以后也难逃一死。”

“为什么？”

“损失这么多船，又没能除掉海鲛，皇上多半会处斩我。”

少年目光一闪：“那你就让他处斩？”

都尉奇道：“不然又能怎样？”

“你可以离开啊。”少年指着远处的大海，兴奋地说，“天下比你想象的要大得多，你总有地方可去，总有他找不到你的地方。”

都尉苦笑了一下，没说话。

少年摆了摆手，说：“算了，我先去休息一会儿，今天还有很多事要做。皇帝要是肯见我的话，你到礁石那边找我。”

说着，他拍了拍都尉的胳膊，就自顾朝岸边的一块大礁石走去。走出十几步以后，他忽然回过身来，对都尉喊：“对了，你帮我个忙吧！等会儿你们切开海鲛的时候，给我装几桶鲛油，放在礁石底下！”

“为什么？”

少年两手拢在嘴边，大声喊：“我有用！”说完，他就快步跑开了，海风早就把他衣服吹干了。在阳光下，少年白得耀眼。

三

皇帝传下敕令，要召见少年。但是他居然没了踪影，直到接近亥时，才忽然出现。都尉问他干吗去了，他只是笑笑，什么也没说。但那几桶鲛油确实不见了。

侍卫引少年去朝见皇帝。夜色已深，营地燃起了火把，从山脚一路延至山顶。远远望去，就像一条火蛇，正斜着身子从黑暗的大地爬上天际。山顶平台上更是竖着高大的庭燎，光焰流溢飞腾。

平台后面是皇帝的宫殿。虽是临时驻跸的行宫，也修得开阔宏大。台基垫得很高，一排排殿宇在夜里只显出模糊的轮廓，看着就像蹲踞于高处的兽群。殿前有几十级石头台阶，两旁陈列着许多青铜灯盏，都是怪兽造型。它们两两一组，微微倾斜身子，朝下窥伺着台阶。灯火从上面打下来，把它们的脸照出诡异之色。人们走上台阶时，往往有种古怪的感觉，好像这些怪兽马上就要朝自己扑过来。

也许设计者就是想这么惊吓大家，但是少年不为所动。他满脸轻松地拾阶而上。走到一半的时候，他歪着脑袋打量一盏铜兽灯，问旁边的侍从，为什么那兽看起来像头猪。

卫兵仔细搜查了少年，没发现任何武器。他们退向两旁，少年东张西望地走进正殿。殿内是一个黑红世界。黑沉沉的石头地面，黑沉沉的木质镶板，配上许多鲜红的丹漆殿柱，就像夜的残躯上流下了一道道血迹。黑甲武士排成两条纵列，从殿门一直向内延伸。

宫殿尽头垂着重重纱幔，后面隐约显出一个影子，那就是至高无上的皇帝了。

侍从引着少年，走到距纱幔十步左右的地方，停了下来。他做了个手势，示意少年拜见皇帝。

少年没有下拜。他挺身长立，好奇地盯着纱幔，说："你就是皇帝吗？"

"放肆！"赞礼官大声呵斥。纱幔后的黑影却轻轻挥了挥手。"算了，也许是仙人的使者呢。"

整个殿内顿时鸦雀无声。帷幔后面传来轻微呻吟声，过了片刻，那声音缓缓说："真是个美少年啊。漂亮得不同寻常。"

少年嘴角上挑，虽然也想矜持些，却忍不住喜色。他有点得意地说："是呀，他们也这么说呢。"

"你从仙岛来？"

"不是。"

纱幔后一声轻哨。"那你去过仙岛？"

少年歪着头想了想："你说东边的岛吗？我去过几个，但没见到什么仙岛。"

"那里有什么？"

"有石头，有树，有海豚，还有很多海龟。我在沙滩上还捡到过海螺。"

"仙人和不死药呢？"

"世上没有仙人。"少年口气里有点不耐烦，好像觉得这么显而易见的事，居然还需要反复解释，"当然也没有不死药。人怎么能不死呢？人要是不死的话，地上岂不到处都是人，装也装不下了？海龟算是很能活的了，可它们也会死。"

宫殿里的人面面相觑，脸上都有点变色。纱幔后的声音变得恼怒起来："那你又是谁？"

"我是猎人。"

"猎人，猎什么？"

少年朗声说："海上猎鲛，云中猎鹏，人间猎龙。"

殿内死一般的寂静，空气紧张得近乎凝滞。过了很长一段时间，纱幔后的声音才再度响起："为什么猎它们？"

"它们太坏，太嗜杀，也太自大。"

那声音笑了起来："弱之肉，强之食。万物皆然，何坏之有？"

"太自大了就是坏。它们能杀人家，我就能杀它们。不然世上哪里还有公道？"

纱幔后的黑影用指节轻轻叩敲几案，似乎在犹豫该怎么处理这个少年。最后，黑影淡淡地说："算了，你不懂仙道，留你也无用。你助朕诛杀海鲛，当赏；你出言不逊，当诛。

现在既不赏你，也不杀你。少年，你走吧。”

周围的人都明显松了口气。少年却不为所动，他凝视着纱幔，说:“那我以后再来的话，皇帝还会见我吗？”

黑影坐在纱幔后，一动不动，似乎在审视着少年。“你的脸很漂亮，但朕不喜欢你的眼，太毒，有杀气。”他顿了顿，又说，“不像这个世间之物。”

少年有点不高兴:“他们说我的眼长得很好呢！”

“下次把眼睛剜掉，我就见你。”黑影发出一阵干涩的笑声，“怎么样，舍得吗？”

少年也笑了，笑得天真稚气:“不舍得。好多东西我还没看过呢。”

黑影有点厌倦了，挥了挥手，表示谈话就此结束。少年却喊了起来:“等等！我有礼物要送给皇帝。”

“呈上来。”

少年摇了摇头:“礼物在海里，请皇帝到平台上去看。”

“海里？”黑影喃喃地说。也许是联想到了仙岛和不死药，他似乎有了点兴趣。一阵长长的停顿后，纱幔后传来低沉的声音，“可。”

山丘位于海的岬角。山顶平台正面是一道缓坡，通向山脚下的营地。它的右侧则是一道峭壁，坡度几近垂直，上面长满了郁郁葱葱的树木，直通大海。

少年站在石栏前，几步之外就是峭壁。远处的海面清晰可见，就像踩在脚下一般。在他身后，皇帝高坐在步辇上，步辇周围依旧罩着纱幔。几排全副武装的侍卫，隔在皇帝和少年之间。

“我要一把弓，两根箭。一根普通的箭，一根火箭。”少年面朝步辇，很坦然地说。皇帝没有答话。少年笑了笑，说：“等一会儿，皇帝就知道这两根箭有什么用了。我能射出很漂亮的东西。”

侍卫长凑到步辇前，小声陈奏着什么，似乎在表示反对。但是皇帝没有理会，只说了两个字：“给他。”

弓和箭拿来了，其中一支箭镞上裹了浸透松脂的艾草。有人小心翼翼地点燃了艾草。以防万一，侍卫们举起盾牌，形成密不透风的防护线，封死了少年射向皇帝的各种角度。

少年拿起火箭，搭在弦上。平台上一片寂静，黑夜中能清楚地听到浪花拍打海岸的声音。他背后是闪亮的火炬，面前是漆黑的夜空。少年站在光与暗之间，弯弓向海。

他朝着黑暗中的某个地方瞄准了一会儿，然后嗖的一声，箭由少年手中飞向天空。一团红火划出长长的抛物线，越来越小，越来越黯淡，最后只剩下一个若隐若现的红点，坠入海中。

红点没有熄灭，反而迅速膨胀，变得更加明亮。它从火点变成火团，从火团又迅速变成一条条火线。光焰朝着不同方向飞速蔓延。还没等大家反应过来，纵横交错的火线已经拼成了巨大的图案。

从平台上望去，就像有一座火焰的丛林，在海面上熊熊燃烧。

站在前面的人看得清清楚楚。他们被图案惊住了，一个个愣愣地盯着海面。后面的人意识到发生了某种怪事。人群中传过一阵轻微的骚动。大家的注意力都被海面吸引了，一时忘却了那个少年。

就在这个短短瞬间，少年向前两步，一个翻身，跃上了高高的石栏。他站在石栏上，高度正好和步辇里的皇帝平齐。武士们的盾牌落在了下方，皇帝和少年之间失去了屏障。

少年搭上第二支箭，猛地朝步辇射去。

箭镞直透纱幔，飞向皇帝的面门。

咣的一声巨响。竖在皇帝面前的水晶屏风爆裂开来，碎成了无数块。纱幔被碎片带倒，皇帝无遮无拦地坐在步辇上，少年第一次看到他的真容。

皇帝穿着一身黑袍，形容枯槁，相貌已经无法分辨，因为他脸上布满了大大小小的脓包，很多都已经溃烂，敷着黏糊糊的药膏。两只通红的眼睛陷在脓疮间，向外射出凶光，看上去就像骇人的鬼怪。

这么多年来，他吃下了太多的丹药，如今终于受到了报复。就连他黑袍下面的躯体，也都在大面积糜烂，往外渗着脓血。皇帝整个人正在活生生地烂掉。

少年没有料到纱幔后还有水晶屏风，微微一愣。一击不中，现在已经没有机会了。少年看着皇帝的脸，大笑一声："这就是你们的皇帝！"话音未落，他就纵身翻下石栏，朝着峭壁跃去。他先是踩在一根树枝上，然后几个起落，就消失在黑魆魆的丛林中。

侍卫冲到石栏边，已然看不到他的身影了。人群乱作一团，有的召唤弩箭手，有的在翻栏杆。直到皇帝暴喝一声："都滚开！"众人才安静下来，悄悄闪在两旁。

皇帝朝着大海望去，一言不发。五个火红的大字连在一起，正在海面上熊熊燃烧：

今年祖龙死

皇帝、大臣、侍从、宦官，还有营地里无数的士兵都在默默看着。火焰照亮了周围的海水，就像在汪洋中开出了红色血花。

四

事后人们才发现，海面上燃烧的是海鲛油膏。少年如何将油膏固定在海上，构成字型的？还是不太清楚。但是皇帝对此也不愿深究。他派士兵搜山三天，却没能发现少年的踪迹。皇帝满心不快，决定尽早离开这里。他把那几排持盾侍从全数处决，又派出一支新船队继续寻找仙岛。

随后，他就带着队伍开拔了。

但是少年似乎并没消失。有人说在营地外见过他，还有人说他曾经溜进营地，偷走了库房里的一些东西。大家对这些话也不怎么相信。但是后来发生的事情证明这些话并非全是流言。少年确实在尾随皇帝。

事情发生在阳丘山。

阳丘山算不上险峻，但是崎岖不平，起伏很大。皇帝出巡的驰道一般有四五十步宽。可是在阳丘山这种地方，施工困难，所以宽度往往连十步都不到。驰道两侧就是陡峭的石壁。

皇帝正常情况下乘坐金根车，两翼配备副车和护卫骑兵。但是进入山区后，横队需要变纵队，副车和骑兵就要分散到前后，金根车显得孤立无援。以前皇帝对这种情况并不在意，可是这次他却改了主意。清晨出发时，他忽然下令不坐金根车，改坐后面的辒辌车。

这个临时决定救了皇帝的命。

队伍大约在辰时开进阳丘山。阵型就像巨象被挤成了长蛇，速度骤然变慢。到了巳时二刻，车队进入隘口，一块巨石忽然从山顶落下，精准地砸在金根车上。车体粉碎，驾车的六匹马无一幸免。士兵朝山上望去，只见白衣少年正立于山壁之上，探头探脑地朝下张望。等他们绕小路爬到山顶，少年早已不知去向，只留下一地的撬棍和绳索。

皇帝自然非常震怒，但是震怒里也掺杂了一丝恐惧。他明白了，少年真是把自己当成了猎物，还会持之以恒地追猎下去。惊恨之余，他让人点火焚山。阳丘山一片通红，烈焰烧透了整个天空。

在熊熊火光中，队伍向西北方的黄河开去。

四天后，皇帝到达济北郡西境。在这里，少年进行了第三次行刺。

这次的机会确实很好。皇帝当天本应进驻平原城，但是天降大雨，只好在郊野停驻一宿。队伍处理这种事情极有经验。很短时间内，全部营地已经搭建完毕。按照惯例，皇帝驻跸的御营位于中心，外面环绕着木栅和雨棚，由侍从军轮值守候，拱卫皇帝。

夜中时分，大雨变成暴雨。雷声隆隆，狂风大作，周围几乎咫尺难辨。即便不时划过闪电，照出来也只是白茫茫一片。就在这个时候，少年开始行动了。

行动规划得很巧妙，可见少年对队伍的情况相当熟悉。营地里有个特殊区域，里面关着一群猛兽，有老虎、玄豹，还有熊和狼。这跟皇帝的个人癖好有关。他巡游的时候喜欢带着猛兽，碰到合适的荒野就组建猎场，放它们出来捕猎。就算平时，也经常会扔给它们几头活牛活羊。看看猛兽撕咬猎物，听听牛羊们惨叫哀号，皇帝会感到一种平静，连睡觉也能踏实一些。

正因为皇帝有这个癖好，队伍特意打造了一批神虎车，来运输猛兽。搭建营地的时候，神虎车总是放在御营外面，紧挨着木栅栏。少年似乎对此相当清楚。他趁雨夜混进营地，悄悄摸到车辆旁，将圉夫捆了起来，打开了兽笼。

没人知道他到底怎么指挥这些猛兽的，有人怀疑他以鲜肉为饵，也有人说他既然能骑乘海豚，当然也就有驱兽的本领。但这都是猜想，实情究竟如何，就无人知晓了。总之，在他的引导之下，猛兽们径直向木栅冲去。在混乱之中，少年在木栅上劈开了一个缺口，猛兽们蜂拥而入。

这些野兽饥火中烧，又被雷声惊吓，几乎处于疯狂状态。如果事情发生在白天，士兵们可以轻松解决掉它们。但此时就不一样了。夜色漆黑，暴雨倾盆，不知何时会忽然划过一道闪电，照亮四下里如鞭的雨柱。在雨柱中，只见野兽瞪着血红的眼睛朝自己扑来。这种场面太过惊悚，卫兵们陷入一片混乱。

少年夹在兽群中向前直冲。几个人刚想拦住他，就被横冲过来的虎豹扑倒。少年跃过士兵的身体，奔向皇帝的御帐。霹雳电光闪过，把他惨白的身影烙在茫茫黑暗中。

如果混乱再彻底一些，如果野兽冲锋速度再快一些，少年也许还有机会。但是时机转瞬而逝，御帐前的侍从军很快反应过来。他们组成了密集队形，牢牢挡住了通路。他们用长矛戳死虎豹，用刀剑劈杀豺狼，在黑暗中坚守阵地。据说少年也加入了战斗，结果负了伤，只能逃之夭夭。但这一点没办法证实。

侍从军训练有素，没多久就结束了战斗。皇帝一直坐在榻上，静静听着外面的嘶喊声，什么也没说。天亮以后，他下令在整个营地搜索野兽，全部砍杀。有一头老虎死在了御帐前的空地上。皇帝让人割下虎头，给他送去。皇帝盯着这个金黄色的脑袋看了好久，摩挲它额头上的花纹，嘴里不知喃喃地说些什么。

最后，他让人把这东西扔了出去。

皇帝的丹毒猛烈发作，全身正加速溃烂。在暴雨之夜，他的情绪又受了震动，结果彻底病倒了。

队伍从平原津渡过黄河。这时皇帝已经不能下地，他被人用肩舆抬到了御船上。肩舆上罩着层层纱幔，以防有人偷窥圣颜。卫兵们变得极其小心，他们清理了两岸，反复检查御船，还派人潜入河底做了排查。一切正常，毫无异样。

御船渡河的时候，所有人更是高度警惕，唯恐少年再度出现。但是没人看到他。也许少年在养伤，也许他觉得这里没法下手，总之，人们没有发现他的踪迹。

只有一个人是例外，那就是皇帝。御船行到中途时，皇帝掀开帘幕，向远方眺望。浑浊的河水滚滚流淌，两岸是褐色的沙土，上面长着孤零零的几株柳树，看上去一片萧索。就在这个时候，皇帝发现了那个少年。

在河道下游，几乎靠近天际线的地方，有一个小小的沙洲。皇帝看见少年立在沙洲上，朝自己挥手。

皇帝喊了起来。宦官们俯下身子，恭恭敬敬地听了皇帝的新发现。他们齐声赞颂皇帝目光锐利，烛照万里，但没有一个人真的相信。远处确实有个光秃秃的沙洲，但上面一个人影都没有。宦官们面面相觑，都觉得皇帝病情过重，出现了幻觉。

御船到岸后，皇帝派出了搜索队。搜索队也不相信沙洲上有过什么少年，那么多人都在监视，怎么可能会漏掉呢？可是他们登上沙洲后，却看见地上有石子堆出的五个篆字：

今年祖龙死

渡过黄河以后，皇帝的病急剧恶化。他脓血横流，疼得难以入睡。部队行进的速度越来越慢。皇帝病情发作时，往往连着几天原地驻扎。皇帝把所有的希望都寄托在不死药上。可是海鲛虽被捕杀，求仙船队却还是迟迟没有消息。

皇帝越来越暴躁。周围的人有点鸡毛蒜皮的小错，就可能人头落地。皇帝自己快死了，别人却好端端地活着，这对他似乎是一种冒犯。只有把他们也弄死，皇帝才会感到些许宽慰。也正因为这样，皇帝下了严令，要尽快拿获白衣少年。他催得很紧，几乎每天都会砍掉几颗脑袋。

奇怪的是，那个少年也变得急躁了。以前他行刺还会寻找合适机会，现在他似乎有点不管不顾了。最近这些天，他频繁地在周围出没，晚上还潜入过几次营地，好几个士兵都见到过他。只是他行动敏捷诡异，每次都能全身而退。但是冒险次数多了，毕竟会有危险。

将领们察觉到了少年的急躁，于是设计了一个陷阱。他们改变了营地的布局，把皇帝转移到其他地方，在御帐周围埋下大量机关。同时，他们又放出风去，说外面有紧急军情，然后把大部分卫兵撤走，人为地制造出几个缺口。

这个方案并不高明，但是少年急于求成，还是上钩了。他进行了第四次行刺。

那天晚上具体发生了什么，人们并不清楚，只能根据现场情况进行大致的推测。

少年应该是从东南角混进营地，穿的是普通士兵的衣服。他四下摸索了一阵，然后才找到通往皇帝御帐的缺口。从时间推断，他在那个缺口前面停留了很久。他肯定在犹豫。这太像一个陷阱了，按照少年的聪明程度不应该看不出来，但是他终究没能忍住。

少年击倒了一个侍卫，换上了他的盔甲。然后，他潜入御帐附近，也就踏进了死亡陷阱。

他比预料中的还要灵巧。外围的几个机关他全躲过去了。这个时候他发觉情形不对，本应及时撤退。可不知道为什么，他还是铁了心往里闯。结果栏杆上的棘钳猛然弹合，夹住了他的右手。四根铁刺穿透掌心，铁钳牢牢箍住手腕，少年成了捕兽夹里的小兽。

等埋伏在外围的士兵冲过来时，少年已经不见了。棘钳里只有一只血淋淋的右手。

这只手被齐腕切断了。

失了右手的刺客，就像失了爪牙的老虎，已经毫不足畏。也许是受到这件事的鼓舞，皇帝的精神略有好转，部队向前开拔。他们走走停停，终于抵达沙丘宫。这时，皇帝病情急转直下，无法继续赶路。除非世间真有不死药，否则皇帝注定离不开这里了。

与此同时，少年也消失了。整整十天，没有任何人见过他。不过这也不奇怪。在大家看来，他受了这么重的伤，多半已经死了；就算活下来，也是个废人，只能躲起来养伤。

可是在第十一天，少年忽然出现在沙丘宫外。

他的右手果然没了，断腕处裹着细麻布。在眼睛的位置，也缠着一圈白布，上面浸着血水。

少年对守门的士兵说："我要见皇帝。他说过，只要我剜掉双眼，他就会见我。现在我剜掉了。"

五

正值七月，就算在夜间也是酷热难耐。可是沙丘宫的内殿却门窗紧闭，整个房间就像一个大蒸笼。博山炉里还焚着熏香，香味混杂着蒸腾的汗水，浓得让人喘不上气来。

但就算再浓的熏香，也没法完全掩盖住殿内的臭味。臭味来自皇帝。他现在的情况糟透了。皮肤几乎完全腐烂，全身都在向外渗透脓血，发出阵阵的腥臭。他的左腮烂出了一个大洞，深可见骨，看上去就像骷髅一般。而且他身上的每个毛孔都分泌出淡黑色油脂。谁也搞不清楚那是什么东西，摸上去黏糊糊的，闻起来有刺鼻的恶臭。侍从不停扇扇子，驱赶苍蝇。但就算这样，每隔一个时辰，贴身宦官也都要擦拭皇帝全身，用镊子夹出脓肉里的蛆虫。

尽管病成了这样，皇帝今晚却回光返照一般，精神难得的好。他斜靠在垫子上，仔细打量着少年。以前皇帝不愿让人看到病态，面前总是垂着层层纱幔，现在到了这步田地，他反倒不在乎了。可惜少年看不到皇帝的样子，他连眼睛都没了。

少年依旧一身白衣。衣服似乎刚浆洗过，白得一尘不染。他蒙在眼上的布也是白的，只在眼窝处渗出两块红来。少年的身子还是那么挺拔，脸型还是那么俊美，但是脸色却极为惨白，就连嘴唇也没了往日的鲜红，显出青白之色。只有头发黝黑依旧，还是用发束箍着，松散地垂在后背。

骷髅鬼怪般的皇帝看着这位绝美的盲少年，很长时间都没有说话。

少年长身伫立，没有下拜的意思。奇怪的是，这次没人叱喝他，仿佛从皇帝到宦官，大家都默认了他不必跪拜。

侍从躬身禀报，确定少年已被严格搜身，没有武器。皇帝点了点头，对少年说：“你瞎了。”

他的声音微弱，但是少年却似乎听得很清楚。他朗声说：“皇帝说过，只要我把眼睛剜了，你就会见我。所以我就把眼睛剜了。”他顿了一顿，又说，“我没了右手，又没了眼睛，你见我的时候也会放心些。”

“什么时候剜的？”

“昨天。”

“这些天你在干什么？”

“我看东西去了。我去鸣犊川看了瀑布，去鹿隐之野看了花。那里有一大片花海，皇帝你不知道吧？很少有人去那里，我以前偶然发现的。我还到山顶看了云海，又看了日落。最后，我还看了裸身的女人。等这些都看够了，我回到这里，剜掉了眼睛。”

皇帝盯着少年思忖着。他那张脸被脓血填满，很难看出什么表情，只能模糊猜测那是一种好奇。

“你手也没了，眼也没了，还来见朕干什么？”

“我有话要跟皇帝说。”

“这些话比眼睛还重要？”

“是的。”少年毫不犹豫地说。

皇帝疲惫地躺回榻上，叹了口气：“我对这些没兴趣。我只想问你一句，你说你去过海岛，那里真的没有不死药吗？”

少年嘴角扯了一下，似乎在发笑：“皇帝就这么怕死？”

“我不想死。谁都不想死。”

少年摇了摇头：“我以前就跟皇帝说过，世上没有不死药。每个人都要死，你凭什么不死？”皇帝脸上那团脓血扭曲了一下，但是少年看不到，自顾说下去，“但是我可以告诉皇帝死后会如何。”

皇帝沉默了很长时间，才开口说：“第一次见你，我就知道你不是寻常人。”

少年说：“我不是寻常人，所以我才能告诉你死后的事情。”

“你说吧。”

少年又摇了摇头：“这些话是秘密，只有皇帝能听，其他人不能听。”

皇帝思考了片刻，说：“可。”

所有人都退到殿外的台阶之下。宫殿里除了皇帝和少年，只有两名侍卫。他们用纩瑱塞着耳朵，持刀立在丹墀旁。少年的左脚被铁链拴在殿柱上。

宫殿的门窗还是紧紧关着，空气黏滞得像是有了形体，但是少年却没有出汗。他用力咬着嘴唇，微微颤抖。

皇帝没有说话，只是冷冷看着他。

少年说：“我太着急了，生怕还没来得及刺杀皇帝，皇帝就病死了。不然我也不会失了右手。可是皇帝知道我为什么要刺杀你吗？”

“家里有什么人被我杀了？”皇帝叹了口气，“我没心思听这些事。我杀的人太多了，要是每个人都念叨他的委屈，那我听也听不完。”

“我是在复仇，但不仅是复自己的仇。”少年用左手扯下脸上的布，露出空荡荡的眼窝。里面的血早已凝结，变成紫黑色的一团。他面对着皇帝，拿那双空眼窝瞪视着对方。“我是要告诉皇帝，你能杀别人，别人也能杀你。只有这样才公平。就像大鹏，就像海鲛，它们能杀别的生灵，别的生灵却没法杀它们，那我就来杀它们。”

“要做大事，怎么能不死人？买东西还要付账呢。要是每个人都盯着自己那点鸡毛蒜皮的小委屈，还能做成什么事？”皇帝渐渐变得愤怒起来。他虽然是在反驳少年，但是心目中的对话者已经隐隐变成了千千万万人。“我是为了千古宏图，万世大业。又不是让他们平白死掉。才死了那么点人，就换来一个从未有过的恢宏天下！这有什么不对吗？这也叫残暴吗？”

“他们能死，皇帝你为什么不能？他们连死都不该觉得委屈，你被说成残暴，为什么就觉得委屈？”少年平静地说，“龙和海鲛、大鹏一样，太过自大，总觉得自己凌驾所有生灵之上。我现在看不见你，但我能闻到你的味道。恐怕皇帝你已经腐烂得不成样子了，可你还是这么自大。世间有生便有死，其实这也是好事。不然的话，你们永远不死，别的生灵还有什么指望呢？”

“你来，就是为了给我说这些？”

少年摇头说：“当然不是。我会告诉皇帝死后是什么样子。但是在此之前，我想给皇帝看一样东西。”

皇帝冷笑起来：“又是你那套把戏？”

“不，这次不同。”少年弯下腰，在地上摸索了一阵，拿起一个小盒子，“皇帝请放心，他们打开盒子仔细检查过了，里面没有任何凶器。”

盒子里面是一朵白花，似乎刚剪下来没多久。花还没开放，只是个花苞。少年放下盒子，用左手的拇指和无名指捏着花枝，伸出食指轻轻弹了弹花苞。花苞颤动了一下。就像被少年唤醒了似的，它的花瓣渐渐展开，一层又一层，白玉似的发亮。最后，花蕊露了出来，向外吐出很小的一团金色粉尘。金粉薄雾般袅袅升腾，消散在黑暗里。

皇帝和侍卫的距离都比较远，没有看到这团粉尘，他们只注意到了花苞的绽放。

“这花只有鹿隐之野才有。我前天去那里，有一半原因就是为了找它。”

刚才的亢奋过后，皇帝非常疲惫。这些天，他眼前总是蒙着一层黑翳似的东西，现在这层黑翳越来越厚，让一切都黯淡下来。他知道自己的生命正在流逝。他想结束这场谈话，让人把少年拖下去处斩，自己安安静静地死去。但是他又舍不得。他怕死。他从来都怕死，现在更怕得厉害。哪怕在最后的时刻，他也隐隐盼望着出现一个奇迹。而这个古怪的少年，最像能够带来奇迹的人。皇帝集中心神望着那朵花，却没有看出任何异样。

“皇帝想知道死后是什么样吗？我来告诉你吧。”少年扶着柱子坐了下来，“死后没有黄泉，没有幽都，也没有泰山君。死就是一团黑暗，没有意识，没有光，什么都没有。世间的花还会开放，雨还会落下，还会有新的人幻想新的宏图伟业，但你什么都不会知道了。”

这些话像冰水一样，缓缓渗进皇帝的心底。这样的场景他不止一次设想过，但又从不敢真的相信。

少年还在说：“至于皇帝你，你死以后，你的皇朝会倾覆，你的宫殿会被焚烧，你的名字会被人拿来和桀纣并列。你死之日，有人欢欣，无人哀悼。”

花朵从少年手中跌落。他盘腿坐在柱下。烛光照在那张曾是如此秀美的脸上，映出眼窝的两个黑洞，就像在哭泣一样。

皇帝愤怒了，他想挥手，让侍卫带走这个少年。但是他发现自己的手完全不听使唤。他用尽全力，也只能让手指微微抬起。丹墀下传来金属落地的声音。两名侍卫缓缓瘫坐在地上。

少年听到了声音，他朝皇帝点了点头：“他们不会死。花粉只会让他们肌肉麻痹，过几个时辰就没事了。我也没想到会这么快，可能是因为门窗全都紧闭的缘故吧。”

皇帝想叫喊，但是喉咙只发出很轻微的声音，不要说大殿之外，就连阶下的少年也要凝神侧耳，才能勉强听清楚。

他嘶哑着说：“为什么？”

“是啊，为什么？”少年喃喃地说，“你马上就要死了，为什么我还要费这么大力气刺杀你？因为你不能这样死啊。你怎么能病死呢？你必须被杀死，必须有剑刺进你的身体啊。只有这样，世间才有公平。”

少年用左手撑着殿柱，慢慢站起身来：“我本可以毒死你。第一次见你的时候，我给你毒药，说那是不死药，你就会吃。你舍不得不吃。当然不能是烈性的，但可以慢慢毒死你。但是我不能那么做。你不能病死，也不能被毒死。我必须走到你面前，不撒谎，不跪拜，堂堂正正地用剑刺死你。只有这样，人们才能知道，海鲛和小鱼是一样的，大鹏和燕子是一样的，龙和人是一样的。龙吃人，就会有人来屠龙。”

皇帝低声呻吟:“你为什么……”

“我为什么还能动？他们强壮，吸下去得多，所以倒下去得快。你虚弱，吸进去得少，所以还能勉强说话。至于我，我还能动，是因为我疼啊。每一时每一刻，我都疼得要发狂。因为疼，我才能清醒，我的肌肉才能不被麻痹。”

他伸出左手，解开了右腕的层层细麻布，露出创口。断臂感染得很厉害，又红又亮，肿胀得像根萝卜。而且创口也没有结痂，在断腕的中心，有块紫红色的肉向外翻着。

“它本来已经差不多长好了。可昨天我又弄破它了。”少年伸出手指，撕开创面上的血痂，然后朝小臂深深地掏了进去。少年浑身抖得像风中的树叶，脸色惨白如鬼。过了片刻，他的手指向外抽动，带出一把极短的匕首。说是匕首，其实也就是一片薄铁，上面尖锐锋利，下面有点粗糙，可以手握。

血顺着断腕向下喷涌，如同一股小小的溪流。开始的时候，血液发紫，后来就是一片鲜红。

少年靠在柱子上，一阵阵地喘息。

皇帝感到前所未有的恐惧。黑翳变成遮蔽天地的浓墨。万物都隐在浓墨之下，显得含糊不清。他拼命转动身体，也只能把脑袋轻微地侧了一个角度。他模模糊糊看到少年俯下身子，似乎在切割着什么。皇帝咽了口唾沫，想说点什么劝阻少年，却发不出声音来。

皇帝喜欢黑色，宫殿里的东西几乎都是黑色的，像是一个色彩的深渊，把所有的颜色都吞噬掉了。白衣少年就箕踞在这片黑色的背景里，如深渊里的微光。他左手紧紧攥着匕首，小腿下的血汇成了一片血泊，将裈衣全都浸红了。旁边是割断的左脚掌，还套在白色丝履里。

少年疼得一阵阵抽搐。过了好一阵儿，他似乎恢复了一点精力，撑着地板想站起来，但马上又跌倒在地。少年放弃了。他扭动身体，在地板上爬行，一点点地朝御榻靠近。

“这匕首真是锋利，干将、莫邪可能也就是这样了。可是杀你真难啊，比杀海鲛，杀大鹏难多了。”少年喘息着说，“你不能死啊，皇帝。你要等着我。”

看着少年缓慢地爬近，皇帝用尽最后一点力气，含糊地说出生命里最后一句话:“你是谁?”

虽然声音如此低微，少年还是听到了。他顾不上说话，大口喘着粗气，努力爬上了丹墀。两名侍卫瞪大了眼睛看着他，却动也不能动。

少年趴在地上歇了一会儿。鲜血在他身后拖出了长长一道红印，像是黑色地板绽开的伤口。现在少年离皇帝只有几步之遥了。

“我是谁？我是猎鲛者。”

少年又开始向前爬去。

“我是猎鹏者。我是猎龙者。”

少年的右脚用力蹬着地板，向前推动自己的身体。

“我猎一切行猎而又不肯被猎之物。”

少年距离御榻只有几尺之遥了。

“我也是复仇者。”

皇帝想要呼救却叫不出来，想求饶却开不了口。他只能侧着头，看着少年一点点爬近。

“我为自己复仇，也为一切无法为自己复仇的人复仇。”

血流得太多了，疼痛感渐渐消失，剩下的是前所未有的乏力。他现在只想趴在地上，沉沉睡去。但他还是集中全部意志，逼着自己向前爬。

“我是这个世间该有而未有之人。”

他的左手搭上了御榻，匕首闪闪发光。

“我是你的天罚。”

他提起一口气，想把自己的身子拽到御榻上，好让自己的匕首刺向皇帝的咽喉。

大约一个时辰之后，殿外的侍从开始觉得情形不对，但是没有人敢进去。他们又犹豫了小半个时辰，最后皇帝的贴身宦官大着胆子推开殿门。里面悄无声息，宦官小心翼翼地朝前走。他看到拴在殿柱上的铁链空了，只剩下一大汪血，已经开始凝结，旁边有一只被割断的脚掌。一条血路从这里铺向丹墀，两名侍卫斜躺在地上。走上丹墀，还是满眼血。血一直延伸到御榻上。

御榻上有两个人，皇帝和少年。少年上半身扑在御榻上。他浑身都是血，手里紧紧攥着一把匕首，匕首尖锋抵在皇帝的脖颈处。

皇帝和少年都死了。少年死于出血，至于皇帝是怎么死的，没有人知道。或者即便知道了，也没有人敢说出口。

桃花源

一

三月的桃花盛开如粉火，夹着河两岸烧了过去，一眼看不到尽头。在这两条细细的红线之外，是铺天盖地的绿，浓郁得化也化不开。这里的气候温暖潮湿，到了这个月份，草已经疯了似的在长，流溢出来，淹没了山头和原野。在草海高处，是密密麻麻的樟树和毛竹，在阳光下绿得耀眼。

夹在桃树之间的，是缓缓流淌的凌河。它的水面是蓝绿色，清澈得像宝石一般。桃树的影子落在水底，红艳艳地跳动。山头的影子也落在水底，青魆魆地跳动。水光粼粼，宛若巨龙的甲片，锁住了这些红绿光影。沙洲上生着芦蒿，又高又翠。村里人撑着筏子过来，割下芦蒿，拿回去洗净了，用猪油在锅里稍微翻炒一下，入口清香，带着股水汽。

村子有百多户人家，一面临着凌河，另外三面被山岭包围着。山水之间的土地不大不小，出产的稻谷足够养活他们。再说还有鱼。有些村民不种地，专门打鱼，鳜鱼、鲫鱼、草鱼，还有一种浅红色的胭脂鱼。有人说它们是吞了飘落河上的桃花瓣，才变成那样的颜色。当然，连小孩子都不会信这话。

一到春天，鱼群就挤挤挨挨地逆流而上。一网撒下去，就能看到成堆的鱼在里面跳跃。渔民的网眼很大，这倒不是为了保护鱼群，就是单纯被凌河宠惯了，看不上小鱼。鲫鱼鲜美，鳜鱼清甜，但是味道最好的还是胭脂鱼。它的肉极其细嫩，富有弹性。把它脔切成薄薄的细片，浇上醋，淋上一点点热油，放进嘴里就像吃到了整个春天。

河里有鱼，山里则有笋、蕨菜、马齿苋和枸杞芽。挖笋最好是在清晨，刚刚破土的笋是最好的，长出太多就会有点粗糙。剥开黄黄的笋壳，露出里面的笋肉，脆嫩晶莹得像白玉。至于蕨菜，找起来就比较容易。几天阴雨过后，漫山遍野都是，七八寸高，筷子粗细，生着一层白白的绒毛。村里人喜欢把它们腌成酸菜，配上蒸鱼吃。吃不完的笋子和蕨菜，还可以拿去换盐巴和麻布。

大自然极其慷慨，每个人都丰衣足食，从没有谁挨过饿。鱼几乎要多少有多少，桃子和梨更是多到爆，猪肉也一年四季都不缺。种出来的稻米吃不完，就用来酿酒。村民在酒曲里兑上蜂蜜和桃花瓣，酿造出独特的桃花酒，色泽艳红，香气馥郁。

人们的日子很悠闲。时间实在太多了，像凌河一样流淌个没完，让人不知该如何打发。不同的人群就去找不同的乐子。孩子在溪水里游泳，在草地上玩耍；老人坐在门前晒晒太阳，喝喝小酒，没完没了地闲聊。年轻人则把求偶变成了复杂的游戏。小伙子和姑娘们在一起唱山歌，说情话。到了晚上，男孩子们还会在女孩的窗下吹笛子，就像一只只发情的公猫。他们也会争风吃醋，偶尔还会扭打成一团。但是谁也不会太当真，恋爱就像一场游戏而已。

不光恋爱像游戏，这里的一切事情几乎都像是游戏，因为村里实在没什么大事儿发生。偶然闹次鸡瘟，就足够大家谈上好几个月。这主要是由于村子太过与世隔绝。它背后的山岭虽然不算太高，但非常幽深，越往里走越险峻，最后干脆就是悬崖绝岭。至于面前的凌河，它的下游是沼泽地，上游则被险滩激流封锁了。就在离村口不远的地方，河道出现了一个陡坡，落差有好几丈。它的两边还夹着青灰色的岩石，把河道收束得很窄。这样一来，水势非常湍急，小船根本无法逆流而上。更不要说水下还有很多礁石，很容易把船底撞破。

不过村民们也习惯了。他们对外界本来就没什么兴趣。既然老天爷把这么好的地方给了他们，就老老实实过日子吧！他们守着这块小天地，看着朝阳升起，看着夕阳落下，天高水长，鸟飞鱼跃，觉得非常满足。

既然有这么多的闲暇，每个节日当然都是激动人心的盛事，三月的桃花节尤其如此。每到这一天，人们都要穿上漂亮的春装，喝桃花酒，吃青蒿糕。到了晚上，孩子们会点灯游行，年轻人则会戴上面具跳傩舞。

在这一天，村民会组织很多游戏，其中最受瞩目的是划船比赛。它可以说是桃花节的特色。在距离上游礁石大约二十丈的地方，河道中心会竖起一根木桩。到桃花节的时候，人们会在木桩上挂一个很大的桃花球。参赛的渔船是十条，每条船上都有一对年轻男女，实际上这也是恋爱游戏的一部分。哪条船抢先摘到桃花球，就算获胜。获胜男女在晚上的傩舞表演中可以当主角。

今年，大家都认为红雨和阿度最有希望获胜。

红雨算是村里的美女，她生着高高的鼻梁，细长的眉毛，大大的眼，一双薄薄的嘴唇经常抿着。她的皮肤跟村里其他姑娘一样，被日光晒久，有点黑里泛红。但是她的眼睛却与众不同。村民的眼神大多纯净温顺，就像吃草的羊。红雨的眼里却有一股锐利之气，显出强悍来。

村里的年轻人活泼天真，没有坏心眼，但同时也没有好奇心。他们不想知道山岭后是什么，不想知道凌河会流到哪里去，也不想知道大雁会飞到什么地方。他们总是翻来覆去聊一些陈芝麻烂谷子的事情，把每一天都过得像同一天，而且对此心满意足。

红雨不愿意这样。她想让日子有点变化，想遇到些不一样的事情，看到不一样的景致。她不相信天地就这么大。外面的世界肯定在发生很多有趣的事情，而她却错过了！她只能天天看着这一小段河水，守着这几座山头，听他们讲前年的鸡瘟。想到这里，红雨就有点抓狂，觉得自己这辈子真是白活了。

但她要是这么说了，大家只会觉得她胡思乱想，劝她喝点安神的薄荷茶。就连阿度也不例外。

阿度是她的发小。长大以后，他开始追求红雨，隐隐以红雨男友自居。红雨喜欢阿度，没有人会不喜欢阿度。但是——她又没那么喜欢阿度。红雨总觉得阿度身上少了点什么。她也知道这么想不大公平，这就像抱怨一条鱼没有长翅膀。鱼就是鱼，长翅膀干吗？一点用处都没有，只会带来不方便。但红雨还是忍不住去想：翅膀这么好，为什么它没有？

这次比赛前，阿度要求和红雨搭档，红雨想都没想就同意了。这好像是顺理成章的事，他们两个人走得很近，又都擅长划船，在同龄人里算是出类拔萃。只要两人合作，几乎稳操胜券。

红雨倒不是非要抢到那个桃花球，她只是喜欢那种感觉。在红雨看来，那根木桩有一种神奇的吸引力。它代表着边界，越过木桩就是外面。在桃花节上，第一个冲到那里似乎是某种象征。到底象征什么，红雨自己也说不清。但是她总觉得，这里意味着点什么。

她想赢。

桃花节开始了。村民们全体出动，整个村子喧闹得像个大集市。孩子们比赛跳山羊和套圈，还有一些跑到山上逮萤火虫，准备晚上游行的时候用。年轻人则来到井甸码头，准备划船比赛。红雨和阿度也早早就到了。红雨仔细检查渔船，还让阿度在船上跳上跳下几回，看重心有没有偏。

阿度蹦蹦跳跳地说:“昨天晚上我做梦了。”

“嗯?”

“我梦见我在挖一个大土坑，又大又深，怎么挖也挖不完。”

红雨低头挑船桨，心不在焉地问:“为什么挖坑?”

“不知道，梦里的事儿都是没来由的，反正就是挖坑。你在坑前站着看我挖。你手里托着两个特别大的桃子，一个在左边，一个在右边，你说等挖完了就给我吃。”

“喊，想得美。”红雨没听明白。

阿度叹了口气，说:“可惜没吃到。刚挖到一半，咱孩子在屋里头哭了，要吃奶，你就托着桃儿先给他吃去了。”

红雨也不说话，只是把力道聚在脚跟上，朝阿度的脚重重踩了下去。阿度一声尖叫。周围的人也跟着哄笑。

渐渐到了巳时。岸边聚集的人越来越多，三叔公也来了，一张大长脸，酒糟鼻红得鲜艳欲滴。村里没有村长，也不需要村长，但是三叔公喜欢以村长自居，大家也就由着他。现在他摆出了村长的架势，站在河边对大家发表了一通演说。周围乱哄哄的，谁也没听清他说的是什么。三叔公越说越激昂，最后把右手猛地向下一挥："我宣布，比赛开始！"

但是比赛并没有开始。大家还在聊天，玩闹，该干什么干什么。三叔公讪讪地走到一旁，假装在检查缆绳有没有系牢。又过了一两盏茶的工夫，也没见谁下命令，只是大家渐渐觉得差不多了，比赛才真正开始。村里人做事情老是这个样子。红雨有时候会不耐烦，觉得凡事没个规矩，全靠大家自发，太浪费时间了。但其他人都觉得这很正常。说到底，时间在这里是不值钱的。

随着一声呐喊，十条船同时开启，向上游冲去。

红雨和阿度两人以红巾抹额，一左一右，奋力划动船桨。这种比赛最重要的是配合。男孩子的力气比较大，如果不加控制，方向就会偏，所以两人在力道和节奏上必须协调。红雨和阿度彼此非常熟悉，配合得天衣无缝。他们的船平稳流畅地一路前冲，就像一只贴着水面滑翔的水鸟。

风从红雨脸旁掠过，两旁是红得炫目的桃花，身下是湛亮湍急的河水，天上的阳光像箭一样射下来，身旁的阿度剑眉竖起，双目炯炯，有节奏地挥动臂膀，显出少年人特有的亢爽。

"啊呀呀呀冲啊！"阿度兴奋地大叫起来。

“啊呀呀呀冲啊！”红雨也跟着叫了起来。

不是他们在叫，而是他们身体里那个叫作“青春”的东西在叫。它热情地、狂野地叫着，如同元气充沛的小兽一般。

“要是能永远这样，其实也不错……”即便是红雨，脑子里也刹那间闪过这样的念头。

木桩越来越近，连上面的桃花球也看得清清楚楚。越过这里，就是外界，就是不可知，就是飞鸟能看到而自己看不到的东西。她和阿度已经超越别人七八丈，看来获胜已经没有悬念。岸上的观众也高声喝彩，为他们鼓劲。

可就在这个时候，红雨忽然看到了一只船。

黑色的船。

就在那道陡坡的上方，一只小小的黑船正顺流而下，朝他们漂来。

红雨陡然停住了。阿度还在用力划，船猛地朝左边偏了过去，差点翻掉。“红雨，你他妈……”他气急败坏地叫了起来，但只喊了半句就咽了回去。他也看到了。

不光他们看到了，所有的人都看到了。渔船都停了下来，乱七八糟地撞在一起，但没有人在意，大家的眼睛都盯着那条黑船。

黑船上立着一个人，穿着对襟式的皮甲，拿着一根竹篙，手忙脚乱地划着，想让船速慢下来。但是没有用。黑船越漂越近，转眼就冲到了陡坡前。那里水势湍急，就像一条小瀑布。阳光落在上面，闪出彩虹的光。

黑船一头扎了进去，重重地跌落。转眼间，那人已经落入水中，被水流裹挟着，朝着木桩冲了过来。皮甲太碍事了，他伸胳膊蹬腿儿地扑腾，打出一大片浪花，但还是不由自主地往水里沉。

扑通一声，阿度跳入水中，向他游了过去。紧接着，另外两三个小伙子也跟着跳下水。

红雨激动得浑身发抖。

二

村里有片很大的空地，被一圈桃树围着。空地中间有株很古老的榕树，树冠像炸裂了一般，遮天蔽日，朝四面八方延伸。村里人就把这片空地当成村社，公共活动都是在这里进行。

陌生人已经脱掉皮甲，换上了干衣服，还吃了一顿饭。现在他正端坐在榕树下。腰下的环首刀也解了下来，放在脚边。刀柄缠着厚厚的绿丝线，后端镶着三垒圆环。刀鞘是木制的，上面涂了一层乌漆，远远望去就像伏在草茵里的黑蛇。

村里人密密麻麻围成一圈，好奇地打量着他，就像观察一个妖怪。村里的几位长者坐在他对面，负责和他对话。三叔公觉得自己承担了极其重要的职责，板着一张大驴脸，非常得意。村东头的麻子老六坐在他旁边，板着另一张大驴脸，也非常得意。

陌生人二十多岁年纪，低眉顺眼，满脸通红，看起来相当紧张。

麻子老六开口问话了："后生，你叫个什么呀？"

“小人姓钟，叫钟芸。”

三叔公见麻子老六抢在他前面说话，有点不悦，忙抢过话头问：“你是干什么的呀？”

钟芸犹豫了片刻，说：“当兵的。”

三叔公沉吟了一下：“当兵的……”麻子老六也沉吟了一下。他们都没搞明白这仨字是什么意思，又不好意思问。

反而是钟芸提问了：“老丈，您这里是什么地方？”

三叔公大模大样地说：“村里啊。”

“叫什么村呢？”

“村里就是村里，还能叫什么。”

钟芸迷惑地看着他，又看了看周围的人。

三叔公又问：“后生，你是打哪儿来的？”

“外面。”

“外面又是哪儿呢？”

“我家在关中。战争结束以后，我就一路流落，走到哪儿是哪儿。”

这下所有人都蒙了，周围变得鸦雀无声。这些话太过怪异，谁也听不明白。

红雨挤在人群的前面，这时忍不住插嘴说：“什么战争？外面到底是什么样子？”

钟芸抬头看了看她。俩人目光接触到的瞬间，钟芸显得微微有些惊愕。他蹙起眉头，好像在想什么事情，可麻子老六把他的注意力拉了回来：“对呀，你倒是说呀！”

钟芸转过头来，看着老六脸上的麻子，吃惊地说：“你们连打仗的事儿都不知道？”

麻子老六的口气相当自豪:“我们村儿被山挡住了，跟外面没来往。”

“天王苻坚发兵打南晋啊。”

“什么天王?”

钟芸更吃惊了:“天王你们都不知道? 这么多年来，大家打来打去，你们也不知道?”

“不知道。”

钟芸张大了嘴巴，好半天没缓过神来:“天啊，居然有你们这样的地方。那汉朝你们总该知道吧? 秦始皇，汉武帝，没听说过?”

几个人你看看我，我看看你，三叔公说:“是你们村儿的?”

钟芸挠了挠头，说:“这要说起来，就扯得远了。”

村民们静静地听着钟芸讲述。前半部分大家听不太懂，一大堆乱七八糟的名字，稀奇古怪的事件，主要内容好像就是不停地打架。按照他们的理解，大致是某个村子到其他村子抢地、抢东西。有时候抢成了，有时候没抢成。但不管抢没抢成，都得打架，一打架就打死好多人。前些日子，一个叫苻坚的带钟芸他们去打架，结果没打赢。

然后故事就进入了下半场，这一部分他们听得比较明白。钟芸回不了老家，就带着一帮人到处跑。越跑人越少，最后就剩下钟芸一个。他连着好多天东躲西藏，后来偶然遇到一片桃花林。河流从中贯穿而过，岸边还系着一条废弃的黑船，就好像在等着他似的。他跳上黑船，顺流而下。过了没多久，桃树不见了，前方是很窄的山口，岩石高耸，就像被斧子劈开的一样。他费了很大力气，才把船划了进去。接下来的旅途一片荒凉，除了山石就是密林，有时候连白天和黑夜都很难分清。后来，景色忽然变得豁然开朗，他就来到了这儿。

他讲完以后，整个村社一片安静。过了片刻，麻子老六晃了晃脑袋，大驴脸上露出狡黠的表情，意思是："后生，你这么胡诌八扯，骗得了别人可骗不了我！"

三叔公也面露怀疑之色，问道："那你为啥要去打仗？"

"上头让我们打，我就去打喽。"

"打仗就得杀人？"

"打仗就得杀人。"

"他们让你杀人，你就杀人？"

"是啊。"

三叔公看了看麻子老六，麻子老六又看了看周围的人。他们同时摇了摇头，嘻嘻笑了起来。三叔公侧过脸，对着人群里的儿子喊："老幺，去，给我杀个人去！"

人群爆发出一阵大笑。

钟芸脸涨得通红，张口想说什么，但终于还是没说。

红雨没有笑。她盯着钟芸，很认真地掂量他的话，心头一阵阵地猛跳，说不清是战栗还是兴奋。

村民的好奇心来得快，去得也快。没过多久，大家就撇下钟芸的事儿，忙着准备晚上的宴会了。他们点起了一堆堆篝火，在上面支起架子，除了烤鱼、烤鸡之外，还烤了好几头肥肥的乳猪。人们慢慢转动烤架，乳猪被烤得通体金黄，油脂滴在火上，发出馥郁的香气。广场摆上了一排排桌子，上面堆满了蜜糕、桃子、鲜笋、鱼脊肉……还有大坛的桃花酒。

按理说，宴会应该在入夜时分开始。可这里没人在意时间，天色刚交黄昏，人们已经开始大吃大喝了。也没有什么座位安排，大家随便找个桌子就坐下。整个广场一片沸腾，小孩子在各个桌子之间疯跑。说笑声、碰杯声、唱歌声，混在一起，就像炸了窝的蛤蟆塘。

村里没有待客的礼节，因为这里从来没有过客人。但是大家还是本能地关照钟芸，安排他坐最前面的位置，给他端上烤乳猪最好的部分。大片酥脆的猪皮，下面是莹白肥嫩的猪肉，再配上清冽芳香的桃花酒，钟芸吃得两眼放光。

红雨一直在默默观察他。她觉得钟芸还是很紧张，跟人说话之前总要想一想，而且还下意识地抖腿。小孩子们跑来摸他腰下的刀鞘，钟芸虽然没好意思说什么，但还是有点警惕，不太乐意的样子。

她决定找他好好谈一谈外面的情况，但不是现在。现在人太多太杂，说不了什么正经事儿。

等大家吃喝得差不多了，傩舞就要开始了。这是一种古老的舞蹈，据说当年先民们用它来驱邪。跳傩舞的时候，小伙子要戴上鬼怪面具，姑娘们要在脸上涂抹油彩。姑娘们凑在一起叽叽喳喳商量了好长时间，最后才敲定了每个人的图案。红雨用红黄油彩在脸上涂了一团火焰。等她们准备完毕，回到广场中心的时候，小伙子们已经等得不耐烦，对她们发出一阵阵的嘘声。姑娘们则大声地呸回去。

大家围着篝火排成了两个同心圆。随着一声磬响，小伙子弓下腰，张开双手，一边将重心在两条腿之间来回切换，一边按固定的节奏顺时针前行。姑娘们站在内圈。她们半掩着面孔，蹑手蹑脚地逆时针转圈，仿佛是在逃避追踪。一圈转毕后，姑娘和小伙子迅速交换位置，现在轮到小伙子垂下鬼脸，躲避姑娘们的追捕。篝火照耀在舞者身上，如同给他们镀上了一层熔化的红铜。

舞者们发出一声呐喊，开始快速跳跃，像鹰一样盘旋，像陀螺一样旋转。姑娘们扭动着腰肢从小伙子的队列中穿过。大家不断交换位置，队形时而靠拢，时而分开，但总是保持一男一女穿插对舞。在旁边，有人打响了竹板。舞者按照竹板的节拍，一边跳一边放声高歌。这种傩舞没有歌词，只有动物般的咿咿呀呀声。

红雨跳得很投入。傩舞仿佛把她身体里的某种东西给唤醒了。她越来越兴奋，心怦怦直跳，觉得自己时而像鸟，时而像兽，时而像她脸上画的那团火。“嗨嗨嗨嗨呀！”红雨随着大家，一起发出高亢的叫喊。叫声直冲天空，惊起了远处的飞鸟。

一个獠面鬼穿插过来，正对着红雨。等他凑近的时候，红雨注意到了獠面鬼脖子上的一道红斑。是阿度，这道胎记红雨不知见过多少次了。

红雨和阿度对称地左右踢脚，然后迅速交换位置。等两个人靠近的时候，阿度忽然说话了：“我不喜欢那个人。”

红雨一边接着踢脚，一边问：“为什么？”

“说不上来，看见他就觉得不舒服。”

“是你救的他啊，人家还说你是救命恩人呢。”

“两码事。”

“嗨嗨嗨嗨呀咿呀！”所有人又一起高歌起来。两人再次交换位置。

等歌声停息下来，阿度说：“红雨，你最好离他远点儿。这个人跟咱们不一样。他会惹麻烦的。”阿度的獠面脸在红雨面前晃动。隔着面具，红雨看不出他的表情，但是他的口气很严肃。

“什么麻烦？”

阿度没有回答。俩人接着又跳了两个来回，然后就要穿插到别的队列里了。在分开之前，阿度忽然说了一句：“我觉得他是个祸害。”

红雨一愣，差点错过了节拍。她一边跳，一边转头看向钟芸。周围到处是挥动的手臂、扭动的腰肢，篝火把它们的影子拉长了，投在远处就像一座猛烈晃动的竹林。钟芸就坐在这堆影子里，瞪大眼睛看着红雨他们，面露惊恐之色。

红雨觉得有点好笑，忍不住朝钟芸做了个狞笑的鬼脸，也不知道他能不能看到。但想想也正常，如果从没见过傩舞，可能真会觉得有点吓人吧。她又瞅了瞅钟芸，实在看不出他能祸害什么。不过，阿度平日总是嬉皮笑脸，忽然变得这么严肃，也让红雨隐隐有点不安。

夜色四起，星光瀑布般倾泻下来。村后的群山被夜晚抹掉了所有细节，黑魆魆地立在那里，就像剪影一样。宴会进入尾声，大家陆陆续续离开广场，到处闲逛。红雨跟别人聊了几句，就开始在人群里寻找钟芸。

她找了好一阵，才发现钟芸躲在一个偏僻的地方，正愣愣地望着凌河，好像在想心事。红雨径直走了过去。

“我叫红雨。”

钟芸微微一惊，冲她点头致意：“我叫钟芸。”

“我知道。你跟三叔公说话的时候，我听见了。”

做完自我介绍之后，两人一时不知该说什么，都默默地看着远方的河水。水流潺潺，在黑暗里显得分外响亮。

红雨发现钟芸在偷偷打量自己，他的目光在红雨脸上盘旋了一会儿，然后又挪开了。她扬起眉毛，转过脸看着钟芸：“怎么？”

钟芸有点局促：“没什么。”

红雨没有理会。过了片刻，她开口问道：“你说的外面的那些事儿，都是真的？”

“当然。你不信？”

“我信。可是他们不信。”

钟芸问：“那你为什么信？”

红雨愣了一下，有点回答不上来。钟芸轻轻叹气说：“其实不信也好。人这辈子很短，没必要事事都搞明白。有些东西，其实不知道更好。”

红雨有点莫名其妙，说：“那你觉得外面好还是不好？”

“好，也不好。”

“到底好不好？”

钟芸迟疑了一会儿，说：“不好。”

红雨没有说话，心头有些失望，但又不怎么相信。这时，钟芸忽然问:“你们的盐从哪儿来的?”

“什么?”

“盐啊。你们烤鱼的时候，往上面撒的盐粒啊。它们是从哪儿来的?”

红雨说:“往下游走，有一大片沼泽地，旁边就是森林，里面生活着蛮族，他们有盐。村里的盐就是从那里换来的。”

钟芸对这个消息很在意:“你见过他们?”

“没有。”

“那你们怎么换盐的呢?”

“村里每过一段时间都会派船过去。我没去过，但是听他们说，换东西的时候两边也不碰面。我们把粮食放在树林边上，晚上他们会拿走，放下交换的东西。第二天早上我们去拿就行了。”

“没人见过那些蛮人?”

红雨想了想，说:“那些蛮子好像不愿见陌生人。”

钟芸还想接着问，这时孩子们过来了。他们排成很长的队伍，手里都提着练囊，里面装着捉来的萤火虫。练囊里的光本来很黯淡，但是周围的黑暗把它们吹亮了。远远看去，就像给凌河镶上了一条淡淡的光带。

孩子们从他们身边经过，红雨抛给领头的孩子一块桃脯，那孩子凌空一抓，灵巧地接住了。他朝红雨挥了挥手，带着后面的孩子高声唱起来:

他挤你，你挤我，
黑屋里，排排坐。

爸爸妈妈睡着了，
娃娃看着桃花落。
桃花飞，桃花落。
桃花桃花漂成河。
要问河里干什么？
狗狗吃肉我唱歌！

队伍渐渐远去，但是尖锐的童声在夜里传出去很远。钟芸凝神倾听了一阵儿，又静静地看着前方。他的目光越过凌河，眺望彼岸的山岭；然后又越过山岭，仰望河山之上的天空。天空极其纯净，像是一片黑蓝色的琉璃海。

“这儿的天都比外面要干净。”

“天不都是一样的吗？”红雨有点不以为然。

“不太一样。”钟芸的眼光流转，好像在天上寻找什么东西似的。他又转过身来，仰着脸朝不同方位都打量了一阵。过了好一阵儿，他才收回目光，显得有点困惑。

红雨问：“怎么了？”

钟芸没说话。他一副若有所思的样子，好像压根没听到红雨的话。一直到红雨第二次问他，他才回过神儿来：

“没什么。我……”

钟芸没能说完这句话。就在刚说到一半的时候，他背后忽然传来一声巨响，就像是什么东西爆裂了。红雨觉得地面颤动了一下。然后是一连串轰隆隆的响动，还伴随着撞击声。

声音是从村后的山岭里传来的。远远听去，就好像有个巨人正挥动着大槌，在群山中肆意乱砸。

过了一阵，声音渐渐止息。村民们从惊慌里回过神来，开始忙乱，有人在跑来跑去，有人大声召唤孩子，还有人吵吵嚷嚷地议论，可是谁也搞不清楚情况。

“这是什么声音？”钟芸脸色有点发白。

“不知道。”红雨也很惶惑，“村里从没有过这样的事儿。”

阿度喊着红雨的名字，从广场跑了过来。红雨冲他招了招手，阿度气喘吁吁地冲到她跟前。等他看到旁边的钟芸，脸色马上沉了下来。红雨还没来得及说话，山里又传来阵阵叫声，比刚才的响声要小得多，但是连绵不绝，像是上百头动物在嘶嗥。

他们三个都盯着嗥叫声传来的方向。群山耸立，依旧是一片黑沉沉的阴影。

“是山崩，把野兽们给吓着了。”阿度推测说。

说完，他拿眼乜斜着钟芸，低低地说了声：“操！”

三

村里的牲口死了。

两只羊被开膛破肚，内脏流了一地。一头母猪连带刚产下没多久的小猪崽也不见了，只在猪圈里留下一大摊血。人们仔细检查了周围，也没找到什么线索。猪圈附近有片倒伏的草丛，有人说那是兽蹄踩过的痕迹，但是大家看着又觉得不像。要是兽蹄的话，那也未免太大了。

村民们还从没碰到过这样的事情。山里当然有野兽，但是它们从不到村里来。野兽有野兽的领地，村民有村民的领地，从来井水不犯河水。那么现在是怎么回事呢？大多数人也像阿度一样，觉得那天的巨响是山崩，把野兽们给吓着了，这才会到村里来咬死牲口。

今天咬死牲口，明天说不定就会咬死人！村里的年轻人组织了警戒队，手拿鱼叉木棒，晚上轮班巡逻放哨。就连钟芸也热心地报名了。他说自己的刀比木棒管用多了，能就地格杀野兽。村民们不善于拒绝人，也就无可无不可地同意了。钟芸领着三个小伙子，每隔两天巡逻一次。他手握钢刀，眼睛睁得像铜铃，两三个时辰下来连个哈欠都不打，简直就是机警的化身。

红雨知道钟芸为什么如此热心：他想留下来。

他们俩这些天接触很频繁。钟芸暂住在村东头的一间空屋里，红雨经常过去和他聊几句，有时候还会带点吃的。傍晚时分他们还会到河边散散步。这里的村民虽然没有男女避嫌的概念，但很快也明白了，他们两个在交往。

一开始，红雨只是想听钟芸讲外面的世界，但过了没多久，就对他本人有了兴趣。钟芸外形不错，宽肩窄臀，身形挺拔，相貌也还俊朗。但是真正吸引红雨的，还是他身上那种独特的气息，给人某种神秘感。钟芸显得谨慎多思，经常坐在那里一动不动地想事情。这本身就是一件稀罕事，村里没谁会这么干，只有家在晒鱼场旁边的瘸大爷会这么发呆，但那是因为他中风了。

钟芸站在村里小伙子们中间，就像羚牛群里的一头豹子，生着紧实的肌肉，披着神秘的花纹。红雨不知道那些花纹意味着什么，但也许正因为这样，红雨才更为心动。

钟芸也在用一种笨拙的方式追求红雨。他很羞涩，在红雨面前动不动就脸红。两人的身体要是无意中碰到了，钟芸甚至会结巴起来。这一点在红雨眼里，也是既新鲜又迷人。相比之下，村里的小伙子跟红雨都太过熟悉，缺乏这种陌生感带来的浪漫。

钟芸给她讲了很多外面的事情。比如说城市。成千上万的人聚集在那里，被城墙包围着。其中最大的一座叫长安，里面住的人能装满上千个红雨的村子。他还讲了长安城里的幻师。他们来自西域，能够凭空变出狮子、老虎和神仙，喷一口水，这些幻象又会忽然消失。还有长城，那是一道绵延不绝的城墙，从大海一直延伸到大沙漠，有上万里那么长。大海是什么？啊，那是一大片水，无边无际的水，像天空一样蓝。所有的河都会流到那里去。有次他还见到了花海。不是真的海，而是五颜六色的花，铺天盖地，一眼望不到头……

那个世界比红雨想象的还要神奇。她不由得问钟芸："那你想回去吗？"钟芸却沉下了脸："不想。"

"为什么？"

"外面很可怕。"

"这里比外面好？"

"比外面好得多。"

钟芸对这里的一切几乎都赞不绝口，红雨对此很不理解。她抱怨这里太枯燥了，什么事情都不会发生，每天过得都跟同一天似的。钟芸却说这样最好不过，什么事情都不发生就是最好的事情。红雨问为什么，他说，你要是去过外面就知道了。

钟芸平时也没闲着。他在村里跑来跑去，帮着修船，补渔网，加固栅栏，巡逻放哨，干活相当卖力。他还把一些有趣的把戏带进了村子，比如“握槊”这种游戏，经他的介绍很快就风靡了整个村子。每到中午，很多人都揣着一大堆小石头当棋子，在树荫下面“握槊”。

钟芸谦恭有礼，对谁都很客气。村民大多对他印象不错，但是也有人讨厌他，比如阿度。阿度从不和钟芸交谈，看见他过来，甚至会背过脸去啐唾沫。红雨怀疑他是在吃醋，但阿度坚决否认。他不止一次跟红雨说，这个小子是个祸害，山崩就是他带来的。不然为什么早不山崩，晚不山崩，他一来就山崩？就应该把他赶走。红雨说，赶到哪里去？阿度说，从哪里来，就回哪里去。红雨说，那你有本事，就划船把他送回去。阿度这才语塞，说不出话来。

到了傍晚，红雨把这番对话学给了钟芸。她说的时候没当回事，可是钟芸却大为紧张。他问红雨：“村里其他人怎么说？”

红雨想了想，说：“没怎么听人说起。”

“除了阿度，还有人觉得山崩跟我有关吗？”

“应该没有吧。你又不是神仙，哪有这本事？”

钟芸点了点头，没再追问。此时太阳刚刚落山，一片橘红色的霞光从西方喷涌而出，流淌进凌河里，像水面下一团团飘荡的火。桃花瓣洒落在他们肩头，青草在他们脚下轻轻拂动。两人肩并肩地坐着，任夜色在四周渐渐升起。这一刻的天地，就连红雨都觉得美极了。

“我不想走。”

“他们没法赶你走，你也走不出去。”

“我想留在这儿，”钟芸望着夕阳下的河水，缓缓地说，“我不想打仗，也不想四处流浪。军队溃散以后，我东躲西藏，风餐露宿。那个时候我就想，要是能找到一块儿偏僻安静的地方，种几亩庄稼，养几头牲口，再有一个心爱的女人，和她一起坐在原野上看看水，看看花，看看落日，那我一辈子就心满意足了。我哪儿都不去，就留在那里，日复一日，永永远远，外面那些乱七八糟的事情就再也跟我没关系了。”

红雨默默地盯着钟芸，支棱起耳朵听他往下说。

周围一片昏暗，也看不清钟芸有没有脸红，只能听到他声音发颤:“现在我找到那个地方了。而且，不光找到了我要的地方，还找到了我心爱的女人。”他转过头，和红雨四目相视，“那个女人就是你，红雨。”

告白的时刻果然到了。红雨的心漾了一下，稍微有点慌乱。但是她还是本能地觉得有点怪异。别的男孩子也跟她告白过。他们告白的时候也很矫情，说起话也会有点抑扬顿挫，用一些平时谁也不会用的词儿。但还是不一样。钟芸这番表白的下面，似乎有点让人不安的东西。而且，他太过强调这个地方，而不是红雨这个人。再说，他选择的时机也……

但是还没等红雨想清楚，钟芸的脸就俯了过来。他的嘴慢慢凑到红雨唇边，红雨犹豫了一瞬间，还是没有躲避。两人的嘴唇吻在了一起。其实红雨也有过接吻的经验，但是这次不同。钟芸的唇温软，湿润，稍带游移，津液里隐隐有股铁的咸味儿。这种吻跟村里的男孩子迥然不同，似乎有来自外界的气息，让红雨想到他描述的城市和大海。她觉得身子有点发软，黑暗中似乎有无数蝴蝶从眼前扑过。

不知过了多久，钟芸的唇抽了回去。他的手掌轻轻地勾着红雨的脖颈，两人的脸靠得极近，红雨能感受到他嘴里辣辣的热气。那两片又长又薄的唇一闭一合地说:“你能嫁给我吗?”

红雨不假思索地说:“能。”

红雨不觉得这有什么问题。男婚女嫁的事情，村里向来没人管，就算钟芸是外来人，那又怎么样？最多三叔公他们会装模作样地问上几句，只要红雨厉声吆喝两嗓子，他们马上就会闭嘴。至于阿度，他当然会生气，兴许还会用恶狠狠的眼神瞪他们，那也只消用更恶狠狠的眼神瞪回去就是了。

红雨盘算了一两天，决定不管这些，索性径直带钟芸去祭社神。

这是村里的传统，无论是婴儿出生，男女定情，或者老人过世，都要祭拜社神。一旦他们两人祭过社神，带回井边的桃枝，这件事就算是确定了。她打算祭拜回来就向大家宣布这件事。看到他们手中的桃枝，红雨不相信还有谁敢胡说八道。

巳午之交，村里闲逛的人最少。红雨特意挑了这个时间去祭社神。祭社神的井就在下游，挨着河边。这口井非常古老，传说中最早的一批村民就环井而居，在那里供奉社神。后来村子迁到上游，但据说社神并没有跟着迁徙。所以村社虽然是日常生活的中心，但是祭社神还是要到这里来。

奇怪的是，钟芸对这件事显得有点不安。红雨告诉他的时候，他就一脸震惊地问：“井？”

“对呀，井。”

“什么样的井？”

“井就是井喽。”红雨回想了一下，说，“就是一口圆井，很深。一圈石头围着。红石头，好像是砂岩吧。”

“在哪儿？”

“离这儿不远，就在河边。”

钟芸蹙起眉头，问：“既然就在河边儿，为什么还要挖井呢？”

红雨以前没考虑过这个问题，经他这么一说，也觉得有点怪。她想了想，说：“可能以前村里不挨着河吧。兴许凌河改道了，才流到了这里。说不定村子搬迁就跟这有关。”

钟芸没有反驳，但脸色显得颇为阴晴不定。红雨不明白他为什么对井如此在意，河边有井也好，没井也好，反正是很久以前的事儿了，何必要操这个心呢？红雨问他，他又说没什么。催他动身的时候，钟芸乖乖地跟在她后面。但是红雨还是能察觉到，他整个人有点莫名紧张，眼神也发愣。

钟芸的紧张不知不觉传染给了她。有那么一个瞬间，红雨几乎想放弃这件事。她身体里似乎有个什么声音在警告她，但是这个声音太过细微，也太过混乱，红雨思索了片刻，还是压下了这个念头。

就这样，红雨走向了生命中的最后一天。

四

他们出了村口，沿着一条小路盘旋而下。在路的左手边，是大片大片的毛竹，青碧色自半山腰席卷而下，像是一座绿色剑丛。在右手边，几步之外就是凌河。

井离村子不算远，不到一顿饭的工夫就到了。几十株桃树围着一片空地，中间是那口古井。由于时不时有人过来祭拜，收拾得倒是满干净，荆棘也被拔掉了，地面上只有浅浅的青草，夹杂着零碎的花瓣。井很破旧，木头辘轳早就朽坏，红褐色井阑上生着斑驳的青苔。井身正面刻着福寿字，只是石片剥落破损，需要仔细分辨才能看出来。井沿上布满划痕，还有被砍出来的印子。

井很深，从井沿望下去，只能看到黑乎乎的一团。里面的水肯定早就干了，谁也不知道井底是什么。也没人敢下去，说是怕冲撞了社神。有些胆子大的年轻人朝里头丢过石头，也听不到落地的声响。

井旁有株桃花树，枝杈上开着红艳艳的花，撑在井口上方。红雨走到近前，把米糕、青团、咸鱼、鸭蛋四色供品摆在树下，又从树上掰下来两根细枝，每根枝头都开着一小朵桃花。她回过头去，想递给钟芸一枝，但看到他的脸，不由心头一惊。

钟芸脸色惨白，两眼直直地盯着那口井，表情呆滞僵硬，就像刚在冰水里浸泡过似的。

红雨的心怦怦直跳，似乎明白了什么，又似乎不明白。她退后了一步，说：“你来过这儿。”

钟芸没有答话。他越过红雨来到井前，盯着井沿上的刻痕看了一会儿，又伸出两根手指轻轻在上面拂过。然后，他慢慢转过身来，一脸惘然地看着红雨。

他摇了摇头，说：“我没来过。”

“不对，”红雨紧紧攥着手里的树枝，举在胸前，像是下意识地要把他隔开似的，“你肯定来过。”

钟芸抬头看了看天空，又看了看四周的桃树，勉强笑了笑：“没有，我以前又没见过你们村子，怎么会来过这里？”他的话非常合理。但是红雨盯着他的表情，还是断定他在撒谎。到底是怎么回事，红雨脑子里也是一团乱麻，她只是本能地觉得，钟芸不对头。

钟芸向红雨伸出了手：“给我一枝花。红雨，咱们回去吧。”红雨不知道该不该把手里的桃枝递过去，但是她注意到钟芸的手在抖。

就在她犹豫的时候，钟芸背后的天空忽然晃动了一下。晃动得太过明显，绝对不是错觉。红雨惊骇之下，朝四周环顾，发现在村子的方向，散出一道耀眼的光。光圈倏忽膨胀开来，但是只维持了一瞬间，然后骤然消失。

钟芸也看到了那道光。他长叹了一口气。

红雨抛下桃枝，朝村子的方向跑去。

一路上，钟芸和红雨一前一后，谁也不说话。快到村口的地方，小径绕过了一座小山坡，顺着山坡下去，就是井甸码头。就在小径拐弯之处，红雨看到了阿度。

阿度手拿一根鱼叉，站在小路的正中。

红雨冲着阿度大声喊：“村里怎么了？”

阿度没理她，眼睛直勾勾地盯着她身后的钟芸。

红雨快步上前，推了他一把：“村里到底怎么样了？你倒是说话啊！”

“我不知道。”

“什么叫你不知道？你不是在村子里吗？”红雨焦躁起来，想绕过阿度直接回去。

阿度一把拽住了她。“我真不知道。”阿度脸上露出既惊恐又困惑的表情，停顿了一下，似乎想说什么，然后又放弃了，“我说不上来。反正你现在不能回去。”他举起鱼叉，叉尖指着钟芸。“先把他弄走。把他弄走，村子就正常了。”

“可他哪儿也去不了啊。”

“水里有他的黑船。让他坐上黑船，到下游蛮人那里去。他必须马上滚。”

红雨跺了跺脚：“等回了村子再说！”

“你怎么就不明白呢？现在你不能回去。”阿度左手死死拉住红雨，他的眼神里有种东西让红雨恐惧得喘不上气来，“等他走了，一切都会正常，咱们再回去。”

钟芸开口说话了：“这事儿跟我没关系。”

“这事儿跟你有关系。”阿度恶狠狠地说，“山崩跟你有关系，今天的事儿也跟你有关系。从我见你的第一面，就知道你是个祸害。你把一切都毁了。”

钟芸右手握着刀柄，说：“我哪儿也不去。”

阿度撇下红雨，双手紧攥鱼叉，正对着钟芸的胸口。红雨也不由自主地转过身，和阿度肩并肩地站着，望向钟芸。

“别这样，”钟芸把手从刀柄上挪开，“有话好好说。”

红雨长吁了一口气，对阿度说：“这也不是一句话的事儿。不管怎么说，先回去把事情搞清楚。”

阿度不耐烦地叫了起来：“你是真不明白还是装糊涂？所有的麻烦，都是这个王八蛋惹出来的！你怎么就不明白呢？你难道还看不出来这是个……这是个……”他一时找不到词儿，结结巴巴地重复着。

忽然，阿度停住了。他两只眼睛瞪得大大的，似乎想明白了什么事儿。“我知道了。我想起来了，你来过这儿。你……”

“住口！”钟芸一声暴喝。随着这声大喊，左手的竹林里猛地一阵晃动。还没等阿度反应过来，一团黑乎乎的东西就从里面冲了出来。红雨刚发出一声尖叫，那团东西就把阿度拖进了竹林。它速度太快，几乎像是一道黑色闪电。红雨还没看清楚它是什么样子，一切就结束了。自始至终，阿度都没来得及发出一点声音。

地上只有一根掉落的鱼叉。

红雨张大了嘴，愣愣地站在原地，说不出话来。钟芸也被惊呆了。过了片刻，钟芸才缓过来，上前两步，用手轻轻碰了碰红雨。

“红雨。”

红雨回过神来，她什么都没说，忽然弯腰捡起鱼叉，朝着钟芸胸口猛然刺去。钟芸身子一闪，攥住叉柄，从红雨手里夺过鱼叉。他把鱼叉往远处一抛，双手死死按住红雨：“听我说，红雨！不是我干的！”

红雨拼命挣扎：“操你妈！你杀了阿度！我都看见了，还他妈的说不是你干的！”此时此刻她恨不得一把掐死钟芸。眼前这个人什么都不是，给阿度提鞋都不配，是仇人，是畜生！

“红雨！”钟芸冲着她大喊，“你想救阿度是吧？看着我的眼睛！看着我！”

红雨停下来，死死盯着钟芸，发现他眼里也浸满泪水。

钟芸叹了口气：“红雨，跟我来，你就知道怎么回事了。”

“那团黑东西……”

“不要紧的，阿度死不了。”

“你知道他在哪儿？”

“我知道。跟我来吧。”

钟芸放开她，朝河边走去，红雨想了想，默默跟在后面。那条黑船就泊在码头。他解开缆绳，朝红雨伸出了手：“上来。我带你去找他。”

红雨犹豫了片刻，也跟着跳上了船。

钟芸捡起竹篙，向岸边一撑，船缓缓进入河道，向下游漂去。

“那团黑东西把阿度抓到下游去了？”

“不光是阿度，所有东西都在那里。”

红雨坐在船里，不再说话。她并不信任钟芸，但此时她也没有什么选择。而且不知道为什么，她也本能地相信阿度正在前方的某个地方。钟芸立在船头，轻轻拨动竹篙。小船顺流而下，越漂越远，周围的一切几乎绝无变化。视线所及，始终是连绵不绝的桃树，重嶂叠翠的青山。新的景色扑面而来，旧的景色擦肩而过，在他们身后渐渐消失，就像被人抟成了一团，慢慢碎裂掉。

流水潺潺，过了一程又是一程，红雨渐渐失去了时间概念，等到她惊觉的时候，天色已然到了黄昏时分。

桃树变得稀疏，最后干脆消失不见。取代它们的是大片大片的芦苇丛，绿头鸭在里面浮游，不时低头啄食水中的小鱼和蝌蚪，偶尔能看到一两只灰鹤，立在芦苇中冷漠地看着他们。河道逐渐宽阔，水流变得缓慢，向两岸漫延开去，形成大块大块的沼泽。

“阿度呢？”红雨打破了沉默。

“还在前面。”

“这里是蛮人的地盘吧？”

“你没见过蛮人，对吧？这儿距离村子也不算太远，你却从没来过，红雨，你不觉得奇怪吗？”

确实，不光红雨没来过这里，她认识的年轻人都没来过。村民和蛮人交换东西，可为什么她熟悉的人都没参加过呢？红雨想不出答案来。但是她不想和钟芸讨论这个话题。两人不再说话，继续往前漂流。

太阳落山了，天上的群星被点亮，月光照在河面上，泛出一片虚白之色。往两边看去，是宽阔的沼泽。越过沼泽，是大片大片的密林。红雨侧耳倾听，想要捕捉丛林里的声音。蛮人也会发出声响吧？哪怕他们不出声音，丛林里也该有鸟啼，沼泽里也该有蛙鸣吧。可是丛林和沼泽都一片绝对的静寂。就像有块抹布把它们的声音都抹掉了，抹得干干净净。

红雨只能听到水流的泼溅之声。

“我们还要走多久？”

钟芸朝周围打量了一下：“不知道，我想应该快了。”

他猜得没错。等到月亮升到半空之时，水道再次变窄，河与岸的界限渐次分明，芦苇丛消失了，沼泽地也不见了。一切重新变得熟悉起来：两岸的桃树，河中的沙洲，远处的竹林，更远处的群山……

钟芸长长地嘘了口气，显得相当落寞。

黑船在水里又漂流了一阵。在船头的方向出现了一道陡坡，落差有好几丈。越过陡坡，远远地能看到一根木桩，上面悬着干枯了的桃花球。

红雨张口结舌，说不出话来。这不就是村子吗？小船明明一直顺流而下，怎么可能又回转到这里呢？

水流急速向前，就像被陡坡吸了过去。钟芸回头说：“红雨，抱紧我的腰。”

红雨犹豫了一下，还是抱住了他的腰。黑船猛地栽了下去，红雨只觉得一时天旋地转，浪花飞溅，眼前尽是弥漫的水雾。

钟芸和红雨坐在岸边的桃树下，黑船被缆绳系着，静静泊在水中。刚才它没有倾覆，简直是个奇迹。但是现在红雨对什么奇迹都不在意了。

“阿度在哪里？”

钟芸随手朝背后指了一下：“也许在村子里吧。不过这不重要，你现在也不要进村。你听完我下面的话，就会明白了。”

红雨回头望了望村子，那里就像蛮人的丛林一样安静，连狗吠都听不到。往常总会有几盏油灯点亮，可现在它一片漆黑。只有仔细辨认，才能看出村子模糊的轮廓。

红雨说：“好，那你讲吧。”

五

起雾了，凌河深处白茫茫一片。群山在雾中环抱着他们，像是一个形影黯淡的巨人。天穹则像一个更大巨人的双手，覆拢着群山。

“红雨，你不觉得你的村子不对头吗？”

“哪儿不对头？”

“它太小，又太封闭。这么小的村子是没法活的，至少不能像你们这么活。你们种地，打鱼，挖野菜，养猪，但是这远远不够。你们的盐从哪里来？你们说从蛮人那里换来的。那么染布的颜料从哪儿来的？斧子从哪儿来的？鱼叉上的铁又是从哪里来的？蛮人可不会炼铁。而且，你们村子到底存在了多少年，你知道吗，红雨？”

红雨不知道，村子里似乎也没人知道。过去的事情总是很含糊。大家都说最早的村民围井而居，可那是什么时候呢，中间经历过多少代？没人说得清。在大家的心中，过去跟今天一样，今天跟未来一样，没有任何变化。红雨忽然又想起来，就连自己的童年也很模糊。关于父母的记忆漶漫不清，就像一团模糊的灰影。

钟芸停顿了一会儿，又说了下去："不光是这个，你们村子本身也很不正常。它太美好了。没人挨饿，没人受穷，每个人都很富足，彼此之间又那么友善。这些天我仔细观察过，在村子里没有人下命令，也没有人服从。他们不理解打仗，也不理解人和人的争抢。这不正常。"

"不争抢就不正常吗？"

"当然了。"钟芸挥了挥手，微微有点不耐烦的样子，"有力气的人会欺负没力气的人，有脑子的人会骗没脑子的人。总有人会下命令，总有人会服从。人都是这么个贱样。你不知道你们这里有多奇怪，走遍全天下也见不到这样的地方。

"我被这里迷住了。我觉得，我以前的想法兴许是错的。世上也许真有这么一块干净的地方，可以让人像你们这样活着。我确实是这么想的。但是，我还是忍不住去想不该想的事情。"

周围的寂静像石头一样，沉甸甸的。只有钟芸说话的声音漂浮在凌河之上。

"什么不该想的事情呢？"

钟芸说："怀疑。第一天我就在怀疑。你知道我为什么怀疑吗？是因为你们的天空。"钟芸抬头望向天空，那里布满了星星，像发亮的钉子一样，"你们这里没有北斗星。"

"没有什么？"

"没有北斗星。星星是旋转的，可是北斗星始终指着北方。我们晚上行军的时候，总要在天上找北斗星，这样才知道东南西北。可是你们这里没有。"

红雨不知道他说的北斗星是什么，但是她想起了那个场景，当时钟芸一脸困惑地在天上寻找着什么。

“山崩跟这有关吗？”

“当时我以为没有关系。可现在我觉得，确实是怀疑引发了山崩。但毕竟只是怀疑，所以也只是周围的山崩塌了一点。”

“那些野兽呢？”

“可能也是怀疑招来的吧，或者是我无意中造出来的，我也说不清。不管怎么说，后来我强迫自己压住了怀疑。没有北斗星就没有吧，也许有的地方就是看不到北斗星呢。我又不懂天文。当然，这么想有点没道理，但我逼着自己这么想。我也劝过自己，人这辈子短短几十年，何必把事情搞那么清楚呢？琢磨明白了又有什么好处呢？但是，怀疑不是你想停下就能停下的。你们村里有些东西太古怪，有些地方又太熟悉。木桩、桃花球、儿歌、傩舞……还有你们这些人。我多多少少猜到了一点，但又不愿承认。鬼鬼祟祟的怀疑，也许就造出了鬼鬼祟祟的野兽。

“今天你带我去看那口井。你一开口，我就心跳得厉害。我不愿去看，因为我模糊猜到了我会看到什么。但是没办法，有些事情终究躲不过。我去了，看到那口井，我就想明白了整件事情。”钟芸用手朝四周比画了一下，“结果就是这样了。”

“那口井怎么了？”

钟芸像被这句问话噎住了似的，很长时间没说话。起风了，风把无数桃花吹落枝头。花瓣坠入水中，几乎把整条河都染红了。它们顺着凌河奔流而下，但用不了多久，它们就会漂回到这里来。钟芸最后终于开口了：“红雨，我来给你讲一个故事吧。”

红雨皱起了眉头：“我不听故事，我只要你把话说明白。”

钟芸说：“耐心点，红雨。听完这个故事，你就明白了。

“在西边很远的地方，有个地方叫关中。那里有一个军官，品级很低的那种，手下有四五十个士兵。他十七八岁就加入了天王苻坚的军队，去过不少地方。他到过北方的长城，在那里防备鲜卑人。他也见过东方的大海，在那里监督刚征服的燕国人。可实际上他没怎么打过仗。他一直属于后备部队，比较安全，但升职升得慢。好在他本来就没什么雄心壮志，觉得这样挺好。

“后来天王要去打南晋，征发的军队多极了，所有人都要去。这个军官也去了。天王是神一样的人物，从没打过败仗，军官当然觉得这次也不会例外。可是还没等他走到地方，仗就一下子打败了。谁也不知道怎么回事，反正就是打败了。所有人都在四散奔逃，就像大洪水来了，所有动物都会使劲儿逃命一样。整个国家乱成了一锅粥，听说天王也倒台了，到处都在打仗。这位军官和他的手下被困住了，不知道该去哪儿。他们就只能像没头苍蝇似的乱跑。东躲西藏的，一路上能偷就偷，能抢就抢，能过一天是一天。

“后来，听说南晋派军队在捕杀他们这些散兵游勇，他们吓坏了，就拼命往山沟里跑，离城镇越远越好，越偏僻越好。于是他们就来到一个小村子里。

“村子很穷，穷透了。村民们面有菜色，衣服也破破烂烂的。但是这些士兵可不管村民穷不穷。他们把村里的猪都宰了，放在火上烤了吃，又把所有能找到的酒都喝了。村民们一句话都不敢说，在旁边傻看着，一副蠢样。

“这个军官害怕走漏消息，就不许村民们出村。他们打算在这里吃，在这里喝，吃光喝光了再走。但是村民们不肯，因为外面还有不少庄稼需要照料呢。有人偷偷跑了出去，结果被抓了回来。这个军官喝多了……不，这么说不对。他没喝多，脑子很清醒。他走上去，一刀就把那人的头砍下来了。血喷了一地。

“他以前没有这么干过。打仗是一回事，人跪在地上，上去一刀把脑袋砍下来，是另一回事。但他就是砍了。为什么要这么干呢？一方面是为了立威，吓唬村民，但主要还是因为他能这么干。想砍一个人就砍，没有人惩罚你，也没人说你不对，这种感觉像神，像天人。

“士兵在村口竖了一根木桩，把那人的头挂在上面。哪个村民要是敢越过木桩，走到外面去，这也就是他的下场。”

红雨觉得一阵阵地眩晕，她想站起身来，但无法动弹，只能静静地听下去。过了一会儿，钟芸接着说：“当然还要有女人。女人是可以随便挑的，军官给自己挑了个最漂亮的。这个女人眼神里有股强悍的劲儿，跟别的村民不太一样。这个军官本来的性子温和腼腆，在关中的时候大家都说他是老实孩子。他跟女人说话就容易脸红，在军营这么些年也没变。你可能不相信，但就是这么回事。”

红雨没说话，但她相信，浑身战栗地相信。

“可能正因为他性子并不刚强，这样的女人才会更吸引他吧。手里有刀，事情就变简单了。她有孩子，一两岁的小娃娃。但那有什么关系呢？军官对这女人说，如果她不乐意，就会把她的男人和孩子全杀了。她就什么都不说了。一开始，军官还知道躲着人，后来就干脆大模大样地到她家去，让她男人抱着孩子滚，然后就跟她上床。她男人什么都没说。他们想的肯定是忍这么几天，等这帮人走了就都好了。老百姓嘛，不这么想又能怎么想呢？

“但是他们想错了。情况比这要复杂。”钟芸停顿了片刻，似乎很难措辞，“这些士兵担心走了以后，村民们会找南晋的人报告。他们在争论，要不要杀了这些村民。这样一来，至少短时间内就没人知道他们的行踪了。但是有人同意，有人不同意。最后，大家就看军官的意思。

“军官也没想好。他想杀了这些人，又觉得有点可惜，尤其是那个女人。军官多少有点喜欢她。怎么说呢？她聪明，有性格，而且也关心村子以外的世界，不像别的村民，个个牛马一般。结果，等这帮人快要开拔的时候，军官跟她干完了事，就随口说，你不如跟我走吧，待在这个烂地方干吗。当然是开玩笑，逃跑怎么能带女人呢，不可能的事情。但是她不懂，以为真要把她带走。她冲着军官破口大骂，说他是畜生，说看见他就恶心，宁肯让狗操也不愿跟他上床。这个军官就被激怒了。他本来还以为那女人多少也有点喜欢自己，你知道，男人都有虚荣心。可看那女人的眼神就知道，她骂的不是气话，是真的。结果，结果……”

钟芸又卡住了。

“要是她不这么说，我不会那么干的。真的不会！”钟芸激动起来，好像在为自己辩护，“她要是说得没那么难听，可能后来就不会出事！”

红雨的眼泪终于流了出来。她嘶哑地问：“她是我吗？”

“有点像。但是不一样。”钟芸的声音低沉下来，“为什么不一样，我不知道。可能整个村子设计的就是这样吧。”

“好，你接着说。”

“我抽出刀，用刀尖朝她心窝捅下去。她就死了。”

红雨紧紧攥住胸口的衣襟，那下面有一块小小的红色胎记，淡淡的，扁扁的。

“一旦开了头，事情就好办了。我出去对手下说，开始吧。我们让村民都到村社集中。我们拿着刀剑，披着铠甲，全副武装。然后，我们让男人挖一个大坑。能挖多深挖多深。他们可能也猜到了这坑是干什么用的，但还是挖了。也有几个人反抗。那个女人的丈夫就是其中之一。我用刀劈在他脖子上，血飙出去很高，声音像吹哨子一样。他的头一半断了，一半连着身子，整个人栽倒在坑边。他们反抗，我们觉得很烦；他们不反抗，我们又会瞧不起他们。但不管反抗不反抗，结果都是一样。等坑挖好了，我们就开始杀人。尸体被扔进了坑里，男人、女人、老人、孩子，都有。周围都是血，就像这里一样。”钟芸指了指地面。那里已堆满了被吹落的桃花，殷红一片。

“后来坑填满了，我们就开始往井里扔。村里有一口水井，山村嘛，井当然打得很深。往井里扔的主要是孩子。我们虽然杀红了眼，但劈杀孩子，还是多少有点不舒服，就把他们活着往井里扔。有的孩子抓住井口挣扎，我们就用刀砍。

你还记得那口井上的刻痕吗？就是刀砍的。我一眼就认出来了。井口好多血，顺着井沿往里头流。来这儿的第一天，我听孩子们唱过桃花落那首歌，差不多就是当时的样子。

“为什么要处理这些尸体呢？其实干脆扔在那里也行。但是我们好像从没那么想过。很奇怪。也许是我们模模糊糊觉得，把尸体处理掉，整个事情也就被彻底埋葬掉了。我们离开村子的时候，都很兴奋，就像过了一个疯疯癫癫的节日似的。”

“节日？”红雨的精神有点恍惚。

“是的，节日。真的是这样，有种神一样的感觉，觉得自己特别自由，特别强大。然后，这件事就被抛到一边了，我们忙着逃跑。十天、二十天，我好像把这件事完全给忘了。然后到了一个月的时候，我忽然开始做噩梦，梦见那个女人，还有那口井。”

红雨问：“那个女人的孩子……”

“在井里。”

“男孩女孩？”

“女孩。”

“她叫什么？”

“不记得了。”

自己从不记得的孩子，连名字都被偷走了的孩子。红雨闭上了眼睛。

钟芸说：“现在说什么都没用了。你现在要是回到村子，我敢说，那里的东西都不在了。”

红雨热泪盈眶。她看了看远方的雾，又看了看黑魆魆的山岭，看了看河水，那上面已经堆满了桃花。她想，这是最后一次看这些东西了。

“我是鬼吗？”

“我不知道。”钟芸摇了摇头，“红雨，我不知道。可能你是鬼，这里是你们死后创造出来的地方。但你也可能根本不存在。可能这个村子是我创造出来的。我真的不知道。”

他抽出环首刀，用力把它插进地里。然后，他走到河边，背对着红雨，也背对着那把刀。

“如果你能杀了我，那你可能就是鬼。如果你杀不了我，那你就是我想象出来的。”说完，他又自失地笑了笑，“不过也不一定，也许鬼是杀不了人的。谁知道呢。这些事情活人也不懂。但是，红雨啊，咱们也只能这么试试了。”

他盘腿坐下，静静地等待着。他听到背后抽泣的声音，有人走动，然后一切又归于沉寂。他一动不动地坐着。桃花疯了似的飘落，像大雨，像暴雪，凌河变成了一条流动的红河。桃树只剩下了光秃秃的树枝。

星星一颗一颗地消失，从东南方向开始，一点点向西北延伸，就像被人用席子卷走了一样。然后，月亮也熄灭了。周围一片漆黑。只有在很远很远的地方，有些若有若无的光点，也许是萤火虫，也许是磷火。钟芸也分辨不出。

他也不知道自己坐了多久，只是这么静静地坐着。有一阵子，他隐隐约约听到了吹笛子的声音。声音似乎是从群山里传来的，纷纷扬扬，若有若无，听不出完整的曲调。后来，笛声渐渐消失了。钟芸一直坐到黑暗亮出了点点孔洞，北斗星悄悄显现在天空；他一直坐到东方泛出了微明，把晨光洒到干焦的大地上；他一直坐到身旁破败的废墟渐渐变得清晰，呈现出了每一个细节。

北风卷起团团尘埃，往人的鼻孔里钻。放眼过去，周围是一片单调的黄色。稀疏的野草干枯了，露出下面赤裸裸的土地。远处能看到零零星星的白杨树，枝杈光秃秃的，根根刺向天空。一只乌鸦似的鸟停在上面，发出嘎嘎的尖叫声。前面没有河流，只有几间泥巴屋，又小又破，已经快坍塌了。里面一个人都没有，想来早就逃走了吧。

马在身后发出轻轻的喷鼻声。钟芸知道自己该站起来了，但他不愿意。他继续坐着，想象着那条清澈湛绿的水流，在两岸桃树的夹持下，汹涌流淌。

黑鸟

一

每次路过御史台，崔异都有点不舒服的感觉。

花岗岩台阶，青灰色砖墙，朱彤髹漆的大门，看上去倒也普普通通，关键是它门口的两个石头怪兽。那是传说中的獬豸，长得像牛一样，头顶生着一只尖角，两只点了红漆的眼颇为狰狞。据说獬豸聪明正直，能分辨奸邪，所以才成了御史台的象征。可是在崔异眼里，它们并不像仁兽，反倒透着贪婪血腥之气。但越是如此，崔异越忍不住多看几眼，说起来也是有点犯贱。

没人愿意到这里来，但是没办法，御史台传唤他们，说要核实接待渤海国使节的礼仪问题。他们典客署负责接待番邦客人，事务烦琐，又很容易被人挑毛病。前些天他们刚引着渤海使臣参加赐宴，御史台就来找碴儿了。按理说这也不算什么，御史台本就有纠正失仪之职，但自从大周代唐后，这个衙门的势力膨胀得厉害。尤其是几位侍御史，一提到他们，大家就打哆嗦。所以，署令王珣还是如临大敌，丝毫不敢怠慢。

御史台要求王珣带一个署丞同往。署里有四个署丞，王珣掂量了一番，最后挑中了崔异。他并不喜欢崔异，两人私下几乎没什么来往。但是王珣也不得不承认，在整个典客署里，崔异干活最认真，事务最精熟。他天天穿着半新不旧的袍子，板着一张清汤寡水的脸，埋头于文牍案卷之中，所有条例都记得结结实实。在王珣的眼里，这个下属就像一只灰老鼠，既勤奋又不起眼。

现在他就需要一只灰老鼠。万一御史台问起什么刁钻问题，崔异马上能够引经据典，回答得滴水不漏。而且最重要的是，你不问，他就不多嘴。这样的老实货色，不会害人。

王珣决定还是带他去。

可是王珣刚一开口，崔异就露出忧愁的样子。这也不奇怪，没人愿意去御史台。王珣板起面孔，拉着长音说："怎么，崔署丞有什么为难吗？"

崔异缩起脖子，说："没什么为难，只是……"

王珣打断了他的话："既然没有，就请随我一起去吧。"

崔异的脖子缩得更厉害了。他委委屈屈地说了声："是。"

一位小吏引着他们穿过两只石头獬豸，跨过朱彤大门，来到御史台的庭院中。小吏进去通报，他们站在那里等候。正是六月时节，阳光耀得人目眩。好在庭院正中有株大槐树，树瘤虬结，枝丫横生，他们就在树下躲阴凉。但还是热，暑气蒸腾，一丝风都没有。崔异不停地伸手到额头揩汗，一边拿眼偷偷打量王珣。只见王署令翘着山羊胡，端立不动，任由汗珠子从颧骨流到下巴，然后又顺着脖子一路钻进衣领，神色依旧庄重威严。崔异发自肺腑地敬畏这位上司。只要有他在，崔异就觉得安心不少。

也就在这个时候，那只鸟出现了。

说是出现，其实只有王珣发现了，崔异并没看到。王珣抬起头，盯着树枝看了一会儿，说："这只鸟有点怪呀。"

崔异顺着方向看去，树枝上只有密密的槐叶，并没什么鸟。他眨了眨眼睛，还是什么都没有。他颇为诧异地问："怎么？"

"样子像乌鸦，嘴巴却红红的，从没见过这样的鸟。"

"哦。"崔异没敢反驳。他眯缝起眼，努力在树上寻找鸟的踪迹，还是徒劳无功。但是忽然之间，他确实看到枝叶一阵乱晃，然后空中发出拍打翅膀的声音。

王珣望向天空，目光似乎在追随着那只无形之鸟。崔异揉了揉眼睛，心中有些惶然，自己岁数还不大，难道视力就坏到这般地步了？

没等他回过神来，一个圆脸的小胖子从屋子踱出来了。这人身穿深绿色圆领衫袍，头戴特制的冠帽，帽上竖着一根细细的铁柱，旁边挂着两颗珠子。崔异知道这叫獬豸冠，只有御史才能戴。

小胖子很热情，上来捧着王珣的手，一口一个"王署令"，叫得极其亲热。王珣管这个人叫"侯侍御"，崔异马上明白了，这人就是大名鼎鼎的侍御史侯思止。王珣给他们做了引见，侯思止对崔异也客气了一番，态度很谦和，但是眼神里却露出审视之色，似乎在估他的分量。崔异不由得缩了缩身子。

侯思止引他们到厢房待茶。厢房背西面东，很是阴凉，崔异他们一进来，就觉得暑气减弱不少。侯思止先说了几句场面话，然后提到渤海国赐宴的问题："台里有人挑刺，说是礼仪上有些不合规矩。这当然是小事，不过，最近陛下……"

王珣和崔异马上挺直身板，露出毕恭毕敬的表情。

“最近陛下挺重视这类事情，要是台里报上去，弄不好还要罚俸。那就划不来了嘛。所以，还是请王署令过来一趟。要是能把事情解释清楚，台里就不往上报了！”侯思止挥了挥胖乎乎的小手，显得很豪爽。

王珣努力摆出感激涕零的样子：“侯侍御真是体贴下情。至于赐宴的礼仪，我们并没有妄作主张，都是有先例的。来，崔署丞，你把案卷拿给侯侍御。”

崔异捧起案卷，恭恭敬敬地放在几案上。侯思止展开案卷，一边看一边点头，有时稍作停顿，沉吟片刻。崔异在肚子里打着腹稿，等他提问。但是侯思止翻完以后，就把案卷随手放在一旁。“记录得还是蛮清楚的，看上去问题不大。”

王珣长吁了一口气。

侯思止忽然转了一下话题：“王署令，除了此事之外，还有一件小事想拜托你。”王珣脸色有点惊疑，侯思止哈哈笑了起来，亲热地拍了拍王珣的手，说，“放心，是好事。”他俯过身子，嘴巴凑在王珣耳边嘀咕了几句。王珣的脸色渐渐舒展，露出欢喜的样子，不断点头。

侯思止咳嗽一声：“王署令，那你跟我到内厅走一趟？还有样东西给你看看。就麻烦崔署丞在这里稍等片刻。”

“请便，请便。”崔异拱了拱手，如释重负。侯思止和王珣起身进了后堂。崔异只好坐下来，耐心等待。这一等就是一个多时辰，屋子里也没人进来。他想方便一下，不知道茅房在哪儿，又不敢在御史台乱走动，只能夹紧双腿，强自忍耐。

就在他六神无主的时候，一个年轻人终于推门进来了。

这人面容恭谨，向他低头致意："侯侍御有请。"

"王署令呢？"

"也在里面等候大人。请随我来。"

崔异只好跟着他往后堂走。穿过后堂是曲折的走廊，每隔二十步左右就挂着一盏油灯。走廊两边没有窗户，就算在大白天，油灯也亮着。崔异是个俭省的人，虽然与己无关，看到这些油灯还是不免心疼。他们越走越深，崔异渐觉不安。他正鼓起勇气，要开口询问，年轻人却忽然停了下来。在他们面前是一扇黑漆大门。

年轻人轻轻推开门。侯思止正站在屋内，笑眯眯地看着崔异。"得罪得罪，让崔署丞久等了。请坐。"他指了指靠墙的胡床。

崔异小心翼翼地坐在胡床上，扫视了周围，不见自己的上司："不知王署令在哪里？我们也该回去了。"

"王署令就在这里。"侯思止还是一脸微笑。

"哪里？"

侯思止指了指前面的一道帘幕。年轻人快步上前，扯开了幕布。典客署署令王珣果然在后面。他全身一丝不挂，被剥得像头光猪。地上立着一个木头架子，上面安有器械开关，将王珣的手脚牢牢束在架上。王珣叉着双腿，伸展两臂，宛若要拥抱崔异一般。

崔异张大了嘴巴，傻傻地望着上司。王珣皮肤苍白，松松垮垮，在腹股沟和腋下这种褶皱地方，皮还耷拉了下来。

崔异实在没法把这个裸体老头和王珣联系起来。过了好一阵儿，他才缓过神来，结结巴巴地问："怎么了？这是怎么了？”

侯思止很和气地说：“他谋逆。”

“谋，谋……谋……”崔异发现自己没法完整地说出这个词儿来。

“谋逆。”侯思止重复了一遍，“王珣家奴向御史台出首，六月三日戌时，王珣在书房内和长子密语，口出狂悖之言。他说……”说到这里，侯思止的语气也变得有点犹豫。王珣的话过于大逆不道，就算加以转述，也让人有点不安。

崔异瞪大眼睛，看着侯思止，等着他说下去。侯思止只好压低音量，摆出公事公办的样子，那口气就像是大夫出于医学目的，不得不提到某些淫秽的词：“王珣说，嗯，王珣说先帝不娶这个武媚娘就好了，这个娘们儿是害人精。”

整个屋子里鸦雀无声，一片恐怖的死寂。虽然这话是王珣原创，侯思止转述，跟自己没有半点关系，但崔异还是心惊肉跳，似乎听到这句话就犯了某种罪过。

“丧心病狂，丧心病狂。”侯思止摇头叹息。说完，他的目光慢慢转向崔异。崔异被他看得一个激灵，马上表示赞同：“丧心病狂，令人发指。”见侯思止还在盯着自己，马上又找补一句，“做臣子的听到这话，真是怒不可遏，怒不可遏啊。”

侯思止点头嘉许：“崔署丞忠勇奋发，当然听不得这些悖逆之词。王珣说这些话，必然是极其隐秘的。崔署丞，你可知道王珣家奴为何能听到这番话吗？”

“不，不知道。”

“那个家奴是我们安在王珣家里的眼线。”他看崔异满脸震惊，微微一笑说，“御史台早就发现王珣可疑，这才做的安排。我们御史台是陛下养的獬豸，这点警觉还是有的。”

没等崔异说话，侯思止忽然转向王珣：“王署令，现在崔署丞也在，咱们不妨把话说开。今天一早你刚到典客署，我们御史台就封了你的家，你全家老小全被拿获。你的大儿子已经招认了。”他伸了伸手，那位年轻人快步上前，将一页纸递到侯思止手中。侯思止在王珣面前抖开了那页纸，待王珣看完，侯思止又将纸收入袖中。

“王署令，事已至此，再抵赖又有何益？你有一妻一妾，两儿三女。到时你和你的大儿子自然都要处斩。你的小儿子没满十五岁，送往蚕室受宫刑。妻妾女儿则要被没为官妓。唉，可怜啊，可怜。王署令，倘若你从实招认，交代出背后指使你的人，那就不一样了。陛下必会法外施恩，你虽然难逃一死，但家人都会安然无恙，估计也就是被流放岭南。怎么样？你好好想想吧。”

王珣死死地瞪着侯思止，嘴里发出喝喝之声，似乎想要说点什么，却说不出来。

两人对视片刻，侯思止忽然放声大笑，胖脸上的肉都荡漾开来：“王署令，这些话你不会当真了吧？你这种谋逆罪不可能有什么法外施恩。陛下虽有如天之仁，也恕不得你们这些蛇蝎之徒！你招与不招，该去蚕室的都要去蚕室，该去做官妓的都要去做官妓。不过你会死得痛快一些，不用受这么多罪。怎么样？王署令你说两句吧。”

他从王珣嘴里掏出一块栗木口衔。

“我没说过那话！我要面圣！”王珣嘶哑地喊了起来。侯思止点了点头，把口衔又塞了回去。

"果然是冥顽不灵。"侯思止连连摇头。他招呼了一下，身后的年轻人快步走到木架旁，用力转动绞盘。王珣的左手臂开始随着木架向后翻转，臂骨发出咯吱吱的声音，听上去就像有人在梦里磨牙。随着啪的一声脆响，王珣绷紧的身体蓦地瘫软下来。

坐在一旁的崔异也跟着瘫软下来。他胃部一阵阵地抽动，想吐。

侯思止冷冷地说："用水泼醒。"

崔异第一反应觉得这是在说自己，他努力挺直腰板，表示自己并没有昏倒。但是年轻人提来一桶水，没有泼向他，而是泼在王珣头上，然后又重重打了他几个耳光。

王珣苏醒过来，脑袋耷拉在胸前，一动不动。

侯思止撇下王珣，慢慢踱到崔异面前："崔署丞，你知道这叫什么吗？这叫凤凰晒翅。是不是很像？除了凤凰晒翅，我这里还有仙人献果，玉女登梯，驴驹拔橛，犊子悬车，好多呢。后院还堆着十号大枷，名字都很有意思，叫定百脉、喘不得、突地吼、著即承、失魂胆、实同反、反是实、死猪愁、求即死、求破家。"侯思止津津有味地列举着，嗓音里甚至带着点爱抚的味道。"台狱的每套刑具都能剥人一层皮，我有上百套刑具，你说，王珣他有一百层皮吗？"

"没有，当然没有。"崔异想要站起来，但实在站不起来。他只能仰望着侯思止，就像小猪在看着一头大象。

"陛下最圣明不过，决不会放过一个坏人，也决不会冤枉一个好人。"侯思止停顿片刻，声音忽然峻急起来，"崔署丞，我说的对吗？"

恐惧的潮水一阵阵涌来。崔异咽了口唾沫，说："对对，对。陛下……"他拱了拱手，以示尊敬，"陛下最圣明不过，决不会放过一个坏人，也决不会冤枉一个好人。"

"那么，崔署丞觉得王珣有没有问题？"

崔异看着侯思止，结结巴巴地说："那肯定，肯定有问题啊。"

"什么问题？"

"大……大……大逆。"

侯思止满意地点了点头，用手指着王珣说："此贼不光口出悖逆之词，还和李唐余孽有勾结。他利用典客署令的位置，妄图勾结突厥，里应外合，复辟李唐天下。崔署丞，你和王珣同衙共事，就没发现不对头的地方吗？"

崔异瞟了一眼王珣，嗫嚅道："这个，我也觉得有……有不对头的地方。"

侯思止冷冷地说："既然如此，为何不报告？"

崔异被这句话死死定在座位上，脸上一会儿青，一会儿白，说不出话来。

"不过没关系，我们已经查得明明白白，都写在这份案卷上了。崔署丞，你看这些情况是否属实？"侯思止从袖中掏出一张纸来递给他。

崔异捧着这张纸，呆呆地看着侯思止。

"这里有笔墨。如果属实，就请崔署丞在上面签字画押，如果不属实，就不要签。"

崔异的目光落回纸面，"天授二年六月三日戌时二刻我父逆贼王珣口出悖逆之词对罪人言道先帝不娶武媚娘就……"

密密麻麻一堆字，崔异毫不犹豫，奋力提起笔来，就要往上签。一旁的侯思止却叫了起来：“等等！不是这张！”

崔异愣在那里。侯思止在袖中掏摸一阵，取出另一张纸来，看看无误，这才将纸换了过来。崔异接过看了一会儿，里面的内容都和王珣有关。他心乱如麻，也就不再细看，拿起笔来就在下面签字画押。

侯思止非常满意，拍了拍崔异的肩头：“现在，你知道我为什么要王珣带个署丞来了吧？本来我也做了两手准备，幸好崔署丞很见机，立了大功一件。对了，崔署丞家里是有个四岁的儿子，是吧？”

“是，是，确实是四岁。”

侯思止奇道：“崔署丞怎么抖得这般厉害？”

“没有呀。我没有抖呀。”

侯思止微微一笑，说：“崔署丞，你可以回去了。”说完又皱了皱眉，“不过，我看崔署丞还是别回衙署了，回家换衣服吧。”

崔异裤裆里湿漉漉的一大片，他自己也想不起是什么时候尿的。崔异拱了拱手，也没看王珣，站起身来直接走到了门口。但不知道为什么，他又莫名其妙地折回来，走到侯思止跟前，诚恳地说：“陛下最圣明不过。侯大人，我把话放在这，李唐余孽决不会有好下场，决不会有的。”

侯思止敷衍说：“是啊，他们决不会有好下场。回去吧，回去吧。”

二

自从神皇从长安迁回洛阳，将它定为神都，这个城市就变成一个巨大的耳朵。它撑起耳翼，贪婪地捕捉落入其中的每一段语音。它分析，过滤，扬弃。大部分声音都会消散，但是总有一些话会被记下来，然后分门别类，输送到不同的端点。

这些端点有刑部、大理寺、京兆府、金吾卫……所有端点都布满刑具，能从这些话语里榨出逆贼的阴谋。这些端点里最大的一个是御史台。它本来只是个文官机构，贞观天子赠送给它一座台狱，大周神皇又赠送给它一批虎狼。这些虎狼以噬人为业，同时又彼此吞噬，和受害者一起沦为王朝的肥料。

话语会引来刀剑，只是速度或快或慢，让人捉摸不定。曾有士兵在酒楼上为李唐皇室鸣不平，半年后才被逮捕诛杀。也曾有士子游览明堂时口出谰言，结果刚走出明堂大门，囚车已经在等着他了。

耳朵是难以餍足的，仅仅洛阳城的声音还不够，整个帝国都在往这里输送声音。大周神皇下令，不管在帝国的哪个角落，只要听到悖逆密谋，都要前往神都报告。报告者沿途可以使用驿马，享受五品官的待遇。随着驿马的奔驰，声音潮水般涌向洛阳城。它凝神谛听，将这些声音小心翼翼地锻造为罗网。

白天的声音混乱庞杂，质量不高。到了夜晚，情形就不一样了。声音变得细微隐秘，人们会压低嗓门说出白天不敢说的话。这时，谛听之耳变得更加敏锐，能收获更多的果实。

崔异正在压低嗓门说话。

他居住的归仁坊位于洛阳东南角，地段偏僻，但偏僻有偏僻的好处，那就是房子可以买得比较大。宅院内外两进，外面是马棚和披屋，仆人连瞳就住在披屋里，负责照料马匹。养马费用很高，但是归仁坊距皇城太远，这笔钱实在省不得，崔异当初也是咬了咬牙才置办下来的。里面一进就是内宅，养娘和墨郎住在东边，崔异和妻子阿玉住在西边，中间是客厅，除此之外，还有厨房、书房和杂物间。

到了定更时分，墨郎早就被养娘带去睡觉了，房前屋后也检查过了，一切都寂静无声。崔异和阿玉这才躲进卧室，在灯下低声私语。崔异把自己这天的经历大致给妻子讲了一遍，只是跳过了一些细节，侯思止最后提到墨郎的那段话，他就没敢说。

阿玉越听越惊，愣了好半天才问道："你要是不签名呢？"

崔异叹了口气："那我今天就回不来了。"

"你是典客署的署丞，他们敢这么干？"

"典客署算什么？芝麻大小的衙门。你是没见到王珣那副样子，扒光了吊在架子上，腕骨都给拧碎了。就算神皇知道了，也只会夸侯思止忠心耿耿。"崔异叹了口气，"说不定这事就是神皇点过头的。"

"他那家奴真是御史台的眼线？"

"有可能。"

"那王珣最后会怎么样？"

“枭首。侯思止倒没有胡说。王珣肯定枭首，大儿子可能处绞，小儿子下蚕室阉割，妻妾女儿没为官妓。”

“啊！”阿玉一声惊呼，脸色变得煞白。

崔异摇头说：“这也怪不得别人。谁让他们口舌不谨，让人家听到了呢？”

“王珣到底说了什么？”

崔异莫名往四周看了看，压低了嗓门：“他跟儿子说，要是先帝不娶这个武媚娘就好了，她是个害人精。”

阿玉大惊失色：“他敢这么说话？你说他胆子得有多大！”

“谁说不是呢。”崔异表示赞同。过了片刻，他又叹了口气，说，“其实这话也没说错。神皇任用酷吏，杀起人来没完没了，确实忒狠毒了些。只要被这帮酷吏盯上，谁都跑不了。杀人也就罢了，还挖空心思搞出各种刑具，把人家折磨得人不人，鬼不鬼。其实神皇她自己就喜欢这样。你想想，她连死人都不放过。前些时候郝象贤倒了霉，不光全家被杀，就连祖坟都被刨了，毁棺焚尸。唉，这能是人干的事儿吗？”

崔异滔滔不绝地说着。事后回想起来，他也觉得莫名其妙，自己怎么就跟中了邪似的，非要讲这些大逆不道的话。也许人都有诉说的冲动。光想不说，那是不够的。想法就像没有形体的烟雾，既存在又不存在，只有语言才能把它凝结成形。哪怕是夫妻密语，也有这份力量。崔异还是没能抵御这种诱惑。

他说了一个段落，最后总结道：“神皇连亲生儿子都不放过，何况别人？”

阿玉惊诧说：“她真杀过亲儿子？那不成禽兽了吗？”

“八九不离十。”

话刚出口，就听到厅堂里咣的一声，像是有什么东西掉落地上。崔异和阿玉面面相觑，都被惊呆了。过了片刻，崔异回过神来，跳起身拉开了房门。厅堂里一片银白的溶溶月色，借着光亮依稀能分辨出养娘的身影。

养娘躬了躬身，用抱歉的口气说：“阿郎，我出去小解，把架子上的铜盆碰翻了。”

崔异皱眉说：“怎么这般不小心？”

养娘话音里带着点惶惑：“我回来关门的时候，看到一只鸟，吓了我一跳，就……”

崔异摆了摆手，走回卧室。阿玉站在门侧，脸色铁青。两人重新坐回灯下，默默无言。过了一会儿，阿玉开口说：“她听见了。”

崔异也这么想，但是听阿玉这么说，心头还是一震：“你觉得她从什么时候开始听的？”

“说不好。”

“那么，”崔异觉得嗓子一阵阵发干，“她是故意偷听？”

阿玉摇了摇头：“按理说不应该，可要是无心听到的，那也太巧了……”

崔异沉默片刻，忽然想起一件事：“她来这儿有两年了吧。差不多正是我升作署丞的时候，她到的咱们家。你不觉得时间也很巧吗？”

阿玉一惊：“你是说，她是眼线？”

“有可能。”

“你一个小小署丞……”

“署丞怎么了？”

阿玉想了想，说：“哪怕真是那样，咱们不承认就是了。”

崔异大摇其头：“倘若她真是眼线，不承认有什么用？再说了，她一个养娘，如何知道郝象贤的事情？王珣说了什么，她又怎么编造得出？”

两人都不说话了，各自思忖着。仙人造型的灯盏擎着一小团火焰，光圈忽明忽暗，映在他们的脸上，犹如潮水。灯花忽然爆出啪的轻响声，阿玉惊得一哆嗦。她盯着丈夫，恨恨地说：“好好的日子不过，你偏要胡说八道！现在怎么办？”

崔异本想反驳说你刚才不也附和了吗，但现在也不是争辩的时候。他努力平息思绪，说：“不管怎么样，你先把养娘叫来，咱们探探她的口风。”

养娘来了，规规矩矩地站在崔异面前，脸上隐隐带着警惕之色。

“墨郎睡着呢？”

“睡着呢，一直没醒。”

崔异清了清嗓子，说：“你到我们家也差不多两年了。”

养娘点了点头。

“这两年来，我们待你如何？”

“阿郎和娘子待我很好，”她想了想，又加重了语气，“恩情厚重。”

崔异上下打量着她。原来一直觉得她还算朴实，但此时此刻，怎么看怎么觉得她满脸狡狯。崔异用指节轻轻敲了敲桌子，觉得下面的话颇难措辞。他踌躇了片刻，说：“既然这样，咱们便是一家人。一家人不说两家话，大家过日子，难免有飞短流长、口舌不谨的时候。彼此还是要遮盖则个。”

养娘摇头说：“我不懂阿郎的意思。”

一片尴尬的沉默。

阿玉忽然开口问：“你刚才听到什么了吗？”

阿玉问得这么直接，崔异心里不由得被揪了一下。但是转念一想，这样也好，老是绕圈子也不是办法。

养娘摇了摇头：“没有。”

阿玉又重复了一遍：“没有？”

“没有。”

养娘回答得很坦然，崔异反倒疑云更盛，一般人碰到这种追问，不该是这种反应。而且她说话太过从容，没有平时那么谦恭。他沉吟着说：“你就没有听到……一些不该听到的话吗？”

养娘反问说：“那又是什么样的话？”

崔异哑口无言。过了片刻，他咬了咬牙，说：“关于……关于神皇的一些话。”话一出口，旁边的阿玉马上显出惊惶的神色，似乎嫌他太过冒失。

养娘微微一笑，说：“没有听到。我小解完就回屋了。”她的话里带着点哂笑的口气，崔异和阿玉都听出来了，不禁脸色为之一变。她听到了。这四个字像钉子一样，重重砸进崔异心里。他死死地盯着养娘，不知道往下该说什么。

这时，阿玉开口了。她字斟句酌地说：“那么如果，我是说如果，如果你听到了什么不好的话，你打算怎么做？”

养娘轻咬着嘴唇，紧张下面掩着一点得意。“娘子啊，只要过得去，我这个人是从来不多嘴多舌的。除非……”她顿了一顿，不再往下说了。

崔异的心头泛起一阵绝望。这个女人肯定会出首。就算现在不出首，她也会拿这件事辖制他们，到头来还是一样。灯有些黯淡了，崔异起身添油。倒灯油的时候，崔异发现自己的手在轻微地抖。他放慢动作，强行稳住心神。等手不再抖动了，他又故作闲暇地拿指甲剔了剔灯芯。油灯明亮起来，光圈骤然变大，拢住了他们三个人。崔异盯着那团火焰看了片刻，把灯放回桌子。这个时候，他心里已经做了决定，与其束手待毙，不如以进为退。

事后回想起来，局面就是从这一刻开始失控的。

“可是，我倒听见你说过一些不该说的话。”崔异的声音尖厉起来。

养娘错愕地看着崔异：“阿郎，我可什么都没说过。”

“什么都没说过？你敢说自己什么都没说过？”

养娘的脸涨得通红，声音也尖厉起来：“我说什么了？”

“你跟连瞳说，先帝不该娶……神皇，对也不对？”崔异犹豫了一下，还是没敢说出武媚娘三个字。

“没有！我没说！”养娘瞪大眼睛看了崔异一会儿，说，“这话是阿郎你说的，不能栽到我头上。”

不知为何，崔异听到这话不但没有惊恐，反而有种战斗的亢奋感：“哼，你居然会反咬一口！明天你是不是就要出首，说这些话不是你说的，而是我说的？”

养娘向后倒退一步：“阿郎，咱们谁都没说过。我真不是故意听到的。这事儿咱们都别提了。”

“撒谎！你明天就会去出首！”

“我为什么要出首？向谁出首？”养娘一会儿看看崔异，一会儿看看阿玉，慌乱了起来，“阿郎，娘子，你们不要逼我啊。什么害人精，什么杀儿子，那些话可不是我说的！”

她果然从头听到了尾。他们夫妻刚关起门来的时候，她就溜到隔壁，竖着耳朵在偷听！她一定会去出首的，崔异现在没有一丝一毫的怀疑。凤凰晒翅，仙人献果，枭首，蚕室，官妓……一个个骇人的词儿在他头脑里爆裂开来。这个贱人，平时有什么亏待她的地方？过年的时候阿玉还送了她一双耳环呢，可她居然要害我们！想到这里，崔异愤恨得眼珠都红了。

“贱人！畜生！喂不熟的狼！”崔异瞪着养娘，喉咙里发出兽般的低吼。他双臂微张，朝养娘逼近。

“阿郎，你别过来！再逼我，我真要去出首了！”养娘惊骇地往后退。

这句话让崔异更加暴怒。果不其然，这就是一条吃人的狼！窥伺了我们两年的狼！别看她平时装出老实样，狼就是狼！崔异一个箭步扑过去掐她的脖子。养娘用力推了他一把，扭头就要往外跑。崔异伸手抓住她的后襟，拼命往回拉。

灯光在墙上投射出长长的人影。这些影子剧烈晃动，身体比例完全变形，脑袋大得夸张，看着就像畸形怪兽。忽然传来一声闷响，周围变得几近黑暗，随着肉身撞击地面的声音传出，屋里重新明亮起来。

阿玉站在屋子中央，手里擎着那具铁制的仙人灯台，就像神话里的女将一般。养娘俯身趴在地上，鲜血从太阳穴周围缓缓渗出。

三

夫妻两人肩并肩地站在养娘身前。阿玉手里还牢牢端着那盏灯，灯光从下而上映着他们的面孔，显出魑魅般的诡异。

崔异俯身探了探养娘的鼻息："只是昏过去了。"他站起来，低声问妻子，"怎么办？"

"还能怎么办？"

崔异看了看阿玉，阿玉也看了看崔异。一阵长长的沉默。

"你觉得她是眼线吗？"

"我觉得是。"过了片刻，阿玉又说，"不过，事到如今，是也好，不是也好，也没什么分别了。"

"要是给她钱……"话刚说到一半，崔异就打住了。他自己也觉得这话毫无意义。过了片刻，崔异说，"那么咱们……"

"对。"

两个人喃喃地轻声交谈，但是谁也不愿说出那个字眼来。他们就像在一扇黑门前逡巡徘徊，但就是不敢跨过那道门槛，因为他们也知道，一旦跨过去就再没有回头的路了。

"她在动！"阿玉忽然一声低呼。

养娘的手指确实在抽搐，右腿也轻微地蹬了几蹬。崔异惊惶之下，来不及细想，扑过去坐在她的身上，伸手紧紧捂住了她的嘴。养娘惊觉过来，喉咙里发出喝喝之声，拼命往上挣扎。崔异一边将胳膊肘抵在她肩膀上，死死压住她，一边朝阿玉低声喊道："快去找几根绳子来！"

阿玉打开卧室门，奔了出去。

这时养娘忽然张开口，朝着崔异的手指狠狠咬了下去。崔异疼得几乎要尖叫起来，但是马上忍住了。他怎么也不敢松手，还是拼命堵在她的嘴上。养娘咬上了就不撒嘴，不光力道惊人，还用牙齿左右地磨动。崔异一阵阵钻心地疼，脑门上沁出了冷汗。他怀疑指骨都要被她咬断了。

别看身材小小的，这种粗人真是有劲儿啊，崔异恨恨地想。养娘还是在不断地往上顶身子，想把他拱开。崔异使出全身的力气才能把她勉强压住。一时之间，屋子里没人说话，只能听到两个人呼哧呼哧的喘气声。崔异几近绝望地想着，阿玉怎么还不回来？她再晚一会儿，我的手指都要被她咬掉了。

好在阿玉回来了，手里果然拿着几根长绳。

“先拿块布来，堵她的嘴！”崔异嗓音嘶哑，都快变声了。

阿玉用极快的速度扑了过来，将一块粗布手帕递到他手边。崔异用左手掐住养娘的下巴，使劲向外拽右手。养娘伸长了脖子，还是死死咬住他的两根手指。情急之下，崔异抬起手，用掌缘在她脖子上用力斩了一下。养娘吃痛，不由自主地张开了嘴，崔异这才把手猛地抽了出来。两根手指被咬得鲜血淋漓，不过里面的骨头似乎还好。

崔异终于获得了解脱。他举着两根手指头，心里头洋溢着一种巨大的幸福感，可就在这个时候，养娘忽然张大嘴，拉长了嗓门，开始叫唤。她刚喊了一个字：“救……”阿玉就把手帕塞了过去，把她的嘴堵得结结实实。崔异马上醒悟，赶紧用手捂住手帕。他们夫妻两个面面相觑，一动都不敢动，心头都在扑腾扑腾地跳。但他们听了一会儿，外面没有动静。看来阿玉的叫声太过短促，没有吵到别人。

不管怎么说，先要把她绑好。崔异压在养娘身上，阿玉拿绳子先把她的两只脚捆了起来。然后两个人又协力捆她的手。这个稍微麻烦一些，养娘挣扎得厉害，崔异又要捂着手帕，右手腾不出来，但经过一番周折，总算把养娘的两只手也捆在了背后。

下面就好办了。崔异把养娘翻过身来，正面朝上，然后使劲塞了塞手帕，确保养娘没法用舌头把它顶出来。他怕养娘挣脱，又拿绳子在她身上反复缠了几圈，捆得结结实实。养娘就像一条被拖上岸的鱼，怎么翻腾扭动也毫无用处，过了一会儿也就放弃了。她一动不动地躺在地上，满脸惊恐地看着他们俩。

崔异的右手还在淌血。他活动了一下手指头，觉得并无大碍。阿玉拿了点酒，稍微为崔异擦洗了一下手指，然后用布条将手指裹了起来。

直到这个时候，两人才松了口气，坐在床上稳了稳心神。崔异看着地上的养娘，忽然感到一种巨大的荒谬感。今天清晨还一切正常，养娘还给他准备早饭呢，而他满脑子想的也就是署里的琐事，而现在养娘却被捆翻在地，而他也被逼到了无路可退的死角。

“现在怎么办？”阿玉忽然开口了。

崔异叹了口气：“没有别的办法了。”

“那……”

“只能怪她自己。”

养娘眼里露出恳求的神情，努力想说点什么，可是嘴巴被堵住了，只能发出呜呜的声音。

“要不要听听她怎么说？”阿玉看了看养娘，又看了看崔异。

崔异摇了摇头。“现在说什么都没用。”他盯着养娘，咬了咬牙，说，“只能杀了她。”

养娘的身体骤然瘫软了下来。

屋子里沉默了一会儿。阿玉又说：“怎么杀？”

“我有一把匕首，就用匕首吧。”

“可是，杀了以后怎么办？”

这倒是个难题。如果养娘真是眼线的话，官府多半很快就会找上门来，尸体必须尽快处理掉。可是怎么处理呢？崔异轻轻抚摸着下巴，一时也没了主意。

阿玉提议说：“要不扔在井里？就说是失足掉下去的。”

他们家院子西北角就有口水井。当初，房主曾把它当成一个极大的卖点，多收了十几缗的价格。水井口不大，不过相当深，淹死人是没问题的。但是崔异略一思索，就否决了这个提议：“井口那么小，她又不是孩童，怎么可能失足掉进去？再说，她是不是淹死的，仵作一眼就能看出来。”

“那把她埋了？”

“也不行。官府上门，第一件事就是掘地。”崔异沉吟了片刻，说，“还是把她扔进河里，一了百了。”

阿玉点头说：“这倒是个办法。”

“等天一亮，坊门开了，我就用马驮着尸体出城。城外有个水潭，我把她扔到那里。”

“会不会漂上来？”

“不会。尸体会沉到潭底，然后跟泥沙一起，慢慢流到下游。天长日久，也就腐烂了。”其实这也是崔异的猜测之词，但他口气极有把握，而且边说边听，到最后自己都确信不疑了。

养娘发出了急剧的呵哧声，她的双腿弓了起来，想要拿膝盖撞击地面。阿玉面露惊惶之色，似乎这时才意识到养娘就在脚下，全程听到了这番对话。崔异俯下身，把手帕塞得更结实些，然后又紧了紧养娘身上的绳索，确保她无法挣脱。然后，他把油灯调整了一个角度，让光线只照到养娘的身体，把她的脸留在阴影里。

阿玉小声抽泣起来，鼻子里发出一种奇怪的声音，让崔异听了心烦。

“现在不是哭的时候，”崔异不耐烦地说，“你想没想过，怎么把尸体带出城？”

阿玉的抽泣声骤然停了下来：“你什么意思？”但是没等崔异回答，她就明白过来了。

要把尸体运出城，就得过城门。洛阳所有的城门都有士兵看管。出城盘查得不算严，士兵一般不会多事。但是驮着这么长的尸首，那就是另一回事了。任何人只要瞧上一眼，都会觉得有问题。崔异暗自盘算着，要是到车行雇辆车呢？但稍微一想，他就放弃了这个念头。太招摇了，而且雇的车都配备车夫，抛尸很容易被发现。

思来想去，一个念头渐渐从黑暗的角落里挤到了前台。它阴森、诞妄，但又合乎逻辑，像是唯一的出路。崔异不由得一阵战栗。

“怎么？”阿玉看他欲言又止，催问了一句。

崔异低声沉吟着：“这么直接运肯定不行，除非……”

“除非什么？”

灯芯突突地跳动，光影在两人的面上追逐。崔异不说话，默默地看着阿玉。阿玉迎着崔异的目光，脸上渐渐浮现出恐惧的表情。

“不，不。”阿玉摇头说。

崔异没说话。

两人沉默了很长时间。最后还是阿玉开口了：“可也不能这么干等着，到天亮就麻烦了。”

崔异低声说：“人死了以后，其实也就那么回事。”

阿玉咽了口唾沫，说：“就没有别的办法了？”

崔异摇了摇头：“我想不出来。”

“那就只能……”阿玉踌躇了片刻，还是说出了那个词儿，“只能分尸了。切成几块带出城，没人能发现。”

崔异低头看着养娘的身子。她本来身材瘦小，可不知为何，如今在灯光下却显得分外庞大。他犹豫着说：“也不太好办。怎么切呢？肩膀还好，可是胯骨……”

阴影里发出一种古怪的声音，像是婴儿被噎住的啼哭。养娘的身子剧烈地扭动，脚后跟在地面上敲打着，发出低沉的闷响。崔异站起身来，想要去按住她，这个时候养娘忽然发出一声叫喊：“救命啊……”

她把手帕吐出来了！

好在她被手帕噎的时间太久，喘不过气来，发出的声音并不响亮，但是在黑夜里也显得分外刺耳。崔异和阿玉两个人疯了似的扑了过去。崔异脑子里一片空白，只剩下了一个念头，决不能让她再出声！他双手紧紧扼住养娘的喉咙。阿玉在后面死死按住养娘的下身。

养娘的身子扭动着，脑袋朝两边使劲晃动。崔异把全身的力气都使出来了，牙齿咬出了咯咯的声音。他的手能清晰地感受到对方皮肉下的骨骼，就连那两只受伤的手指也不觉得疼了，只觉得前所未有地亢奋。用力，用力，再用力。在黑暗中，他模模糊糊地看到了养娘伸出的舌头。然后，崔异听到咔嗒一声响，手下的身体忽然静止，软绵绵地耷拉了下来。

崔异很谨慎，还是接着扼了一小会儿，这才松开手。刚才灌注全身的力气骤然被抽空，崔异瘫软在地。阿玉也跌坐在旁边，呼呼直喘粗气。过了好一阵儿，俩人才爬起身来，举起油灯看着地下的尸体。养娘脖子青紫，大张着嘴，舌头向外伸着，脸颊上布满泪水。看到这些泪水，崔异才模糊地想到，养娘听他们说分尸的时候，心里是什么样的感受。

崔异把油灯放了回去，颓然坐回到床上。还没等他回过神来，客厅忽然响起了敲门声。声音不大，敲两下就停了。两个人登时僵住了。崔异感到彻骨的冰冷，他看了看阿玉，她同样面无人色。

不知道过了多久，敲门声再次响起，这次还伴随着人声："阿郎！"是连瞳的声音。崔异渐渐从麻痹中苏醒。他先深呼吸了几下，然后勉强用正常的嗓音说："什么事？"

"我刚才听见屋里有声音，没事吗，阿郎？"

“没事。”

“好像有人喊。”

“是……娘子做噩梦了。这里没你的事，快回去睡觉！不管听见什么声音，都不许进后院！”

隐约听到几句嘟囔，接着安静下来。过了好一会儿，终于传来渐行渐远的脚步声。连瞳走了，屋内一片沉寂，崔异和阿玉面面相觑，都有一种虚脱的感觉。

也不知过了多长时间，阿玉打破了沉默：“床下面有几口箱子。”

崔异看着阿玉，慢慢地点了点头。他想说点什么，但四周的沉默震耳欲聋，压得他说不出话来。

后面发生的事情真的像一场噩梦，崔异的脑海似乎下意识地把这段经历给压缩了。就像酒喝多了会出现“断片”一样，崔异的记忆也出现了“断片”。

他记得阿玉找出了两个箱子，在里面铺了防水毛毡，还撒上一层厚厚的炉灰。他和阿玉把养娘的衣服剥掉，身下铺了两块厚厚的毯子。为了不让血水流到地面，他们又找来褥子和毛毡，堆在毯子周围。为了不让声音传出去，他们把门窗关得紧紧的，在缝隙里还塞上了碎布。崔异把自己的外衣也都脱了，只剩下贴身的亵衣。养娘静静地躺在毯子上，两个眼珠凸起，直勾勾地看着顶棚，脸上如同戴了一张假面。

截至这个时候，他的记忆还是清晰的，可是后面就开始模糊了。他只大致记得自己先是用匕首，后来发现不行，还是阿玉从厨房取回了切骨刀。血在视野里炸裂开来，把眼前抹上了一片浓郁的红色。肉和脂淹没在这团红色里，只有骨头是白的，惨亮的白。

他模糊记得额头的汗淌进眼睛，蜇得生疼。他还记得自己的手滑腻腻的，想来是上面的血太黏稠了。整个场景显得非常不现实。整个过程中，他好几次都怀疑自己在做梦，养娘其实正好端端地躺在厢房里睡觉。但这不是梦，因为他呕吐了。他吐了又吐，最后胃里已经空空荡荡，什么也呕不出来，只是伏在地上，胃一阵阵痉挛。

等到记忆变得清晰起来的时候，养娘已经不见了。两个箱子被封得严严实实。毯子吸饱了血，上面一层厚厚的暗红色。崔异把手伸到毯子下面，似乎还好，摸上去是干燥的。

整个屋子像个蒸笼，透不进一丝风。崔异和阿玉两个人都半裸着身体，大汗淋漓，满面血污，带着疯狂的眼神看着对方，如同远古洞穴里的两个野蛮人。

这两个野蛮人都干了些什么，崔异一点也不想知道。他把这段记忆抽干、磨平、压缩，收藏在意识的褶皱里。它静静地躲在那里，却依旧发出浓黑的光，把所触到的意识都晕染成一团幽暗。

四

天色刚蒙蒙亮，崔异就来到披屋，把连瞳叫醒了。

连瞳是家里的厮仆，干些跑里跑外的杂活。他右眼很正常，左边的眼睛却颜色发青，看着就像琉璃。左眼瞳孔上还有一块圆斑，远远望去就像两个瞳孔挨在了一起。所以大家都管他叫连瞳，本名是什么反而没人记得了。连瞳头脑简单，甚至有些愚骏，崔异对他并不满意。但现在看来，愚骏倒成了连瞳最大的优点。

看着睡眼惺忪的连瞳，崔异明知道不该问，但还是没忍住：“你昨晚上听到什么了？”

连瞳打了个哈欠，说：“我好像听见有人喊了一嗓子，就去问阿郎怎么了，你让我回去睡觉。”

“然后你就睡觉了？”

“就睡觉了。”

崔异盯着连瞳打量了一番，本想再盘查几句，但想想又算了。他听到什么也好，没听到什么也好，现在也没多大关系了。连瞳牵出牝马，帮着崔异把两只箱子一左一右挂在马鞍上，又拿绳子捆了几道。

“阿郎，什么啊？这么重。”

“书。”

连瞳脸上登时现出敬畏的表情。就像所有文盲一样，一提到书，连瞳就会肃然起敬。

远处传来一阵鼓声。宵禁结束了，洛阳的城门、里坊的坊门陆续开启。连瞳牵着马，崔异扶着箱子，一前一后出了归仁坊。刚过五更天，街道上行人很少。崔异平时都戴幞头，今天特意换上席帽，还拉低帽檐，尽量不让人看到自己的脸。他最怕遇见邻居。一旦让人注意到自己和连瞳在一起，日后就很难解释。好在归仁坊紧挨着城墙，出坊门右转，走不多远就来到建春门，一路上也没碰到熟人。

建春门前又是另一番景象。城门刚刚开启，急着出城的人全拥在门口。按照规矩，城门左进右出。人群沿右边排成了几道长龙。门卒们没精打采地看着，偶尔会把几个人叫出队列，检查他们的东西。

队伍缓慢往前走，崔异离城门越来越近。他知道自己不该去看那些门卒，但是他控制不住。崔异假装若无其事地张望，眼睛却不由自主地落在那几个门卒的脸上，观察他们的表情。等眼神碰在了一起，他又赶忙避开。有个长着刀疤脸的门卒正抱着肩膀和人闲聊，这时却放下胳膊，斜眼瞄着崔异，想来是觉得他有点可疑。

崔异的心几乎停止了跳动。他脑子一阵眩晕，眼前浮现出一幕幕可怕的画面。打开箱子，惊呼，尖叫，骚动，呕吐，人群聚拢又跑开，门卒们扑上来……他强自镇定，按下这些念头，迈着僵硬的两条腿往前走。终于轮到自己了。刀疤脸并没走上前，还是站在几步之外，似有意似无意地看着他。拦着他的门卒随口问了句："箱子里什么东西？"

没等崔异开口，连瞳抢着说："书，全是书。"话音里透着骄傲。

门卒没了兴趣，眼睛从箱子上挪开了。连瞳还在说："我家阿郎的书可多了，书房堆着好多。他还会写诗呢，好多人都夸我家阿郎的诗，说韵押得好……"门卒有些厌烦地挥了挥手。远处的刀疤脸也转过了身子，朝队伍后面看去。崔异重重推了连瞳一把，他们随着人流出了洛阳城。

连瞳在前头一边牵着马，一边嘟嘟囔囔地念叨，说刚才有个骡子车碰到了他的腿，车把式一点客气话都没说，还冲他吆喝，让他别挡路。

“一看就是外地来的粗人。这些人跟咱们京里人不一样，他们不明事理。对这帮外地人就得狠狠治，该打打，该杀杀。刚才人堆里还有个南蛮子抱怨城门开得太晚。这是朝廷定的规矩，他敢抱怨，这他娘的还有王法吗？那些兵就在那儿听着，也不过来抓。要我说，朝廷啥都好，就是太面了。老百姓都是贱骨头，可不能惯着……”

崔异如今对多嘴多舌的人很厌恶，本想叱骂连瞳几句，但想到接下来要发生的事情，就没开口。他也不理会连瞳，只顾默默地观察道路。往东北方向走上五六里，会看到一大片柳树林。穿过林中小道可以到达一座水潭。这座水潭通过溪涧和洛水相通，相当幽深。崔异踏青时偶然去过一次，印象中那里相当荒凉，岸边生着大片芦苇，是个抛尸的好地方。

他记得没错。柳树林果然还在，中间夹着一条窄窄的土径，曲曲折折地伸向远方。他们离开大道，沿着小径往柳林深处走去。柳树在小径两旁夹峙着，树干笔直而苍老，向下垂着千万根墨绿色枝条。不知为何，这些柳树并没有让崔异联想到生机和远方。在他眼里，它们更像是披头散发的巫师，排成队列，默默俯视着他们，带着怒意和哀悯。

往前往后，都看不到任何活物。空寂砸在大地上，激起尘埃。一开始连瞳还不断唠叨，问为什么要到这里来，后来他也不说话了。能听到的，只有远处的蝉鸣，还有马蹄踏在路上的嗒嗒声。

等他们来到水潭，已过了辰时。太阳升起来了，火辣辣地炙烤着大地。一点风都没有，空气凝滞沉闷。不光崔异他们汗流浃背，就连芦苇也显得发蔫，在热气中纹丝不动，像一杆杆静默之箭。

土地湿软，马走不过去了。他们卸下两个箱子，把它们搬到了水边。

“阿郎，这是要干吗？”

“咱们把箱子抬起来，扔到水里去。”

“把书扔到水里，这不糟践了吗？为什么呀？”

“不为什么，按我说的做就是。”

连瞳挠了挠头，虽然困惑不解，但还是决定按崔异吩咐的做。他抬着箱子，右脚往前虚踢，嘴里发出吆喝声：“去！去！”

崔异问：“你在干吗？”

“赶鸟啊。”

“鸟？”

“阿郎你没看到？前面那只大黑鸟，蹲在地上看咱们呢。去！去！”连瞳连声吆喝。

“鸟嘴是红的？”

“对啊，身子黑，嘴巴红。”连瞳抬头朝向天空，好像在目送那只鸟飞走。崔异也朝着那个方向看去，那里什么都没有，只有一个毒太阳悬在天空，发出让人难以逼视的烈光。

那又怎么样？崔异已经不觉得害怕了，只是恨恨地想，你看到了，可那又怎么样？

他和连瞳高高抬起一只箱子，朝水潭走去。崔异怕箱子搁浅，尽量往深处走。水已经快浸到腰部了，他大喊一声：

"一、二、三，扔！"箱子在空中划出了一道弧线，重重落到水潭中，砸出一片水花。崔异猜想它会沉到潭底，然后慢慢腐烂。但谁知道呢，也许它会随着泥沙慢慢流向洛河，说不定还会进入黄河，最终在无名之地变为一堆无名的白骨。到底会怎样，他也说不准。

然后是第二个箱子。

崔异怕两个箱子落在一起，决定稍微换个位置。连瞳在外侧，崔异在内侧，两人抬着箱子沿着岸边走。走了大约几十步，崔异脚下打滑，一个踉跄，箱子忽然脱手，顺着斜坡往下滚。土里有块尖角石头，箱子撞在上面，翻了几个跟斗，才停在浅水之处。

崔异他们赶忙追了过去。箱子倒没散架，只是破了一个角。血水渗了出来，周围的水被染上了一丝浅浅的红色。

崔异弯下腰去抬箱子，但是连瞳站着没动。

"不是书。"连瞳说。

"不是书。"

"有血。"

崔异叹了口气："有血。"

"谁的血？"

崔异直起身子："你不用管，按我说的做就行。"

"可是，这是什么血啊？"连瞳的右眼显出惊恐，左眼却还是冷漠的琉璃色，像天空一样。

"先把活儿干完，然后我告诉你。"

"可是，阿郎……"

"把活儿干完再说！"崔异忍不住大叫起来。但他很快控制住情绪，压低了调门说，“连瞳，你连阿郎都信不过吗？”

连瞳不说话了。他乖乖配合崔异，抬起箱子走入水中，将它远远地抛至潭心。岸边的血水被冲散了，先是若有若无的残红，最后彻底消失不见。

他们转身向河岸走去。连瞳走在前面，崔异跟在后面。苍穹高远，天地渊默，日头追随着一前一后的抛尸者。连瞳的脚踏上了陆地，单薄的躯干转过来，正对着崔异。崔异手中的匕首已攥得滚烫，它迎向躯干，深深刺进柔软的小腹。

肌肉洞开，血花奔涌。

连瞳看了看插在小腹的匕首，脸上显出困惑的样子。他抬头说：“阿郎。”

崔异用力旋转刀柄，然后抽出。

连瞳捂着肚子，跌坐在地上。他又说了一遍：“阿郎。”

崔异朝着胸口又刺了过去。他拔出匕首，血顺着锋刃滴滴答答往下淌。

连瞳眼睛的光渐渐黯淡。他喘着粗气说：“我眼睛发黑，看不清东西。”

崔异的眼泪忍不住流了下来，他说：“没事的，连瞳，没事的。”

连瞳叹了口气：“太疼了，我站不起来。”

“不用站起来。这样就很好。”

连瞳说：“太疼了。”

崔异走到连瞳背后，左手按着他的头，右手把刀架在他的喉咙上。崔异说：“连瞳，闭上眼，别看。没事的，很快就过去了。”

连瞳闭上了眼，泪水从眼角流了出来：“我没干过什么坏事。”

崔异柔声说：“我知道，我知道。你没干过什么坏事。”他轻轻抚摸了一下连瞳的头发，连瞳在哆嗦，他说：“阿郎。”

崔异右手猛地挥动，鲜血飙向前方。他松开左手，连瞳重重倒在了地上。崔异掏出早就准备好的绳子，又找了一块石头，把它绑在连瞳的脚上。然后，他拖着连瞳走向水潭。

牝马静静地站在高处。刚才发生的一切，它都看在了眼里，但牝马的眼睛还是那么温顺从容，好像对这些画面一点都不理解。

五

一切都在按计划进行。养娘忽然没了，不管她是不是眼线，官府都会来查。连瞳又偏偏听到了声音，这也是个大麻烦，查的时候肯定会出问题。现在两个人都消失了，就可以说是养娘和连瞳私奔了。这个解释合情合理，而且并不稀奇，官府对这种事一般都懒得过问。当然，崔异也没有万全的把握，但天下哪有万全之事呢？

赶回家的时候，差不多是午时。刚一进门，就看到阿玉站在庭院里，一副六神无主的样子。

崔异冲她点了点头，表示一切顺利：“东西都烧了吗？”

“都烧了。”

崔异看了看阿玉的脸色，觉得有点不对头。果然，阿玉顿了一下，说：“墨郎不见了。”

听到这话，崔异整个人都蒙了。他忽然意识到，自己从昨天晚上疯忙到现在，竟把墨郎给忘了。

阿玉的两只手紧紧绞在一起：“我都找遍了。安大娘家我也去问了，都没有。”

“什么时候发现墨郎不见的？”

“烧完东西，大概卯时两三刻的样子，我进屋去找他，他就不见了。”

“你听到门响了吗？”

“没有。”

崔异匆匆赶到墨郎的房间，阿玉紧跟在后面。屋子里看着一切正常，床上很乱，墨郎的外衣还搭在床头，没有被穿走。崔异检查了一下，在枕边发现了孩子的辟邪符。墨郎一两岁的时候，经常生病，崔异两口子生怕孩子养不大，到处求神拜佛，最后花了不少钱请了这个辟邪符。这是个圆圆的骨片，上面刻了几个奇形怪状的符号，中间的符号顶着两个尖角，看上去既像个小人，也像只小羊。卖符的僧人说这是龙骨，非常非常古老，佩戴上就可以辟邪祛病。阿玉在龙骨上凿了个眼儿，拿丝线挂在墨郎脖子上。崔异两口子也不知道这东西到底有用没用，但是后来墨郎确实生病少了，身子骨变得比较结实，所以他们叮嘱墨郎一定随身带着。

崔异将骨片攥在手里，思索了片刻，说：“他应该没出去，还在家里。”这时他忽然想起一件事，“菜窖你找过吗？”

东厢房旁边有个地窖。说是地窖，其实非常小，跟一个有盖的坑也差不了多少。冬天的时候，阿玉在那里堆点萝卜和菘菜，平时也不使用。但是崔异记得有次玩捉鬼游戏，墨郎曾往那里藏过。

阿玉听了这话，什么也没来得及说，转身就往菜窖跑。等他们二人赶到菜窖，掀开盖在上面的木板。墨郎果然躲在那里。他只穿着贴身的亵衣，蜷着腿，双手抱着肩膀，头埋在两个膝盖中间，一动不动。崔异把他抱了出来。崔异的手碰到墨郎身体的时候，孩子明显哆嗦了一下，但是并没有反抗。他只是紧闭双眼，僵直地躺在崔异怀里。

崔异把墨郎抱回床上，盖上薄被，又把辟邪符给他重新挂上。阿玉伸手去摸孩子的脸："怎么了，墨郎？"墨郎躲避着，头转向墙壁，不去看她。阿玉哭了起来，"是娘啊！你这是怎么了？"

墨郎不说话。

崔异压下心头翻腾的恐惧，小声说："墨郎，你是不是看到什么了？"

墨郎还是不说话，呆呆地侧卧着。过了一阵，他开始哆嗦，身体抖得越来越剧烈，就像风里滚动的叶子。后来，他浑身抽搐，张大了嘴，喉头发出咯咯的声音。

阿玉紧紧抱着墨郎，嘴贴在他耳边，不断说："没事了，墨郎，爹娘都在这里。没事了，墨郎。"

过了好一阵，墨郎渐渐平静下来，开始抽抽搭搭地哭。

"嬷娘……"墨郎忽然小声地说着，语音微弱，刚开个头就没了动静。

阿玉的身子骤然僵硬。屋子里一片沉寂，只能听到墨郎哭得打噎的声音。过了一会儿，崔异忍不住开口了："你嬷娘，怎么了？”

“被切开了……”

“什么？”崔异的声音不由得颤抖起来。

“你们……切开了……”

崔异和阿玉对视了一眼，两人的眼神都充满了惊骇。阿玉张开嘴，想说点什么却又说不出。过了片刻，崔异强笑着说：“墨郎，你做噩梦了吧？嬷娘好端端的，刚出门。”

墨郎闭上眼睛，重又蜷缩起身子，不再说话。

沉默像是有了重量，沉甸甸的，压得他们喘不过气来。他们愣愣地看着孩子，不知道该做些什么。崔异回忆了一下，昨天晚上开过几次卧室门，但有没有及时关上，怎么也记不起来了。但此时再想这些也没什么意思了。他只是呆呆地站着，心头一片茫然。

一阵敲门声把他惊醒过来，否则的话，还不知道他会傻傻地站上多久。敲门声又响又急，透着不耐烦。崔异打了个激灵，三步并作两步赶到院外，打开大门。

一个从没见过的小吏，穿着青袍，态度倨傲，看到崔异只微微点了点头：“崔署丞？”

“是。敢问阁下是哪位？”

“御史台的。”

崔异愣在原地，紧张得说不出话来。小吏也不开口，嘲讽地看着崔异，似乎在欣赏他的惊恐。对御史台的人来说，这种惊恐已经见惯不惊了。过了片刻，崔异才咽了口唾沫，挣扎着说：“请问有何贵干？”声音又尖又细，听着就像是宫里的宦官，崔异自己都觉得古怪。

“侯侍御请崔署丞马上过去一趟。我先去了典客署，那里的人让我到这里来找你。”

崔异努力让自己的声音沉稳些，可一旦出口，却更加尖细了：“侯侍御有没有说什么事？”

小吏微微一笑，好整以暇地拍了拍身上的土，这才拉长声音，悠然说：“好事。”

崔异膝盖有点软，几乎要伸手去撑这位小吏，好不容易才控制住了。他定了定神，说：“那我随后就到。”

“侯侍御做事一向很急，请崔署丞和我一起过去吧。”

“好，好。一起过去，好。”崔异连请进奉茶之类的客套话都忘记说了，扭转头，自顾失魂落魄地走掉了，倒让那位小吏吃了一惊。崔异回到内院，阿玉站在那里等着他。

“侯思止让我过去。”

阿玉愣了一下：“现在？”

崔异点了点头。这会儿工夫，他渐渐从惊恐中恢复过来，头脑从麻痹变为亢奋。就像野兽掉进陷阱后总会拼死挣扎一会儿，崔异现在就处于这个状态。他来回踱了几步，努力整理自己的思绪：“没错，侯思止肯定是要整我，不然那个小吏也不会说什么‘好事’。昨天侯思止整王珣的时候，也说是‘好事’。但是王珣有家奴首告，咱们没有。养娘压根儿没这个机会。侯思止他想整我也没有材料！”

崔异走来走去，脑子疯了一样地高速转动：“但是，我走之后，他马上就会派人到家里来，问你们的口供。他对王珣就是这么干的！那么——”

他忽然停了下来，直直地看着阿玉，眼里闪着疯狂的光:“那么，墨郎怎么办？一个四岁的孩子，怎么能让他不说出去？叮嘱他也没用。人家问不了几句，他就会说出养娘的事儿。那时候就一切都完了！”

阿玉被这番话吓到了。她脸色煞白地说:“他们真的会到家里来？”

这时，外头传来小吏的喊声:“崔署丞，准备好了吗？”

崔异往那个方向看了一眼，也不理会，转头对阿玉说:“当然！不然为什么要让我马上过去？也许一个时辰，也许两个时辰，他们就要来了。就算你能应付过去，可墨郎怎么办？”他用手紧紧攥着阿玉的肩膀，“这下我死定了，你肯定也完了。咱们白白地杀了养娘，白白地杀了连瞳，白白地干了那些事！”

他的疯狂浸染到了阿玉。见到那么多血肉之后，做了那么多可怕的事情之后，疯狂本来就像一团随时等待燃烧的干草，现在那个火种出现了。烈焰飞腾，舔舐尽了一切柔软湿滑的东西，只留下满身血污的野蛮人待在火焰中，似兽如神。

阿玉咬紧嘴唇，眼珠通红，视线穿透崔异，看向他身后的空虚之点。她喃喃地说:“不，决不会白干的。”

崔异死死地盯着她:“那你说怎么办？”

阿玉收回目光，恶狠狠地看着崔异，也不说话。

崔异又问了一遍:“你说该怎么办？”

阿玉还是不说话。

当崔异问到第三遍的时候，阿玉开口了:“崔异你个狗操的王八蛋，你非要让我说出来是吧？”

外面又响起了不耐烦的敲门声:“崔署丞，崔署丞！我能进来吗？”

六

在崔异的记忆里，后面发生的事情是跳动的，从一个瞬间直接跳到另一个瞬间，中间留下大片的空白。这种感觉有点像他处理养娘尸体的时候，但并不完全一样。那时的记忆跳跃是出于恐怖，现在却不仅仅是恐怖。他的心就像出现了一个大裂口，很多东西都顺着裂口流出来了，流得了无踪迹。

他不记得自己怎么到的御史台，也不记得路上跟小吏交谈没有。那些场景好像完全被剪掉了。他只记得御史台门口的两只獬豸，还有那株大槐树。他记得自己好像喝过一杯茶，似乎是阳羡茶。他还记得侯思止的那张圆脸，就挂在自己面前尺许的地方，满月一般。这张月亮脸说了一大堆又亲热又私密的话，还伸出手拍了拍自己的胳膊。

这堆话里，他只记得一些零零散散的句子，“推荐老兄接替王珣的位置”“陛下非常嘉许”“跟崔兄一见如故”“典客署还是要整顿一番才是”“做人要饮水思源”“陛下最圣明不过”。最后是“崔署令请回吧”。

至于他怎么应对的，那就完全记不得了。崔异恍恍惚惚地往外走。一直到踏出御史台大门的那一刻，他还以为会有人拦住他，把他拖入台狱。但是没有。他安然地走出大门。

然后他的知觉就回来了，一切都变得清晰起来。某个可怕之物就像模具里的铁汁，正在喷着炽气，急速地冷却、凝固。他要在它成形之前，赶快阻断这个进程。崔异骑着牝马，拼命奔向归仁坊，能多快就多快。在街道拐弯的地方，他撞翻了一辆独轮车，但是他也没有停下来看一眼，只顾接着奔驰。

回想起来，两个时辰前的盘算就是个笑话，又愚蠢又残酷的笑话。墨郎失足落水而死，养娘害怕担责，就和相好连瞳匆匆逃走。这样一来，什么都能解释了。所有知情者都没了，只剩下两个丧尽天良的畜生安心过日子。他们可以再雇一个养娘，再买一个厮仆，再生一个孩子，除了人性什么都不会失去。真是一个血腥愚昧的笑话！可是在两个时辰前，这个笑话一点都不可笑，甚至显得很有道理，甚至像是唯一的出路。

院门没有闩上，崔异跳下马，猛地推开大门。

外院和内院都空无一人。

他听到自己喊着:“墨郎！阿玉！”声音凄厉，可是没有人回应。他冲到井口，下面黑乎乎一团，什么也看不清。崔异冲到客厅，架子被他撞翻，铜盆掉在地上，发出咣的一声脆响。他又冲到了卧室，那里被子被叠得整整齐齐，就像一切都没发生过。他冲到了厢房，冲到了书房，什么都没有。

崔异回到院子里，高声喊着妻儿的名字，但已不再指望有人回应。他站在六月的烈日下，浑身发凉。

他丧失了时间的概念，也不知道过了多久，披屋里传来细微的声音。崔异漠然地望向那里，看到阿玉牵着墨郎的手，站在披屋门口。

阿玉的脸上都是泪水，耷拉着肩膀，显得又瘦小又脆弱。她看着丈夫，带着哭腔说：“我做不到。到井口了，可还是不行。我做不到。”

崔异闭上了眼睛，他本应感到快乐，但他感受不到。他只觉得身体融化在空气里，像云朵一样虚幻，眼前的一切随时都会消失。他踉跄着向前，朝着墨郎走过去。墨郎一脸惊恐地往后退，如果不是阿玉拉着他的手，他可能已逃回披屋里了。崔异想对儿子说点什么，但是像有什么东西从胃里涌出来，堵在喉咙后面，让他什么也说不出。

这时，他听到了鸟的叫声。干涩，尖锐，就像是在刮擦金属。他们三个人都回转头，朝着叫声的方向看去。一只黑鸟，看着像乌鸦一样，但它的喙是红色的，在阳光下浓烈得像团火焰。终于看到它了，崔异有种释然的感觉，但又觉得它看上去并不怎么出奇。

不过如此而已。

黑鸟扇了扇翅膀，缩起脚爪，猛地飞上天空。它冲着太阳的方向，像箭羽一样笔直而去。崔异、阿玉和墨郎都仰起脸，呆呆地目送它的离去。

迷宫

一

空气非常潮湿，几乎能拧出水。韩重浑身都黏糊糊的，有点喘不上气来。他已经走了整整一上午，小腿被荆棘划出了好多血口子，火辣辣地疼，整个人也筋疲力尽，觉得身上的东西越来越重。

他的腰间配着一柄环首刀，后端镶着三垒圆环，外面套着木制刀鞘，上头涂了层乌漆。肩上是火铳袋，背后还有一个口袋，里面装着口粮、干肉、水壶和各种零七八碎的东西，加起来很有分量，但他一样都舍不得扔。在这个海岛上，每样东西说不定都能派上用场。

这座岛应该位于渤泥国的西边，但到底是哪儿，韩重也不知道。几天前，他趁着夜色从宝船队偷偷开溜。为了不被人发现，他选择了一个相反的方向逃跑。没有船会朝这个方向开，所以在地图上是一片空白。

他漫无目的地漂泊，视野所及，一直是茫茫天海。直到四天以后，他才停靠到这座海岛上。海岸线上有片白沙滩，上面稀疏地长着些棕榈树。沙滩后面是茂密的丛林，像堵墙一样，把海岛内部遮蔽了起来。墙后面肯定有人，韩重对此确信无疑。因为他在沙滩上不仅发现了海鸟蛋和螃蟹窝，还找到了劈开的水瓢。他在沙滩上休整了两天，然后就进入丛林，开始他的探索。在出发前，他特意带上了全套武器，既是防备野兽，也是防备人。韩重知道，人往往比野兽更危险。

丛林外缘主要是椰子树，但是很快就变成了高大的石楠。它们并肩挺立，肥硕的枝叶层层叠叠压在头顶。脚下除了野草之外，还到处是荆棘和野葛，红蚂蚁在其间列队行军。四周透着一种荒蛮气息。

绿色，到处都是铺天盖地的绿色，浓郁得爆裂开了一般。这种绿是旺盛到极致的生命，甚至让人联想到极致后的衰朽和腐烂。韩重有种奇妙的感觉，似乎自己行走在海底。多年来，他随宝船队航行过大片海域，周围也是无边无际的碧色。可现在，大海似乎翻了过来，把他扣在了下面。

没过多久，韩重就在这片绿海里迷路了。他搞不清楚方向，也不知道来时的海岸在哪里，现在就算想原路返回也不可能了。想到这里，韩重既觉得惶恐，也有点后悔。唉，他要是不捅那娄子就好了。其实就是喝多了，才会在酒桌上和当地蛮子闹起来，最后弄得不可收拾。但祸闯都闯了，要是不逃跑，肯定会被军法处置。说起来，实在是不该喝那么多酒。

韩重掏出水壶喝了点水，继续挣扎着向前走。他时时刻刻要留神脚下，那里有蝎子。要是被它们蜇伤，恐怕就再也走不出丛林了。韩重抽出了刀。为了保护掌心，刀柄上缠着厚厚的绿丝线。韩重手握刀柄，刀尖冲下，不时地在前面草丛里拨弄一下。走着走着，他眼角的余光瞥到了什么东西，长长的，白白的，正朝着自己伸过来。韩重一惊，不假思索地侧过身子，抡刀挥去。

一段绳子似的东西坠到了地上。是蛇。

它大约茶杯粗细，白色的鳞片细密闪亮，宛若锦绣。蛇被斩成两截，下半截还绕在树枝上，抽搐着越缠越紧。上半截在地上剧烈扭动，蛇头啪啪地敲打着地面，蛇芯嗞嗞作响，拼命伸向前方。鲜血从断面涌了出来，染红了一小块草地。

韩重向后倒退两步，觉得一阵阵地后怕。他大口大口喘着气，心脏也扑通扑通地猛跳。就在这个时候，他隐约听到了一种声音，低沉、急促，带着固定的节奏。一开始他以为那是心跳声，后来发现不对，声音来自外面。

韩重屏气凝神，侧耳倾听。是鼓声。有人在敲鼓，两下，三下，停顿片刻，然后再两下，再三下。韩重攥紧手里的钢刀，朝着那个声音摸索着走去。他停停走走，根据鼓声调整方向，感觉逐渐接近它。可是过了一阵，鼓声忽然停了。

韩重迟疑了一下。他不知道这鼓声是吉是凶，可现在这是他唯一能抓到的东西了。韩重决定还是顺着这个方向继续朝前走。走了三四百步，前方出现了一条小溪。溪水清浅，流速很快，水底的鹅卵石清晰可见。韩重小心翼翼地涉水而过，生怕一脚滑倒，会弄湿袋子里的火药。

小溪对岸不远处有一块空地，周围环绕着很多大蕉。韩重穿过几排大蕉，走到近前，发现这空地像是一个中心点。六七条小径像轮辐一样，从这里向外延伸，最终消失在蕉丛深处。空地边上还有一间木屋。屋子不大，看上去很有些年头了。木头上覆盖一块块的苔藓，缝隙里长着杂草，爬山虎顺着板壁疯狂生长，整个屋子看上去就像生满绿脓疮的远古怪兽。屋门由几块原木板拼成，半开半掩着。

韩重定了定心神，走到小屋前。他将手搭在门板上，小心翼翼地敲了两下。

没有反应。

韩重轻轻地推开了门。小屋内部很黑，阳光从门口涌了进去，点亮了一块长方形的区域。光与暗界限分明，像被刀切开的一般。一个人正盘腿坐在光影交界之处，仰面望着韩重。

这人一头干枯的白发，瘦得像是被吸干了血肉，只留下一张皱皱巴巴的皮。那张脸沟壑纵横，纹理如同迷宫一般。韩重还从没见过这么老的人。从神态推测，这是个女人。但与其说她是个女人，不如说是个女人的残骸。

老妇人睁着一双目光炯炯的眼睛盯着他。过了片刻，她用汉人的语言说："你叫什么？"

韩重一惊："你会说华言？"

她没有理会韩重的问话，又问了一遍："你现在叫什么？"

"韩重。"

"韩重。"她点了点头，似乎在努力记住这个名字，"好吧，我一直在等你。"

"等我？你是谁？"韩重诧异地看着老妇人。

"我是旧神的人。这片空地本来是祭坛，新神赢了，旧神失败了，所以这里也就荒废了。"她的脑袋轻轻朝身后点了点。韩重朝那里望去，隐约看到一个乌木雕刻的裸女像，肚子凸起，乳房也大得夸张。雕像脖子上套着花环，只是花都枯萎了，它前面还摆着小半盘白米。想来这就是她说的旧神了。

老妇人心平气和地发着牢骚："看看这里都成什么样子了。以前姑娘们还经常过来送点东西，这些年世道太乱，她们也不怎么敢来了。我想供奉神，也拿不出什么供品。连我自己每天也只能半饥半饱。对了，你有吃的吗？”她忽然抬起头，颇为期待地看着韩重。

“没有。”韩重怕她追问，连忙换了个话题，“你怎么会说华言？这里的人都会说华言吗？”

老妇人摇了摇头：“这个岛有很多村子，村子里有很多人。但是除了我，没有第二个人会说你的话。我是从别人那里学来的，不过那是很久、很久以前的事儿了。”

韩重看着她，心头升起无数个疑问，一时却不知从何问起。

老妇人垂下眼睛，一脸疲惫地说：“唉，连吃的都没有，你在我这儿待着也没什么用。去吧，到村子里去吧。这些年死的人太多了。听到鼓声了吧？又有人要死了。你还是赶紧上路吧。”

韩重朝门外张望了一下：“这里有好几条小路，我该走哪一条？”

“没什么分别，其实到头来都差不多。”老妇人寻思了一会儿，说，“那你就走从左数第二条吧。”

“那鼓声是怎么回事？这里到底是什么地方？”

老妇人却不肯回答了。她摇了摇头，将双手搭在膝盖上，白发垂落，遮住了脸。她就像老僧入定一般，无论韩重再问什么，都不予理会。一时之间，韩重不知道该不该拿刀逼问她，可犹豫了片刻，还是放弃了。他不敢。不管是小屋，还是这个老妇人，都让他有种莫名的恐惧感。

韩重悄悄退出，掩上了木门。他盯着面前的小路，想了一想，踏上左边第二条。

说是路，其实也就是人们踩出来的行迹。小路随着地势蜿蜒起伏，两侧除了大蕉以外，还能看到箭竹和菠萝蜜树。阳光狂烈地烤炙着大地，树木也遮挡不住，放眼望去，尽是耀眼的光海。韩重被晒得昏昏沉沉，头脑一片混沌。

直到他看到那具尸体，才猛然惊醒。

一具干尸，双手被反缚在树上，脑袋垂在胸前。他的脸颊已经腐烂掉了，露出白白的牙齿，看上去像是在咧嘴而笑。韩重并不是第一次见到死人，但这个场景还是让他打了个冷战。他四下打量，周围一片静寂，没什么异样。但不知道为何，他总觉得在那些蕉丛深处，还有更多的尸体。韩重低下头，加快脚步，从干尸前走了过去。

又走了一两百步，韩重看到了第二具尸体。他俯身趴在一株大蕉下面，全身赤裸。他还没风干，肌肉呈现出蓝黑色。从腐烂状态看，死了应该不到半个月。

韩重强迫自己扭过头去，继续向前赶路。他神经质地不断扫视周围，心头泛起一阵阵恐惧。他有种冲动，想原路返回，找那个老妇人再好好问一问，但又觉得那是白费力气。就在拿不定主意的时候，韩重忽然听到了一阵脚步声，好像就来自左边不远的地方。

韩重急忙奔向最近的一棵树，将身子藏在树后。

是两个人的脚步声。一前一后，很急促，像是在奔跑，其中一人还在叫喊。但喊的是什么，韩重就完全听不懂了。

咚的一声，似乎有人摔倒。脚步声变成了一堆嘈杂的乱音。

韩重探头出来，偷偷张望。视线被草木挡住了，什么也看不到。韩重犹豫片刻，猫着身子，蹑手蹑脚地凑了过去。声音越来越近，现在他能分辨出是两个人在扭打，还有叽里咕噜的对话声。

走到距离十来步的地方，韩重停下来，伏在草丛里，朝那里窥看。一开始还是什么都看不见。韩重调整了一下位置，往右侧轻轻挪了挪，这次他看清楚了。

是一男一女。女人下半身的衣服被剥掉了，腿上露出一道道血痕，估计是奔跑时被划伤的。男人脸上涂着靛青油彩，压在女人身上。两具赤裸的躯体挣扎扭动着，远远望去，就像浩瀚绿海中两只搏斗的小兽。

韩重想走开，但是距离太近了，他怕引起注意，只好一动不动地伏在原地，尽量不发出任何声响。这时，两个人的搏斗也进入了尾声。女人被按在地上，上身抬不起来，她忽然抬起膝盖，使劲儿顶了一下男人的小腹。男人吃痛，举起手猛地打了她一拳。拳头重重击在颧骨上，把她的脸打得侧了过来。就在这个瞬间，韩重和这女人的眼睛对上了。

就像大部分热带地区的人一样，她的肤色较深，整个人也显得比较瘦。除此之外，她的脸庞棱角分明，眉宇间有种野性的活力，尤其是眼睛，亮得像黑色火炭一般。现在，这双眼就正对着韩重的目光。

韩重不由得身子往后一缩。他以为这女人会叫起来，但是并没有。她只是愣愣地望着韩重，任由男人在她身上起伏。但是男人动了几下，似乎感觉到了不对头。他顺着女人的目光看去，发现了草丛里的韩重。

男人大叫一声，从女人身上跳了开去。他从地上抄起一根四尺左右的木棒，木棒顶端有个圆形的疙瘩。男人挥舞着木棒，朝着韩重大踏步走了过来。他下身还是赤条条的，生殖器雄赳赳地挺立着，显得意气昂扬。

韩重也赶忙爬起来，从腰间抽出环首刀，横在胸前。眼看男人越来越近，他朝后退了几步，大声辩解说:“我就过路的，你们忙你们的，跟我没关系。”

可惜这个光屁股男人听不懂。他反而更加激动，晃着大棒朝韩重扑了过来。棒子抡了一个圆圈，挂着风声，砸向韩重的脑袋。韩重一个后跳，棒子抡空。男人不依不饶，又举起棒子，朝他砸来。韩重稍微下蹲，提起环首刀，自下而上迎了过去。

一声轻响，木棒被削成两截。光屁股男人拿着半截木棒，一脸惊诧的表情。震惊之余，连阳具也耷拉了下来，有气无力地垂在两腿间。

韩重犹豫片刻，然后心一横，挺刀斜劈，自左肩切至右腰，把这个男人砍翻在地。怕他不死，韩重又对准脖子补了一刀。一小股血从颈动脉喷了出来，水管似的嗞嗞作响。男人双手掩住咽喉，嘴里发出大口吸气的声音，在地上扭动了两下，然后就直着腿不动了。那双眼睛瞪得铜铃一般，死死地望着天空。

韩重拿脚轻轻拨了他一下，没有动静，只是血还在慢慢渗出，把周围的草地染得暗红一片。

韩重转过身去，望向那个女人。她赤身裸体地站在那里，双手垂在胯旁，注视着韩重，微微张着嘴，脸上毫无羞涩。

阳光暴雨般地洒落，给她染上了一层金色的光晕。

韩重感觉到下体正在变得坚硬。他长长嘘了口气，蹭了蹭刀上的血，朝女人走了过去。

就这样，命运的幕布拉开了。

二

女人叫“桑桑”，但发音的时候舌头有点上卷，听起来也有点像“商商”。她指着自己，把这个词念了好几遍，韩重确信这就是她的名字。

桑桑领着他在丛林里穿行。她不时停下来，满脸严肃地倾听周围的动静。韩重也不敢出声，紧紧地跟在她后面。他们左转右转，一会儿跳过水沟，一会儿爬过土丘，中间还穿越了几块稻田。过了大半个时辰，桑桑才在一圈土墙前面停了下来。

土墙很高，也很长，朝两边伸展出了很远，但是年久失修，看着破破烂烂的。在韩重他们右侧，有扇厚厚的木门，上面开了几个方形孔，墙内的人可以凭此查看外面的情形。

桑桑转到木门前，用力拍了几下。有两个人出现在方形孔的后面。桑桑和他们说了几句话，又指着韩重比画了几下。那两个人看着韩重，满脸吃惊的表情，他们冲桑桑嚷嚷了一会儿，就跑开了。

桑桑对韩重做了个少安毋躁的手势，韩重只好耐心等待。过了大约一盏茶的工夫，木门缓缓打开了。桑桑连忙拽着韩重，快步跑了进去。

门内的情景让韩重大吃一惊。

面前是一座巨大的石头建筑。它有一个长方形的台基，经过几十级阶梯，通向顶部的一排房屋。这些房屋全由青石砌成，高大雄伟，有种粗犷的威严感。在房屋前，竖立着十几个石制人像，一个个造型各异，表情空洞，远远望去就像远古洪荒时代的巨人。只是它们风化严重，有几具甚至齐膝而断，倾倒在地面上。不仅石像如此，整个建筑也都残破不堪。阶石断裂，乱草丛生，房屋也有渐趋坍塌的迹象。以前它也许很壮丽，可如今却只剩下了昔日的空壳，形同断壁残垣。

这片石头废墟前有个广场。至少五六百人聚集在那里，男女老少都有。男人穿着苎麻做的筒裤，女人穿着抹胸和纱笼，个个衣衫褴褛，形容愁苦，透出潦倒的气象。他们围拢过来，好奇地观望着韩重，胆子大的甚至还伸出手来，想摸一摸他的衣服。十几个年轻人拿着棍棒，把他们赶到一旁，引领韩重朝台阶走去。

迈过层层台阶，他们走进正中间的石屋。这间屋子纵深很长，也很空旷。最里面是座很高的神像，人的身体，鳄鱼的脑袋，相当狰狞。神像表层涂着油彩，但天长日久，已经剥落殆尽，露出下面黝黑的木色。神像前站着几个人，穿着比较整齐，看上去有一定的身份地位。为首的男人高大瘦削，神情倨傲，胸前挂着一串骨链。

桑桑走上前，跟这个男人交谈起来。他听得很认真，有时还会打断桑桑，提出一些问题。等他们说完了，这男人走上前来，绕着韩重走了一圈，还用手轻轻触碰了一下火铳袋和腰刀。然后，他对韩重说了几句话，韩重摇了摇头，表示听不懂。

然后，戴骨链的男人忽然伸出手，攥住韩重的手腕。韩重一惊，强自克制着没有甩开。他把韩重的手拉到面前，仔细看着手心。

韩重也低头看去，发现自己两个掌心都有圆圆的褐斑。翻过来再看手背，也有这样的褐斑，似乎很久以前曾有什么东西贯穿了手掌，留下了这样的伤口。

一阵寒意顺着脊骨爬上了他的脖颈，浑身汗毛几乎都竖起来了。他完全不记得自己手上有褐斑。至少在宝船队的时候绝对没有。那就是在岛上长出来的。可在什么时候？而且这毫无道理啊。

戴骨链的男人放下他的手，向后退了一步，若有所思地看着韩重。他表情凝重，但一句话都没说。韩重惊惶地看着自己的掌心，心头一片惘然。

太阳落山后，广场上的人群渐渐离开，桑桑也走了。废墟周围变得安静起来。戴骨链的男人安排韩重住在左边的一间石屋里。在其后的二十多天里，他白天的大部分时间都和韩重待在一起。

韩重跟着他渐渐学会了当地语言。虽然还是词不达意，但加上手势和表情，勉强能和人交流。韩重随宝船队游历时，并不觉得自己很有语言天赋，但他学起这里的话，却丝毫不觉得吃力。当然，它的语言结构比较简单，卷舌音和喉音也都不多，比较容易上手。但何以学得如此轻松，他自己也不太明白。

戴骨链的男人名叫昆卡。用中土的话来说，他大致算是一名祭司。整个海岛有五座神庙，昆卡服务的鳄头神庙是其中之一。昆卡向他介绍了海岛的情况。有些地方韩重听不太懂，只能连蒙带猜，不过也知道了个大概。这座岛与世隔绝，很久以前和外界可能有联系，但这种联系早就中断了。海岛上有上百个村庄，村民主要靠稻米、鱼虾和水果为食。它曾有过和平的时代，如今却陷入了动荡。村庄之间彼此猜疑，经常发生冲突。山林里还盘踞着多股匪徒。他们经常出来奸杀淫掠，视人命为草芥。韩重在林子里见到的尸体，就是他们干的“好事”。村民管这些匪徒叫“鹫群”（至少韩重是这么理解的），因为他们所到之处，必有尸体。

好在还有神庙。神庙曾经非常兴盛，现在衰败了，一点点沦为废墟。但即便如此，它在人心中还是有魔力的。即便最强横的鹫群，也不敢公然在神庙的领地里杀人放火。于是，一旦发现敌人逼近，附近的村民就会蜂拥而来，在神庙避难。

韩重听到的鼓声，就是村民们敲响的警报。只是桑桑比较倒霉，当时正滞留在丛林里，来不及逃入神庙。至于她为什么会待在那里，昆卡没有解释。韩重猜测她是给旧神送东西去了，可又怕昆卡不悦，也就没多嘴。总之，桑桑无意中落入险境，幸亏韩重救了她。

昆卡断断续续介绍完情况后，黯然说：“这个世道在流血。人变成了野兽。你吃我，我吃你。尸体腐烂，无人掩埋。

谁也不敢随意行走。庄稼烂在地里，孩子也没有足够的奶水。这样的日子什么时候结束呢？我向神发问，可神没有回答。”

韩重点了点头，他也不信那个鳄鱼头能回答问题。

过了片刻，昆卡又开口说：“据说很久以前，世上也有过这样的日子。后来，神派出了米里库。”

“米里库是什么？”

昆卡连说带比画，韩重听了一会儿，大致明白了，米里库是指“施放雷霆者”或者“施放霹雳者”。

“米里库从大海深处走来，给世间带来了和平。”昆卡摊开手，望着自己的手掌，“他的手心有米里库之环，能够发出霹雳。”

韩重警惕地支棱起耳朵，没有说话。

“当然，这只是个传说，谁也没真的见到过。”昆卡的目光在韩重脸上盘旋，似乎在评估他的分量，“但是，世上没有无缘无故的传说。”

直到昆卡走了，韩重才想起一件事，过去这么多天，昆卡从没打听过自己叫什么，又来自哪里。

桑桑好多天都没出现，韩重几乎以为她忘了自己。可是她忽然露面了。

每天晚上，韩重都会趁没人的时候散会儿步。他总是顺着台阶下到广场，绕着黑沉沉的废墟踱来踱去，琢磨着下一步怎么办。今天刚走到拐角处，黑暗中忽然伸出了一只手，抓住了他的胳膊。韩重吓得差点喊了出来。但是他借着月色，认出了桑桑。她的两只眼睛闪闪发亮，正猫一般地盯着自己。

韩重忍不住嘴角上挑，微笑起来。她来得正是时候。韩重什么都没说，一把拥她入怀，手深深插入她的衣服里。桑桑发出一声轻微的呻吟，用手紧紧箍住了韩重的腰。韩重拥着她走上台阶，一边走一边想："看来那一刀砍得真值。"

欲望的潮水渐渐消退，他们并排躺在石屋里。门开着，凉风习习，月光柔和地洒在两人的裸体上，空气里弥漫着腥腥的味道。韩重的手指绕着她的肚脐，缓缓画着圆圈。韩重想，热带的女人就是不一样，虽然不够丰腴，但确实有一套。一股慵懒舒适的感觉涌了上来，简直就像骨头在朝外冒泡。他昏昏沉沉，觉得快要睡着了，可就在这个时候，桑桑忽然说了一句让他吃惊的话："你得走。"

"什么？"韩重第一反应是自己没学好当地的话，听差了。想了一想，觉得并没听错，就坐起身子，诧异地盯着桑桑。

"你得走，回你来的地方。不然的话，你会死。"

"为什么？"

桑桑侧过身子，用手支着脑袋，对他说："他们都知道你了。好多村子都知道了。昆卡让人到处去说。"

"说什么？"

"说你是米里库。"

韩重愣愣地说不出话来。

"鹫群也知道了。东边有一帮特别凶的鹫群，他们的头儿说要来弄死你。"

韩重大惊失色："怎么会呢？不是说他们不敢在神庙里杀人吗？"

"不用在神庙里杀你。他们找到昆卡，说要把你带出去较量一番，看你到底是不是米里库。”

“昆卡怎么说？”

“昆卡一直没发话，可是今天下午他说可以。”

王八蛋！韩重在心里恶狠狠地咒骂。这个杂种提都没跟我提，就把我给卖了！他稳了稳心神，又问：“他们为什么要找我麻烦？”

“他们不相信你是米里库，所以要弄死你。能弄死你，你当然就不是米里库。”桑桑也坐了起来，盯着韩重的眼睛，说，“你今天晚上就得走，不然就晚了。他们人多，你打不过他们的。”

韩重跳起来，光着屁股在屋子里走了几个来回。他没读过书，也不认字，但脑子灵活，也见过足够的世面，不会轻易认输。他翻来覆去地盘算，想要找到一条出路。这么多危险他都闯过来了，就连宝船队的刀斧手都没能砍掉自己的脑袋，又怎么会死在这帮蛮子手里呢？关键在于要搞明白这一切到底是怎么回事。走着走着，韩重忽然停下脚步，愣愣地看着外面的月亮。不，昆卡并不想害自己，只是拿他做实验。如果他真是米里库，这么做就能逼他现身；如果他不是米里库，那死掉又有什么关系呢？反过来说，昆卡比谁都更愿意他是米里库。

有个东西在他心头闪了一下，照亮了一大片黑暗模糊的区域。韩重闭上了眼，细细咀嚼着这个启示。过了好一阵，他慢慢睁开了眼，觉得一切都变得清晰起来：这是一帮蛮子，而蛮子就是蛮子。

他转过身，看着桑桑说：“我没地方可去。”

桑桑皱起了眉头，刚想说话，韩重打断了她："不过，我真的会放霹雳。"

第二天一大早，韩重就开始做准备。他把送来的早饭一口不剩地全部吃光。就连碗底剩的渣子，他也伸出舌头舔得干干净净。吃完饭后，他把所有装备检查了一遍，确定没有任何问题。看时间还早，他又到树丛里方便了一下，把身体负担彻底排空。

然后，他就盘腿坐在地上，静静地等待。

等太阳高高升起，光线变得火辣，外面开始传来喧嚣声。韩重知道，这是周围的村民看热闹来了。反正这帮混蛋知道鹫群今天不是冲他们来的。喧哗声波浪般地此起彼伏，韩重也不在意，自顾闭目养神。大约半个时辰之后，声音忽然消失了，外面变得安静起来。

他们来了。韩重睁开眼，凶狠地盯着面前的门。

果然，没过多久，这扇门被轻轻推开，昆卡站在那里，挡住了外面的阳光。

"有个鹫群的首领要见你。"昆卡心平气和地说。

"在哪儿？"

"大厅。"

韩重点了点头："好，你先去，我这就过来。"

昆卡上下打量着韩重，似乎想说点什么，但又改变了念头，默默地转身离开了。

韩重强迫自己深呼吸。他一边呼吸，一边数数，数到十的时候，他站起身来，大步流星地走出石屋，朝大厅后门走去。

很多人拥挤在那里。韩重也不理会他们，目不斜视地走进大厅。所到之处，人们自动闪到两旁，给他让出道路。

昆卡站在鳄头神像下面。在大厅的另一头，是十来个粗壮的男人，个个手持棍棒或长矛。一个首领模样的人站在他们前面。这人肩膀宽厚，肌肉虬结，骷髅文身从锁骨一直延伸到小腹。脸上涂了红色油彩，几根竖道从额头向下，穿过脸颊，汇集在下巴上，颜色鲜艳得像是能滴出血来。他的嘴唇上镶嵌着几枚尖利的兽牙，向外龇着。在这团装饰物中间，是一双泛满红丝的眼睛，恶狠狠地盯着韩重。

韩重走到昆卡身边，身后就是鳄头神像。他正对着那个文身者，大声说："你就是他们的首领？"

那人"呸"的一声，往地上吐了口痰："我就是。你这狗崽子是他们说的米里库？"

韩重说："好。"然后端起火铳，木柄抵在腋下，铳口指着鹫群首领。那人侧着脑袋，好奇地看着火铳，身后的随从也都面面相觑，不知道韩重想干什么。

"一、二、三。"韩重默念着步数，向前走了三步。他的双臂极其平稳，没有丝毫颤抖。此时此刻，他眼前的一切显得生动鲜活，整个世界的色彩好像调高了一个亮度。

韩重向下推动蛇形弯钩。在走出石屋前，他已经用火镰点燃了绳子。现在火绳揿入药室，刹那间红光闪现，一声轰响，韩重面前升起一团硝烟。

韩重对结果极有把握。实战的时候，火铳并不比弓箭强出很多。但是在这么近的距离里，它绝对可以摧枯拉朽。等到硝烟散去，他看到了一张血肉模糊的脸。碎弹片在那脸上轰出无数个小窟窿，看上去就像一团肉糜。

鹫群首领一句话都没说，就重重地倒了下去。

火铳要想继续射击，就得重新装药、填弹。可是除了韩重，没人知道这件事，所以他依旧端着火铳，平平地指向前方。

鹫群那帮人都满脸惊恐，吓得一动不动。

“扔下武器！”韩重高声喊道。

噼里啪啦地一阵响，他们把手里的武器扔到地上。

“米里库！”昆卡忽然在他身后喊道，“他是米里库！”

大厅里的人面面相觑了一阵儿，也跟着喊了起来。先是三三两两，然后声音越来越大，越来越齐。就连鹫群也身不由己，加入了叫喊的行列。昆卡面对韩重，拜伏在了地上。接着，大厅里所有的人也跟着拜伏在地。

韩重收起火铳，抽出环首刀，走到尸体前。他弯下身子，割下了头颅，然后将头发挽在手中，跨过伏在地上的人，大踏步走到神庙的台阶前。

台阶下面是密密麻麻的村民。他们听到了大厅里的喊叫，但搞不清楚怎么回事，都仰着面孔，愣愣地看着韩重。偌大的广场上鸦雀无声。

韩重高高举起头颅，鲜血从腔子里滴滴答答落下。

“我杀了他！”韩重冲着下面的人群吼叫，“没有人可以在神庙里杀人，但是我可以！”

韩重扫视着人群，觉得自己无比强大。

“因为——我是米里库！”

说完，他将头颅抛了出去。人群发出一声惊呼，朝两边闪开。头颅咕噜咕噜地滚下台阶，又向前滚了一段，最后停在一蓬青草里。

韩重用尽全身力气，声嘶力竭地喊道："我，给你们带来和平！"

不知什么时候，昆卡来到他的身后。昆卡激动得浑身发抖，冲着人群大声喊："米里库！米里库万岁！"刹那间，韩重身后所有的人，以及台阶下所有的人，都一起呐喊："米里库！米里库万岁！"

韩重朝着人群张开双臂。一阵眩晕般的陶醉感从他心头涌起，淹没了他的整个躯体。

三

随之而来的，是一段高歌凯旋的日子。

米里库重返人间的消息，很快就传遍了整个海岛。杀死鹭群首领的第二天，周围几个村子的头人就赶来向米里库致意。韩重端坐在大厅里，背靠神像，火铳横放在膝盖上。鳄头神长长的嘴巴正悬在他的头顶，就像是一柄华盖。头人们恭恭敬敬地献上礼物，然后亲吻他脚下的地面。韩重面沉似水，保持着威严的表情。按照昆卡的提示，他将手放在对方头顶，向他们许诺和平与秩序。

很快，更多的村庄也赶来了。第一个月结束的时候，已经有三十多个村庄承认他的权威。到第三个月的时候，这个数字已经增长到了六七十。韩重要求他们接受指令，定期缴纳贡品，而自己反过来会保障他们的安全。

韩重能够提供安全，主要是因为他控制了众多的鹫群。在神庙里向他挑战的鹫群，率先投诚了。那几名手下看到首领被霹雳所杀，回去后就把整个队伍都带来了。韩重留下了一半做卫兵，其他的全部解散。韩重对卫兵做了简单的训练。他在宝船队的时候，只是个底层的小队长。但是对这帮乌合之众来说，他那点军事经验也就足够了。韩重没花多长时间，就把他们的战斗力提升了一大截。

他的兵力滚雪球一样地增长。韩重向周围的鹫群发出通牒，要么归顺，要么被歼灭。大部分鹫群都乖乖投降。就算有的鹫群还心存幻想，等韩重带队杀来的时候，他们也就尿了。很少有谁敢正面对抗米里库。这段时间里，统共也只有两次小型战斗，韩重轻轻松松地赢了。从头到尾，韩重甚至都不需要开火铳来吓唬对方。

他没开火，有一部分原因是舍不得。火药用一次就会少一点，没法弥补。他不知道怎么造火药，就算知道，在这里恐怕也找不到原料，所以必须省着用。此外还有一件咄咄怪事，那就是他的火药变少了。他明明记得自己上岸的时候，袋子里的火药是满的。可就在他杀死鹫群首领之前，他在石屋里检查火药，发现只剩下了一半。他对此困惑不已。难道有人趁他不在偷走了？或者不小心洒出来了？可是这些解释都不太站得住脚。韩重反复思考这件事，还是无法理解。

不过也够了。这些火药足够他用上二三十次，再说他也不太需要开火，光是米里库的名头就足够震慑敌人了。现在整个海岛上，几乎没人再质疑他的身份。他是米里库，注定要开启一个太平时代。

韩重简单翻修了一下鳄头神庙，把这里当成自己的基地，神庙前的空地也成了他的训练场。他雷厉风行地建立了秩序。抢劫犯砍头，强奸犯阉割，盗窃犯剁手。他还派人进入丛林搜索尸体，加以掩埋。同时，他也给村庄制定规则，谁也不许违反。韩重对当地情况还不够了解，所以具体的事情主要是昆卡在处理。昆卡成了他的左右手，权力仅次于韩重。

村民对韩重相当爱戴。他所到之处，人们总是夹道迎接，欢呼致意。他要是冲谁说上一两句话，那人准会激动得浑身哆嗦。他用过的东西，村民们也当成神圣之物封存起来，不许别人再用。这当然很好，受爱戴是好事。可是韩重知道，光靠爱戴是不够的。那只是刀鞘，恐惧才是刀。如果没了刀，刀鞘的存在就毫无意义。韩重不太在乎人们是否爱戴他，但希望这些人怕他。

韩重向每个村子都征收贡品，有个村的头人拒绝如数缴纳。他举了很多理由，证明自己村子情况特殊，实在无力支付这么多贡品。头人说的也许是实情，但是当他只带着一半贡品前来时，韩重让手下在广场上竖了根木桩，然后把这个头人扒光了衣服，捆在木桩上。谁也不许给他食物和水，一口都不行。

头人在烈日下暴晒了整整一天。他开始求饶，答应如数缴纳所有贡品，但是韩重不为所动。头人又苦熬了一天，浑身通红，皮肤大面积脱落。他先是哀号，后来连哀号的声音都发不出来，就这么痛苦不堪地死掉了。韩重下令将尸体展览三天，所有村庄的头人都要来参观。

因为这件事，桑桑和他闹别扭了。

韩重成为米里库之后，桑桑搬来和他住在了一起。她的父母是老实巴交的村民，对女儿的奇遇相当惊喜，但惊喜里又掺杂着恐惧。他们担心凡人跟米里库上床会倒霉。女儿的精气也许会被炙干，甚至整个人被烧成灰烬也说不定。桑桑自己倒处之泰然，既不惶恐，也没有一点受宠若惊的样子。韩重怀疑她信奉旧神那一套，根本不信自己是米里库，不过他们俩并没谈过这个话题。

不管她有没有把韩重看作米里库，倒也默认他享有性特权。韩重虽然看重她，但也有其他女人。他经常把漂亮女人召到别的房间共度良宵。这些女人往往又惊恐又激动。当米里库赤身裸体凑过来时，有几个姑娘甚至惊吓得昏厥过去。桑桑对此从不吃醋，总是装作没看见。韩重既感宽慰，又隐隐有点失落，觉得自己在桑桑心中也许没有想象中那么重要。

但是他没料到，桑桑看到头人受刑，反应居然非常强烈。她冲着韩重嚷嚷，说那个头人是好人，交不上东西不是他的错，不能这么对待他。韩重对这种妇人之仁很不耐烦。一开始，他还笑嘻嘻地回应，但很快就发起脾气，拂袖而去。可谁知道，桑桑居然在晚上偷偷跑去给那人送水喝。卫兵拦住了她，把这事报告给了韩重。韩重勃然大怒，给了桑桑重重的一个耳光。

桑桑被打得一个趔趄，左颊肿了起来。她倒是没哭，只是定定地望着韩重，说了句:“你不能这么干。”

韩重气冲冲地喊:“放屁！都像他这样，我拿什么养活卫兵？让他们都变回鹫群吗？想想我来之前，这里是什么样子吧！你不记得人家把你按在地上操的事儿了？”

桑桑的脸涨得通红，两只拳头紧紧攥了起来。

话一出口，韩重也有点后悔，但他实在压不住怒火，要成事就得干脏活儿！可总有桑桑这样的混蛋一边享受着好处，一边在这里装善人！韩重咆哮道:“当年你怎么不敢跑去找鹫群说这番话？你怎么不去劝他们，说你们不该把人绑起来杀掉，你们不该把我按在地上操？别他妈得了便宜卖乖。我找个蠢货来杀一儆百又怎么了？”

“旧神说过，火会引火，血会生血。”桑桑撇下这句话，转身就走了，把韩重一个人晾在那里气得发抖。他还想追上桑桑辩论一番，但最后还是控制住了，只是朝桌子重重踢了一脚，骂了声:“这叫什么狗屁话？”

事实证明韩重是对的。从那以后，再没有哪个村子敢拖欠贡品。但是，韩重和桑桑的关系却开始出现阴影。

没过多久，韩重的征服计划卡壳了。

问题出在海岛的东北部。那里的二三十个村庄组成了一个联盟，不买韩重的账。据他了解，这件事跟神明有点关系。岛上有五个神庙，鳄头神庙是韩重的基地，其他三个神庙也接受了他的权威。可是东北部的村民供奉无面神，自成一个系统，相当团结。就算在鹫群横行的日子里，他们也很少受到骚扰。这些村庄承认韩重是米里库，但认为这跟自己没关系。他们有无面神，不需要什么米里库。

怎么处理这件事，韩重颇有点举棋不定。一开始，韩重试着怀柔他们。他先是送去贵重的礼物，要求他们归顺。对方回赠的礼物更加丰厚，但委婉地拒绝了他的要求。他们说，伟大的米里库有这么多事情要做，就不要为他们这些微不足道的村落费心了。

韩重又派出第二个信使。这次他开出优厚的条件：贡品减半，而且无面神的地位将仅次于鳄头神，居于其他三位神明之上。可对方没有任何回应。过了一阵，韩重派出了第三个信使。这次他发出了威胁，声称对方再不归顺，就会用霹雳摧毁他们。结果信使被剃光头发，捆着双手，赶了回来。

韩重没退路了。他必须采取行动，否则威信就会受到损害。他打听清楚了，无面神庙紧靠着一个叫作乌朗的村庄。韩重打算率一支精锐部队直奔乌朗村，一举占领神庙，造成威慑效应。

事实证明他低估了对手。对方早就做好了充分的准备。在距离乌朗村不远的地方，双方发生了激战。韩重的士兵对地形不熟，结果吃了大亏。敌人用巨石堵塞了道路，然后隐蔽在丛林里不停射箭。韩重一方伤亡惨重，连他自己腿上也中了一箭。为了维护米里库的形象，他悄悄把箭拔了出来，没有声张。但是继续进攻是不可能了，他只好下令撤退。

在撤军的路上，他就觉得身体不太对头。回到神庙以后不久，他就发起高烧。当地人喜欢从一种蟾蜍的腺体里汲取毒液，抹在箭头上。韩重中的就是这种毒箭。好在昆卡颇通药理，他把韩重带进小屋，在伤口上敷了一种黏糊糊的药膏。这件事当然要瞒着大家，不能让人知道伟大的米里库也会受伤，于是昆卡对外宣称米里库正在入神冥想，除了桑桑以外，任何人都不准进来。

昆卡和桑桑寸步不离地照料韩重。韩重不停呕吐，全身每块骨头都痛彻心肺，时时刻刻都像有一根烧红的铁棍从他囟门插进来，火焰喷薄，灼烧内脏。他求着昆卡让他死，可是昆卡只是给他喂下某种植物的汁液，劝慰他一切都会好起来。韩重在死亡线上徘徊了好几天，但最后还是挺了过来。

韩重在辗转呻吟的时候，就暗自发过誓，要把这种痛苦百倍、千倍地还给敌人。所以他走出小屋后，做的第一件事就是备战。这一次，他征集了所有能够征集的军人，浩浩荡荡平推过去。韩重亲自披挂上阵，还使用了火铳，再次向大家证明了米里库的威力。面对压倒性的绝对力量，任何奇谋妙计都无济于事。整个战斗血腥残酷，却没有什么悬念。敌人就像一枚核桃，被韩重的铁钳捏成粉碎。

乌朗村宣布投降，韩重带队开进了无面神庙。

这座神庙也破败了。但跟鳄头神庙比起来，它荒废的年头似乎没那么久远。神像就摆在大厅正中，韩重第一眼看到它的时候，就颇受震动。无面神脸上没有五官，也没有头发、眉毛，就像一个椭圆形的鸡蛋。不知为何，韩重觉得这样空荡荡的面孔，要比狰狞的鬼怪脸更恐怖。韩重有种奇怪的感觉，无面神的造型似乎有点眼熟，而且它似乎正透过那双不存在的眼睛和自己对视。

韩重注视良久，才转身离开神庙。他下令将乌朗村的男女老幼全部诛杀，一个不留。通往乌朗村的道路两侧有许多石楠树，村民的尸体被挂在上面。每隔几丈，就能看到一具尸体在风中轻轻摇摆，像是某种路标。有位岁数较大的首领战战兢兢地提出异议，说这样做有点太过分了，而且容易带来瘟疫。韩重也没答话，直接抽出刀来，劈开了他的喉管。

就这样，韩重征服了整个海岛。

在他凯旋的那天，桑桑不见了。卫兵告诉他，桑桑随着人群去参观了乌朗村民的尸体，然后就再没回来。韩重对着空屋子破口大骂。一开始，他打算派人把她抓回来，想想又觉得不妥。但要拉下脸来去求她，韩重又不愿意。最后，他愤愤地想：谁又离不了谁呢？反正我想要多少女人就有多少女人，先晾她一阵再说吧。

本来他打算等些日子再来解决这个问题。但是几天过去了，韩重居然有一种轻松感，就像忽然放了假似的。他自己对这种感觉也觉得奇怪，但扪心自问，事实就是如此，不容否定。这样一来，他把找桑桑的事情也就拖了下来。

没过多久，神庙就举行了盛大的仪式，庆祝米里库开启新的黄金时代。人们打造了一个豪华的椅子，通体嵌满珍珠和绿松石。韩重端坐其上，两百多个首领和头人前来向他效忠。他们排成长串，一个接一个地拜伏在他的脚下。

在这一天，韩重成了海岛的王。

韩重庄严地看着匍匐在地的人，一语不发。此时此刻，他确实感到了喜悦，但在喜悦背后，却有一道朦胧的阴影。他说不清这阴影是什么，也许是幸运来得太快从而导致的不真实感，也许是所有坐在这个位置上的人都会有的惶惑。

他看向外面，碧空如洗，阳光盛大，整个广场如火焰般光辉。

但阴影确确实实亘在他的心头。

四

屋子还是那么破败，木头上还是布满了苔藓，板壁上还是盘绕着爬山虎，一切似乎都没什么变化。

韩重没敲门，轻轻推开门板，走了进去。屋子里静悄悄的。那个老妇人披散着稀疏的白发，盘腿坐在地上。她脸上的皱纹没变少，也没变多，似乎老到这个程度，时间就在她身上停滞了。她身后依旧摆着大肚子的裸女像，不过它脖颈上的花环比以前多了，花朵也很新鲜。

她看到韩重进来，也没什么表示。韩重在她对面坐下。两个人默默无语，灰尘在光柱里上下舞动。

过了好一阵儿，韩重打破了沉默："桑桑来过？"他说的是华言，在整个海岛上，他只有在这里才说华言。

老妇人点了点头。

韩重指了指用素馨编的花环，说："这花环应该是她的。她喜欢素馨。"

"是啊，她昨天来的。现在没危险了，来这儿的女人也变多了。不是送花，就是送吃的，有时候还会帮我打扫打扫屋子。有人拜你们的神，也就有人记挂我的神。"她语气里带着一点得意，"我的神失败了，但终究没死。"

韩重仔细打量着她的脸，好奇地问："你到底多大岁数？"

她似乎也有点困惑，脸上露出迷惘之色："这个嘛，我也说不清。唉，活着活着就忘了。但怎么也够长了。”

“你到底跟谁学的华言？”

“桑桑。”她很有把握地说。这话当然不对，桑桑和韩重住在一起的时候，确实学过一些华言，可是韩重第一次见到这个老妇人的时候，她就会说了，所以决不可能是跟桑桑学的。果然，她很快又迟疑起来。“不对，好像不是桑桑。”她瘪起脸颊思索了片刻，说，“我也记不清了。可能是别人，但反正是跟桑桑差不多的姑娘。”

真是老糊涂了，韩重在心里默默叹了口气。

老妇人观察着他的表情，说：“你不是来找桑桑的。”

韩重摇了摇头。其实逢到不眠之夜，他看着月亮缓缓升起，又缓缓落下时，也偶尔动过念头，想把桑桑找回来。但这种念头来得快，去得也快。说到底，他想念桑桑，但又没那么想念。对他来说，桑桑像是传说中的极乐鸟，又美好又麻烦。这七年来，他也到木屋来过几次，其中有一次他远远看到了桑桑。她还是老样子，野猫般的表情，野猫般的步子。他没有过去，反而躲在树后等着桑桑走远。为什么会这样，他自己也不知道。

“你有差不多两年没到这里来了吧？”

“我很忙。不过我派人给你送过东西，你没要。”

老妇人哼了一声：“我不要从神庙里来的东西。”

“其实你真该去神庙看看。我把它彻底重建了，所有东西都用最好的。最好的石头，最好的青玉，最好的油彩。能拆的都拆了，拆不掉的也都重新打磨了一遍。门口的那圈石人我也换成了承露盘，比最高的棕榈树还高。现在整个神庙崭新锃亮，金碧辉煌。我敢说，这个破岛上从没有过这么漂亮的庙。”

老妇人轻蔑地撇了撇嘴：“我听村里的那些女人说，你不光翻修了神庙，还给自己盖了一座很气派的宫殿，光石头柱子就有好几百根。为了盖这些东西，你把村民都快榨干了。”

“那又如何？我是米里库，总不能挤在破屋子里。”

“我还听说那些头人怕你怕得要死。但凡你要点什么，他们比狗还恭顺，忙不迭地给你张罗。哪怕村里的娃娃都要饿死了，他们也会搜走最后一点粮食，好给你缴贡。为了不耽误盖你的房子，稻米烂在地里也来不及收。还有南边那些村子，为了给你采石头，他们把脊骨都快累断了。谁让他们倒霉，住在采石场旁边呢？”老妇人絮絮叨叨地说着，最后她又找补了一句，“听说你还没完没了地搞女人。”

韩重越听越来气。他愤愤地为自己辩护说：“我盖宫殿，修神庙，催贡品，难道是为了我一个人吗？神庙要是破破烂烂的，我住的地方又像个茅房，那谁还会把我当回事？这儿的秩序还怎么维护？”韩重说着说着，嗓门不由自主地大起来了，“谁跟你说的这些话？那帮狗杂种也不想想，我来之前这里是什么鬼样子？四处杀人放火，村庄之间没完没了地械斗。谁让他们过上了太平日子？是我！搞女人又怎么了？我都是米里库了，连几个女人都不能搞，还当神干吗？”

老妇人说：“不管谁当了米里库，都会说这套话。”

“难道说的不对吗？”韩重脸上升起一团疑云，“你听到什么了？是不是有人在我背后搞阴谋诡计？”

老妇人看着韩重，叹了口气，说：“看来你过得并不舒心。”

韩重沉默了下来。过了片刻，他开口说：“我听说旧神虽然没什么别的法力，但能预见未来。他们说你就很擅长算命占卜。”

“唉，算来算去又有什么用？人不管怎么活，最后都是一死。你不管走哪条路，最后都是到我这里来。”

“可我还是想算一算。最近我有点心神不定，总觉得要出事。”

老妇人忽然问道：“你知道天上的雨是怎么下的吗？”

“什么？”

“有云才有雨。可云飘来飘去，没有定形。雨神要想下雨，就要往云里撒一把灰。云气就会在灰尘旁边聚拢来，变成雨，落在地上。”

“你什么意思？”

“未来总是混沌一片，像云一样。虽然最后的结果不会变，但细节还是说不准的。占卜就像撒进去的一把灰。占卜完了，它也就成形了，谁也没法改变。想想吧，想明白了再告诉我要不要算。”

韩重没太听懂，他琢磨了一阵，断然说：“我还想算。”

老妇人点了点头。她爬起身来，从角落里拿起一个罐子，往旁边的杯子里倒了点东西，然后坐回到韩重面前。

“滴几滴血进去。”

韩重低头看着面前的杯子。陶土制的，非常粗糙，里面是绿油油的汁液，看着有点恶心。他抽出环首刀，用刀尖在拇指肚上轻轻一挑，挤出几滴血来，滴落在汁液中。

她端起杯子一饮而尽。“伸出手。”

韩重收刀入鞘，伸出两只手。老妇人也伸出手来。两个人的手左右相对，轻轻扣在一起。她闭上了眼睛，一动不动，就像入定了一般。过了片刻，她的眼睛睁开了。韩重吓了一跳，险些把她的手甩开。老妇人的眼居然变成了绿色，闪着幽幽的光，它们没有看着韩重，而是望着韩重身后的某个虚焦之点。韩重的手开始轻微颤抖，也不知道是自己在颤，还是老妇人手中传来的脉动。

大约过了半炷香的时间，老妇人眼里的绿光渐渐变弱，最终消失不见，又变回浑浊黯淡的黑。她放下韩重的手，用手背擦了擦眼睛，满脸疲惫。

“你看到什么了？”韩重不安地问道。

“没什么。一张又一张的人脸，数也数不清，可没有一张是我想要看的。”

“我的命怎么样？”

“平常。”

韩重皱起了眉头，他实在想不出自己这命怎么能叫平常。过了片刻，他问出了自己最关心的一个问题：“我能做多久的王？”

老妇人不假思索地说：“七年。”

韩重目瞪口呆：“七年？可是我已经做了七年了！”

老妇人默默地看着他，没有说话。

韩重忽然身体前倾，抓住她的肩膀，死死地盯着她的眼睛：“撒谎！你故意这么说的！是谁教你的？”

老妇人毫不畏惧地看着他，那张皱纹堆叠的脸显得愈发颓唐:“我说过不要随便占卜，你不听。我原来以为怎么也能撑过十年，甚至有可能二十年。那也是有过的。七年，我也没有想到啊。这次你是太多疑了。可你知道这意味着什么吗?混乱又要开始了。”

韩重又往前凑近了一些。两个人的脸几乎碰在了一起，韩重能闻到她口里那种腐烂潮湿的味道。他仔细搜寻着她的眼睛，想从里面看出什么来，却一无所获。

“你在咒我，对吧?”

老妇人答非所问:“已经死了太多人了。我看着他们像稻子一样长起来，又像稻子一样被割去，一茬又一茬，一代又一代。活得越久，见得就越多。他们的血能让这个海岛漂起来啊。每到下雨的时候，我都能听到泥土在号叫。可又能怎么样呢?你们把所有的路都走过一遍，但最后总会回到这个小屋里，丧家犬似的看着我。”眼泪缓缓涌出，浸满了她的眼睛。

韩重喊了起来:“我们?谁是我们?还有谁?”

老妇人把头转向一边，没有回答。

韩重废然坐了回去:“你知道会发生什么吗?村民造反，士兵叛变，还是那些首领们要搞阴谋?”

老妇人摇了摇头:“我真的不知道，看不见。也许是这个，也许是那个，到头来也没什么分别。”

韩重觉得一阵阵地恶心，几乎要吐出来了。他知道自己问不出什么，也不想再问。他恨恨地看着老妇人，说不清对她是厌恶还是恐惧，只是对这次占卜越来越后悔。过了一会儿，那种恶心的感觉消退了。

韩重站起身来，说：“我走了，以后也不会再来了。”

老妇人说：“你会的。”

韩重没说话，他推开木门，走进屋外那片酷烈如火的光海中。

五

“从明天开始，每个村子都要在广场上建神台，供奉米里库。神台要大，要修得气派，用最好的材料。村子聚会的时候，头人都要先领着村民向米里库敬献礼品。头人要监督每个村民。不管在任何场合，谁要是对米里库有不敬之词，全家灭门。”

韩重说完，朝大厅里的人群扫视了一圈。这是他新建的议事厅，纵深很长，几十根乌木柱支撑起了房顶。四周墙壁用红漆反复髹涂过。树脂香气和漆味混在一起，弥漫在房间的各个角落。地板上用贝壳镶嵌出了各种图案，有花草虫鱼，也有恶魔怪兽，居于正中的是两道霹雳，用最白最亮的贝壳拼成。站在大厅里，感觉就像置身于一个光怪陆离的世界，罩于红色天穹之下。

议事厅里聚集着首领、官吏，还有各个村庄的头人。他们分坐在大厅两侧的垫子上，中间隔出一条通道。听完韩重的话，他们面面相觑，谁也不说话。

韩重说：“有问题吗？”

还是鸦雀无声。有个头人想说点什么，但手刚举了一半，又畏怯地缩了回去。

韩重发现了，冲他点了点头："说吧。"

头人站了起来，显得有点手足无措。他清了清嗓子，说："米里库呀，这个似乎没有先例，时间上也稍微有点不合适。"说到这里，周围传来一阵嗡嗡的私语声，表示赞同。头人听到这声音，胆子也壮了起来，接着说，"就拿我们村来说，刚刚干完采石场的活儿，马上又要收庄稼了，这个时候建神台，有点抽不出人手。我觉得……"

韩重厉声说："你觉得什么？"

"我……我是说……"头人登时结巴起来。

韩重再次打断了他："这是米里库的命令！没有米里库，这片土地只会一片混乱，饥荒肆虐，人们自相残杀。是我给你们带来了和平。你们每喘一口气，每喝一口水，都应该感激米里库。还说什么没有先例，什么抽不出人手。"韩重想起当年创业时的危难，不由升起自怨自艾的情绪，而他对眼前这帮麻木不仁、不知感恩为何物的猪猡们更是厌憎至极。

"每个村民，包括每个娃娃，都要牢牢记住一件事：米里库是他们的神，是他们的恩主。要把这个念头牢牢敲进他们的脑子里！这才是最重要的事情，没有感恩之心，就没有秩序。没有秩序，哪儿还有什么庄稼？世上最危险的东西不是饥荒，不是瘟疫，而是不懂感恩的叛徒！听明白了没有？"

头人奋力点着头，像个啄米的老母鸡："明白，明白了……"

韩重恨恨地瞪了他一眼，又把眼光转向自己的右侧。昆卡就坐在右侧最靠近他的位置。"昆卡，你怎么想？"

昆卡微微俯身，说：“一切如米里库所愿。”等他抬起头来，两人的眼神电光石火般碰在了一起。昆卡马上避开，垂下了目光。

韩重不再理会他，转头对着众人说：“但是，世上确实有叛徒。他们嘴上一套心里一套，表面上对米里库忠心不二，背地里搞阴谋诡计。而且——”他的脸色忽然沉了下来，“这些叛徒就坐在我们中间。”

这句话就像一声闷雷，把所有人炸得脸色大变。整个大厅的气氛降到了冰点。谁也不敢发出一点声音，都张口结舌地看着韩重。

韩重拍了拍手，两排士兵手持大棒，应声而入。他们站在大厅中间，各自面向一边，正对着参加会议的人。

韩重的目光缓缓扫过人群，似乎在一个一个地掂量，最后，在一个人身上停了下来。“达尼！”他高声叫道。被点名的人铁青着脸，站了起来。韩重哼了一声，说：“我是米里库，这里哪怕一只苍蝇飞过，我都知道它的心思。你这个叛徒！带走。”

那人合起双手，恳求说：“不是我。米里库，真的不是我，我是忠诚的。”韩重挥了挥手，两个士兵走上前，把他拖出来，捆缚了手，押出大厅。

“拉克！”一个头人犹豫片刻，站了起来。他也被捆起来，押到了外面。

“洛哈！”

“马杜卡！”

……

韩重念到一个又一个名字，每个被点名的人都被抓走了。越往后念，大厅里的气氛越压抑。每个人脸上都呈现出赤裸裸的恐惧。最后，韩重念到第十四个名字，是刚才那个发言的头人。

他费了很大力气才摇摇晃晃地站起来，全身筛糠似的抖。

韩重抿着嘴唇，冷冷地看着他，也不说话。直到他再也支撑不住，眼看就要摔倒，韩重忽然爆出一阵大笑：“当然没有你！你是老实人，有什么话说在当面，不像那些叛徒，当面一套背后一套。回去好好干，米里库什么都知道。”

头人整个心都融化了。他觉得自己是世上最幸福的人，不由得浑身发热，亢奋地说：“是，是，我一定好好干，决不辜负米里库的信任！”他环顾四周，忽然大声喊叫了起来，“米里库万岁！米里库是最伟大的神！”

在座的人们一个个如梦初醒，也跟着大喊起来：“米里库万岁！米里库是最伟大的神！”声音洪亮得快把房子都掀起来了，广场上的麻雀被吓得扑棱棱乱飞。他们面面相觑，都做出欢喜的表情，喊了又喊，喊了又喊，简直停不下来，而且也没人敢第一个停下来。韩重微笑不语，目光挨个扫过那些欢呼的人。每个被他眼神扫到的人，都加倍卖力地叫喊。很多人都注意到，韩重那双眼在昆卡脸上停留的时间最长。

韩重终于伸出双手，做出往下压的姿势，喊叫声渐渐止息。他站起身来，朝外面的广场走去。人群踉踉跄跄地跟在后面。

那十三个人被剥去上衣，绑在一排木桩上。每个人身后都有手持木棒的士兵。韩重停在他们面前两三步的地方，抱起胳膊，凶狠地看着他们。这些人发出一阵阵求饶的声音，七嘴八舌地表达着冤屈。韩重默默听着，也不说话。过了片刻，他举起手做了一个手势。

行刑从最左边的木桩开始。士兵抡起木棒，重重砸在囚犯的天灵盖上。囚犯惨叫了一声，鼻子和眼睛一起渗出血来。然后是第二棒，第三棒……就像渔夫在拿棒子砸一条鱼。偌大的广场上，一点别的声音都没有，只有棒子落在头骨上的闷响。

到了第五棒的时候，囚犯一动不动了。

其他囚犯连求饶的话都说不出来了。他们大张着嘴，浑身瘫软，脸上显出绝望的表情。韩重回头看了看身后的人群。他们一阵惊恐，向后退了半步。等他们回过神来，就开始纷纷表态：

“这帮叛徒死有余辜！”

“幸亏米里库识破了他们……”

“对毒蛇决不能手软。”

……

韩重又举起了手，行刑有条不紊地进行，大约一顿饭的工夫，十三个人全部被处死。他们的尸体排成一排，耷拉着脑袋，像是在凝视脚下的那汪鲜血。

韩重慢慢地踱着步，巡视了一圈尸体。然后，他转过身来，对着畏畏缩缩的人群宣布：“今天是胜利的日子，我们清除了叛徒。晚上要在广场举行庆祝宴会。”

他的目光凌厉地扫了过去：“每个人都要不醉不归。”

一个个火把点起来了。在火光照耀下，能看到好几排长桌，上面堆满了各种各样的食物：烤野猪肉、炖鸡、腌里脊、烤鱼、羊排、虾饼、炸蜜糕、椰浆饭……外边堆着一圈水果，连枝带叶，把长桌装饰得犹如一幅幅静物画。远处是绑缚着的十三具尸体。他们的头发都被拴在木桩上，把头颅拉了起来。这些尸体仰着面孔，瞪着无神的眼睛，像是在围观这场宴会。

食物虽然丰盛，但气氛还是很压抑。大家都做出一副开心的样子，有人还努力讲了一些笑话，周围的人都报以夸张的大笑。但是笑着笑着，大家又会不约而同地忽然停下，然后是一阵尴尬的沉默。

每个人都在不停地喝酒，一杯接一杯地喝，因为韩重正在观察他们。每到举办宴会的时候，韩重都会留心谁喝醉了，谁又没喝醉。没喝醉的人往往被认为心里有鬼，害怕酒后吐真言。这次也不例外，韩重端着酒杯，默默地穿行在各个长桌之间。按照惯例，这个时候没人敢和他打招呼。大家都装作没注意到韩重的样子，浑身僵硬地猛灌酒。

今天韩重也有点喝醉了。老妇人的预言始终在他的脑子里盘旋。他觉得自己今天做的事情是对的，但又不能百分百确定。正是这份不确定让他格外烦躁，也就比平时多喝了几杯。他走起路来有点发飘，心头有股热血在涌，想找点事情做一做。

如果不是这样的话，后面的一切也许就不会发生。

韩重在一张桌子前停下了。昆卡就坐在那里。韩重挥了挥手，周围的人连忙闪开，他一屁股坐在昆卡身旁。

“米里库。”昆卡恭敬地俯首致意。

韩重也不说话。他侧过身子，聚精会神地盯着昆卡。周围的人们察觉到气氛不对，都偷偷往这里张望。

“昆卡，”韩重终于开口了，“你对今天的事怎么看？”

昆卡平静地说：“米里库做的一切都是对的。”

“那些叛徒该不该死？”

“只要是叛徒，都该死。”

韩重看着他，越看越觉得可疑。他平静的表情可疑，端酒杯的样子可疑，说的那些模棱两可的话更可疑。韩重忽然沉下脸，冷冷地说：“这些叛徒里，有好几个都是你任命的。”

昆卡的眼神里闪过一丝惊惶，但很快就镇静下来：“米里库给了我权柄，很多头人都是我任命的。”

“结果任命了叛徒。”

“我没有米里库的本领，所以会犯错误。”

“那你觉得这里还有叛徒吗？”

昆卡犹豫了片刻，说：“米里库，我不知道。”

“连怀疑的对象都没有吗？”

昆卡朝四周望了望：“米里库，我觉得有些话不适合在这里讲。”

韩重的酒劲儿上来了，他蛮横地说：“我就要你在这里讲！”

“米里库，你喝得有点多了。”

韩重死死地盯着他，忽然间，那个深藏已久的念头在他的脑子里炸开了。他把酒杯重重地摔在地上，大声说：“住口！你这个伪君子！”

昆卡的脸骤然变色。

喝下去的酒好像都变成了燃料，让韩重的血液在疯狂燃烧。他咆哮了起来：“你就会装好人，到处收买人心！别忘了，我才是米里库，没有我，你屁都不是！你只能躲在神庙里，见到那些鹫群就像狗一样地低三下四！是我给了你今天的地位！”

昆卡吸了一口气，缓缓地说：“没错，是米里库给了我今天的地位。”

“可是你一点都不感激我！”韩重瞪着血红的眼睛，看着昆卡。没错，就是他。老妇人说的就是他。除了他，谁还有能力搞叛变？韩重大喊道：“你管起杂事来倒是积极得很，对你有好处嘛。可我交代给你的事儿，你就总是阳奉阴违！说到底，你从来就不服我。当年你干的事儿我记得清清楚楚。你坐等着那些鹫群来杀我，事先连提都不提一句。你这个两面三刀的伪君子！”

“当初我不知道你是米里库……”

韩重一把揪住昆卡的衣领，凑在他的眼前咆哮：“住嘴！住嘴！如果我发不出霹雳，你就会把我踢出神庙，让那些鹫群弄死我，对不对？你从来就是个叛徒，现在还是个叛徒。你到处捞取名誉，安插亲信，今天杀的这些害虫，倒有一半是你的党羽！”

昆卡一直受人尊敬，哪怕韩重跟他说话也总是客客气气的，现在当众受到羞辱，也愤怒起来了。他脸涨得通红，用力将韩重推开，大声说：“米里库，你喝多了！这里没有那么多叛徒，是你疑心病太重了。”

“混蛋！”韩重伸手还想抓他，但脚下一个踉跄，差点摔倒，“你当初就想害死我，你……”

昆卡冲他喊了起来：“是我第一个承认你是米里库的！别忘了，当初你中了毒箭，也是我救了你一条命。没有我，你早死了！”

“你这狗杂种！我宰了你！”听到昆卡在大庭广众之下提到这事，韩重气得发狂。他几乎想都没想，就抽出腰间的刀，双手紧握，猛地朝昆卡扑了过去。事后回想起来，他也不能确定自己当时到底有没有杀死昆卡的意图。只能说，在酒精和愤怒的双重刺激下，他整个人都癫狂了。也许他以为昆卡会躲开，可是并没有。他和昆卡几乎撞在了一起。力量太大了，那把刀深深地插入昆卡的腹部。昆卡的眼睛瞪得大大的，趔趄了两步，向后仰面倒了下去。他张开口想说什么，但又说不出来，只是喷出了一点血沫，然后整个人骤然松弛下来。

他死了。

韩重呆呆地站在那里。脑子里的那团怒火熄灭了，只留下一片惶惑。他看了看躺在地上的昆卡，又扫视了一圈周围惊恐的人群，转过身慢慢朝自己的座位走去。

人群里冲出了一个人。他抱住昆卡用力晃动，然后发出一声凄厉的号叫。广场里的每个人都认得这人。他是昆卡的儿子，负责管理神庙的仓库。

昆卡的儿子放下尸体，瞪着韩重的背影，嘴里发着野兽般的嘶吼。他踌躇了瞬间，忽然爬起来，朝韩重冲了过去。有人想伸手拉他，却被他用力甩开了。

韩重感觉到了。他回头看了一眼，快步朝自己座位跑了过去。刀还留在昆卡身上，但火铳在座位旁边竖着。韩重一把抓了起来，转身将铳口对着昆卡的儿子。

昆卡的儿子猛地停住了脚步。他看着黑洞洞的铳口，脸上显出恐惧的表情。广场上的人都屏息凝神，谁也不敢走过来。这时要想从袋子里掏出火石，点燃引火绳，已经来不及了。韩重只能这样对峙着，希望把对方震慑住。

昆卡的儿子呆呆地望着火铳，脸上渐渐浮起一个惨笑。他低低说了一声“阿爸”，就朝火铳扑去。

韩重本应抡起火铳当棍子用，可情急之下居然没想起来。他下意识地推动弯钩，当然没有任何反应。这时对方已经冲到他眼前，双手死死攥住了铳管。韩重用力向后拽，没想到对方忽然撒手，他猛地向后跌倒，摔在座位前面。昆卡的儿子扑到他的身上，抡拳朝他脸上砸了过去。韩重发出一声惨叫。他用力推对方，却没能推开，刹那间只觉得拳头像雨点似的落在脸上，连喘气都喘不上来。他最少挨了十几拳，才找到了一个机会，曲起腿把对方蹬开了。

韩重爬起身来，声嘶力竭地大喊:“来人！来人！”昆卡的儿子又扑了上来。韩重向后退了两步，给了他一个重重的勾拳。拳头就像打在麻袋上似的，发出一声闷响。昆卡的儿子晃悠了一下，又接着往上冲。就在这个时候，远处的卫兵终于回过神来，跑上前合力把他扑倒在地。昆卡的儿子被死死地按在地上。他仰着脸，望向韩重，眼里几乎要喷出火来。

韩重晃晃悠悠地站直了身子，胸膛剧烈起伏，直喘粗气。他的衣服被撕破了，脸上全是血，前胸也伤了一大块。那根火铳掉在地上，无人过问。广场上所有的人都默默地看着他，一张张脸上尽是难以置信的表情。就连那几个跑来帮他的卫兵，也都悄悄交换眼神，显出诡异的样子。

韩重终于调整好了呼吸。他下令说：“绑到柱子上。”

卫兵们一语不发，把昆卡的儿子架到木桩前，牢牢地捆了起来。

韩重走到他跟前，指了指一个卫兵，又指了指地上的木棒。卫兵默默捡起木棒。

昆卡的儿子看着韩重，忽然傻傻地笑了起来：“你不是米里库。”卫兵的木棒悬在了空中，没有往下落。

“砸！”

“他说过，我还不信。可你真不是米里库。”

“混蛋，砸呀！”韩重怒喝。木棒终于画出一道弧线，重重地落在天灵盖上，发出颅骨碎裂的声音。那双瞪着韩重的眼睛一动不动，从内到外慢慢泛出一片血红。

两下，三下。瞳孔扩散，光芒消失。

韩重转过身，撩起上衣擦了擦脸上的血。人们聚在一起，成了一团厚厚的人墙。他们站在韩重对面，一言不发。

韩重默默走了过去，人群很自然地让出一条通路。他来到昆卡的尸体旁，想把刀抽出来。刀卡得很紧，第一次没能抽得出来。韩重只好用脚踩住尸体的胯骨，两手握住刀柄，这才拔了出来。他收刀入鞘，又回到座位旁，捡起了火铳，背在身后。火把的光照过来，在地上投下长长的影子。

人们还聚在那里，一动不动地望着他。韩重失魂落魄地走到大厅门口。进门之前，他回过身看了看人群，但什么都没说。

六

韩重在恍惚不安中度过了三天。周围有种异样的气息，他知道会出事，只是不知道会是什么时候。当年面对危险的时候，他曾有过真正的勇气，可现在这种勇气消失了。他只是默默地等待着。

第三天晚上，该发生的终于发生了。

脚步声传来的时候，韩重正在卧室里，旁边是两个半裸的女人。侍卫长按惯例守在门口。脚步声很嘈杂，听上去应该有一大群人。韩重虽然脸色变得苍白，却一动没动。两个女人慌慌张张地穿上衣服，从侧门溜走了。

人群涌到了门口。侍卫长推开大门，引着这群人走到韩重面前。领头的是南部村落的一个军官。韩重抬起头呆呆地看着他，他什么都没说，直接揪住韩重的胸口，把他重重摔在地上。人群围上来，对韩重拳打脚踢。韩重一开始不吭声，忍着，后来疼得实在受不过，开始小声地呻吟、求饶。侍卫长薅着头发，把他的脑袋拉了起来，朝他脸上吐了一口唾沫。

过了好一阵儿，殴打终于停止了。几个人架着韩重，来到外面的广场上，剩下的人紧紧跟在后面。木桩上的尸体早就被运走了，韩重被带到一个空木桩前面。他们让韩重跪在地上，拉高他的双手，然后拿起石块，将两枚锋利的木钉砸进他的掌心。钉子横贯而过，把韩重的手牢牢地钉在木桩上。韩重发出一声声的惨号，可谁也没理会。

为首的军头拽起韩重的头发，强迫他对着自己的脸。“我们要让大家都来看你这熊样，好知道你是个冒牌货。等看够了，再慢慢弄死你。”

临走的时候，有个人迈步上前，又朝韩重脸上吐了口唾沫。韩重认得他，是那个被自己点名恫吓过的头人。

对于后面的事情，韩重的记忆相当混乱。他甚至搞不清楚经历了几个时辰还是几天。他只记得有人在他面前走来走去，有时候是一两个人，有时候是很多人。时不时地就会有人殴打他，扇嘴巴，拿脚踹，还有人朝他头上撒尿。而白天的太阳比殴打还可怕，他整个身体被炙得像块烤肉，滚烫滚烫的。皮肤疼，手心疼，就连每个关节也都疼得让人发狂。疼痛把时间感都扭曲了，他分辨不出一个时辰和另一个时辰的区别。在浑浑噩噩中，他模糊想起过一件事。当年他曾把一个拖欠贡品的头人捆在木桩上，那人的感受可能就是现在这样吧。

到后来，最难受的是渴。那些人一滴水都没给他。韩重觉得五脏六腑都要裂开了，舌头肿得像是堵住了整个嘴巴。全身的血液也都变成了泥浆，黏糊糊的。他想求别人给他水喝，但是喉咙里像有一块火炭，根本说不出话来，只能发出咝咝的声音，自己听着都觉得怪异。

他几度昏厥过去。到后来他热切地盼着自己永远昏厥过去，就这么死掉。可是他还是醒来了。

是被人推醒的。那是在晚上，月光似水，周围寂寂无声。他勉强抬起头来，看到面前有一个女人，她正瞪着野猫般的眼睛望着自己。他想了一会儿，才记起来这是桑桑。

桑桑看了他一会儿，忽然伸出手来，重重地抽了他一个嘴巴。

韩重呆呆地望着她，心头一片错愕。没等他反应过来，桑桑提起一个罐子，凑到他唇边。是水！韩重把脑袋埋了进去，喉间发出咕噜咕噜的声音。他喝了又喝，喝了又喝，直到桑桑把罐子拿开，他还伸长脖子，噘着嘴去追那个罐子，想再多喝一口。

桑桑凑在他耳边说："他们狂欢了两天，差不多都喝醉了。剩下的几个，我也让姐妹们把他们拖住了。这是你最后的机会了，你快逃吧。"说着，她拿出一把钳子似的东西，用力拽掉韩重手心里的木钉。韩重疼得浑身抽搐，出了一脑门虚汗，但忍住了没有呻吟。悬挂得太久了，韩重的胳膊变得僵硬麻木。他花了好长时间，才一点一点把胳膊放了下来。凑近月光一看，掌心里有两个深孔，血从里面汩汩地往外涌。

桑桑往伤口上抹了点绿油油的药膏，然后用两块布简单缠了一下。

"从后门走。能跑多远跑多远，再也不要回来了。"桑桑用脚轻踢了一下地上的袋子，"这里有口粮，有干肉，有水壶，还有一点零七八碎的东西。你的东西我也给你偷来了，兴许有用。别看那帮人把你骂得狗血淋头，却都不敢碰这两样东西。"

果然，环首刀和火铳袋都在。韩重挣扎着把刀系在腰上，拄着火铳慢慢站起了身子，对桑桑说："我带你一起走吧。"

"你这种男人，可真是自以为是。"桑桑语带轻蔑地说。她用力推了韩重一把，"逃吧，逃回你来的地方。不然来不及了。”

听她这么说，韩重顿时有了一种轻松感。他不能不说这话，但真要带上桑桑逃跑，恐怕会是个大大的拖累。这是个好姑娘，韩重心头泛起一阵感激之情。他伸手想去摸桑桑的脸，她却躲开了。桑桑提起水罐，快步朝围墙走去，就这样在他生命中彻底消失了。

韩重逃了整整一夜。

一开始他只觉得浑身既疼痛，又疲惫，每走一步都很艰难。但是求生的欲望占了上风，他慢慢忽略了身体上的不适，脚步逐渐轻快起来。长时间没有活动的肢体，一旦运动起来，居然有种奇特的舒爽。韩重避开平地，尽量在丛林里走。等他觉得稍微安全点，就坐下来吃了点米糕和干肉。如果由着性子，他能把袋子里的东西全吃光，可是他强行控制住，连水也没舍得多喝。吃喝完毕，他感觉状态又恢复了不少，就加快了赶路的速度。

月光很明亮，丛林里的小径像浸在牛奶里似的，发出莹莹的一层薄辉。草非常柔软，踩在脚下就像茵褥。丛林里一片静谧，凝神屏息才能听到四下里的虫鸣。韩重不由得想起小时候生活过的乡村，夜晚也是这样洒满了月光，青草丛生，昆虫轻鸣。那时的自己无忧无虑，只顾玩耍奔跑，既不知道世间的险恶，也不知道自身的险恶。

韩重朝着南方而行。那里的村子似乎更恭顺些，也许能找到一批追随者，卷土重来。韩重一边走，一边恨恨地想：自己他妈的当然不是什么圣人，但是没自己镇着，这个烂海岛只会变成一个强盗窝，人们像狼蛛一样自相残杀。自己为他们做了这么多事，结果他们就是这么报答的！等他杀回来，一定要把这帮畜生斩尽诛绝，还要让他们在死前忍受从没有过的痛苦，后悔自己到人世间走一遭。

等到晨光熹微时，韩重来到丛林边缘。他认得这里，附近就有一个村庄，头人是他特意提拔的心腹。他决定赌一把，就悄悄溜出丛林，沿着土埂，摸索着朝前走。没走出多远，他就看到了两个村民，站在田里呆呆地望着他。

韩重犹豫片刻，还是慢慢朝他们走去。他衣服褴褛，形容枯槁，那两个村民一开始似乎把他当成了流浪汉，笑嘻嘻地看着他。等韩重渐渐走近，其中一人忽然露出惊恐的表情，对着同伴低声说了句什么，同伴也惊恐起来，瞪大眼睛看着韩重，就像白日里撞见了鬼。

他们认出来了。韩重停下脚步，静静观察他们的反应。

这两个人扭头就往村里跑，连蹦带跳，像兔子一样。韩重想了想，觉得还是不要跟过去好。他站在原地静静等待着。没过多久，一大群人从村子里跑出来了。韩重远远望去，觉得为首的就是村里的头人。刚才那两个村民跟在他旁边，朝着韩重的方向指指点点。韩重不由得心生疑虑，要是来欢迎他的话，似乎不该是这么个排场。

就在他迟疑的时候，一支箭已经劈面而来，从他脸旁掠过。这就像发出了一个信号，那群人忽地朝自己奔过来，发出嘈杂的叫喊声："抓住他！""别让他跑了！""杀死他！"

韩重转身就往丛林里跑。身后不断传来嗖嗖的箭音，他也不敢回头看，只是拼命地朝丛林里冲。快到丛林的时候，他脚下踉跄，摔了一跤，膝盖也磕破了。他想扔掉身后的背包，但想了想还是没舍得，最后还是捎着背包，连滚带爬地钻进了林子。

进入林子后，他也顾不得方向，哪儿的树木更密，他就往哪儿跑。韩重一刻都不敢停留，疯了似的朝深处跑了又跑。树枝不断地抽打在脸上，荆棘更是把小腿划出道道血痕，可他几乎毫无察觉。他也不知道自己跑了多远，直到所有声音都听不到了，周围又恢复了静寂，他才停下脚步。跑得太猛了，腹股沟一阵阵灼痛，肺感觉憋得要爆炸了，韩重弯下腰，两手撑着膝盖，过了好半天才缓过劲儿来。

现在暂时安全了，可下一步怎么办？

韩重有点心灰意懒，只觉得一片茫然。他找了株树，靠着它坐了下来，呆呆地望着四周。周围的一切是那么绿，浓郁得像是变成了流淌的墨汁，而天空蓝得像最纯净的琉璃，白云在琉璃上缓缓流动。也许这是他最后一次看到这样的景色了。到了那个时候，这一切还存在吗？难道在他死后，天还是会这么蓝，云还是会这么白？他以前从没想过这个问题，但此时这个念头忽然跳入他的脑海。自己死后，这个世界安然无恙，跟他活着的时候没什么两样，他越想越觉得荒谬。

这时，韩重隐隐听到一种声音，是水流声。韩重不知道自己现在身处何方，这水流声又是从哪儿来的。他不太想动，但踌躇片刻，还是勉强爬起来，朝着水流的方向走去。不管怎么样，补充点水也是好的。

没过多久，前方出现了一条小溪。小溪不宽，上面浮动着一层白茫茫的雾气。透过雾气，他隐约看到一块空地，周围生长着很多大蕉。

韩重伏在小溪边，喝了几口水。水又清又凉，入口有点甘甜。小溪看上去不深，蹚过去应该没有问题。韩重站起身来，慢慢地涉水而过，每一步都走得非常小心。水底是光滑的鹅卵石，他生怕一脚滑倒，会弄湿袋子里的火药。

雾打在脸上，像是拂面而过的柳丝，痒痒的。淡淡的水气浸润着他的胸肺，他的脑海似乎也被蒙上了一层薄雾，心里郁结的痛苦渐渐消融。他渐渐有了种难以描述的轻松感。眼前的一切好像也随之融化，坍塌成了一堆堆色块。色块颤抖着，交汇着。重新凝结，重新固化。

他走到小溪对岸，环顾四周，想不出刚才听到的击鼓声是从哪里传来的。而且，为什么会有鼓声呢？他又回头朝来路看了看，还是搞不清楚方位。他从宝船队偷来的小船就停在海边，可到底是哪个方向，他就说不准了。他在丛林里彻底迷路了。

前方是一片空地。六七条小径像轮辐一样，从空地向外延伸，最终消失在蕉丛深处。空地边上有一间木屋。屋子不大，木头上覆盖着苔藓，板壁上长着很多爬山虎，看上去相当古老了。

他走到小屋前面，轻轻敲了两下门。

没有反应。

他轻轻推开了门。小屋里有一个老妇人盘腿坐在地上。她头发干枯，瘦得像是被吸干了血肉，就留下一张皱皱巴巴的皮。那张脸沟壑纵横，皱纹堆叠得像迷宫一样。

老妇人抬头盯着他。过了片刻，她用汉人的语言说：“你叫什么？”

他大吃一惊：“你会说华言？”

她又问了一遍：“你现在叫什么？”

“杨栋。”

“杨栋。”她点了点头，似乎在努力记住这个名字，“好吧，我一直在等你。”

杨栋更加吃惊了：“等我？你是谁？”

老妇人没有回答他。她望着门口的方向，一脸疲倦地说：“我是旧神的人。这次你走左边第三条小路吧。”

杨栋也扭头朝门口望去。他心头充满了各种各样的疑问，却一时不知道从何问起。

鹿隐之野

雨是从中午开始下的。起先还不大，但越来越猛，后来竟有点像暴雨。直到入夜时分，才总算停住。下雨也有好处。天气本来酷热难耐，现在凉爽起来，泛起一股清新的草木味儿。周围的竹子都湿漉漉的，叶条上凝着大团大团的水珠，不时滚落到潮湿的地面上。竹林深处，蛙在亢奋地叫。

斋饭已经吃过，晚课也结束了，庙里的方丈陪着两位香客，坐在庭院里纳凉。说是方丈，其实也只是叫起来好听。这个寺庙极小，把方丈算在内，上上下下也只有四个人。庙里香火不旺，养不起更多僧人。

这里景色其实很好。寺庙周围是层层叠叠的竹林，更远处是原野。原野上有树林，有溪谷，还有大片大片的花海。在春天的时候，这里简直就像一大块五颜六色的锦绣，每一朵花都是锦绣上的小小针脚，美得刺目。但不知为什么，就是没有多少人愿意到这里来游玩。

游客少，香客也就跟着少，寺庙也就跟着受穷，就连大雄宝殿都显得局促破烂，佛像上的金漆也剥蚀得差不多了。方丈有心修整，却没这个力量。好在他凡事看得开，叹口气，也就由它去了。有香客的时候接待接待，有法事的时候操办操办，平时喝几盏茶，读几页经，日子也就这样平平淡淡地过着。

今天的两个香客都是过路人，被雨耽搁住了。好在还有空房，方丈就安排他们住下，等明天再上路。方丈反正也无事可做，邀他们在院子里喝杯清茶，随便聊几句，排遣一下山居的寂寞。

庭院就在大雄宝殿前面，方方正正的一块，不算大。庭院前方有个长长的香炉，左边刻着“慈航普度”，右边刻着“不昧因果”，凸起的字体黑沉黯淡，看上去很有些年头了。东南角生着两株槐树，枝繁叶茂，拢住了一块天地。他们就坐在槐树下，围着一个小小的石桌，上面摆着一壶茶，三个茶杯。

坐在方丈对面的客人身穿玄色短褂，腰系红巾，发辫又粗又黑，盘在脖颈上。他身形厚实，小臂肌肉虬结，看上去像是习武之人，不过谈吐倒是颇有风致，应该是读过一些书。

另一位客人打横而坐。他穿着青色长袍，皮肤白皙，身材纤细颀长，显得斯文俊朗。但是他的皮肤有点过于白皙，身材也有点过于细长，给人一种不太自然的感觉。此外还有一件怪事。他的发辫似乎是新留起来的，额头上还有块模糊的瘢痕，就像是颅骨上被凿了个窟窿似的。方丈有点疑心他是前明的遗民，但这种猜测当然没法说出口。

三个人海阔天空地聊了一阵。青袍客人说话很少，大多时候都是在默默倾听。玄衣客人说得最多，从风土人情一路谈到了时事见闻，显见是走南闯北、见过不少世面的人。

大半个时辰以后，大家渐渐没了话头，不时陷入沉默。他们望着寂寥的黑夜，不由得都出了神。雨后的夜空显得极其高远。天幕纯净幽蓝，延伸至无穷的浩渺之境。星光被雨水濯洗过，落入眼中，玉一般清凉。身后的大雄宝殿里，斑驳破旧的佛像结跏趺坐，双眼似悲似喜，望向庭院。月面中似乎有一只蝙蝠样的东西飞过。

方丈渐觉困倦，骨头也一阵阵地发酸。真的是老了，方丈默默地叹口气，想起身作别，回禅房歇息。这时玄衣客人却忽然开口说:“长老精通佛理，那你说世上有没有狐妖?”

听到这话，方丈稍微来了点精神。他笑了笑，反问说:“那施主觉得呢?”

“以前我觉得没有，都是好事之徒瞎编的。后来我听朋友讲了一些事，倒有些相信了。他们都不是信口开河的人，讲的那些事也都有根有据，所以才来请教长老。”

方丈歪着头想了想，说:“佛经倒是有记载的。我记得《根本说一切有部》里就说过，阿难尊者的前身曾是一只狐狸。六道轮回，迁流不息，想来狐妖精怪的事情也是有的。”说到这儿，他怕冷落了青袍客人，就转头问道，“施主又以为如何?”

青袍客人摇了摇头，淡淡地说:“我可说不准。不过既然这位老兄听过狐妖的故事，不妨讲来听听，我们也好参详参详。”

方丈也捧场说:“是啊是啊，我也想听这位施主讲讲，肯定很有意思。”

玄衣客人很爽快地答应了。他引出狐妖的话题，多半也就是为了讲这个故事。

“好吧，反正长夜无事，那就姑妄言之姑妄听之吧。这个故事是我从朋友那里听来的。他姓柳，关中同州府人，真名我就不说了，就叫他柳郎吧。我在同州府住过两年，和他就是在那里结识的。我们都喜欢斗鸡走马，弯弓射猎，彼此很处得来，有段时间简直是无话不谈。结果有次喝酒的时候，他可能是喝多了，给我讲了这么个故事。

“听完这个故事，我看他的眼光就有点变了。从那以后，我就有点躲着他。他几次约我出去玩，我都找理由推掉了。他是聪明人，当然明白怎么回事，也就不来找我了。又过了几个月，我有事离开同州，从此就再没见过他，也不知道他现在怎么样了。

“他告诉我的故事是这样的。”

狐狸的故事

同州府北面有座山，不太高，但树林很密。山脚处地势平坦，草木丰茂，中间还有溪水流过。以前那里有不少果园，后来呢，你们也知道，鼎革之际，关中乱得最早，人口少了一大半。果园自然都荒废了，山脚又变成了一片田野。柳郎没事的时候经常去那儿，有时候是田猎，有时候就是单纯骑马散散心。

有一年清明节前后，他在城里和朋友聚会。酒局散了以后，他心情亢奋，在家里待不住，就一个人骑马出了城，不知不觉中，就来到了山脚下。那正是一年中景致最好的时候，青草茵茵，野花遍地，不时能看到獐狍麂兔之类的小兽。也是前些年杀伐过甚，才会这样兽多人少。柳郎在田野里驰骋了一阵，春风拂面，越来越高兴，不由得拿出了弓箭，想要射杀几只小兽带回去。

柳郎很快就射中了两只野兔，一只雉鸡。他把猎物串起来，挂在马鞍后面。这时，他发现了一只香獐，长得有点像小鹿，正探头探脑地从灌木丛里向外张望。柳郎打马朝香獐冲了过去。香獐扭头就跑，一人一兽在原野里拼命追逐。香獐没有马跑得快，身形却更灵活，不断扭动身体改变方向。不过到后来，柳郎和它的距离还是越来越近。柳郎放下缰绳，拿起弓箭，一边奔驰一边朝它瞄准。

打过猎的人都知道，这个时候是最危险的。柳郎又喝了酒，反应有点迟钝，果然就出了事。就在箭要出手的瞬间，有个黑魆魆的东西忽然从草里跳了出来。事后想来，应该是只受惊的野兔。马被惊着了，嘶叫一声，猛地收住脚步，柳郎整个人从马背上摔出去，脑袋重重落在地上，昏了过去。

等他醒来的时候，发现自己躺在一间小屋的床上。小屋收拾得很雅致，墙上挂着山水卷轴，下面供着观音大士，观音前面还燃着三炷香。他床前坐着两个人，一个瘦老头，一个漂亮姑娘。还有两三个孩子吮着手指，挤在门口好奇地望着自己。

老头就是老头，跟天底下所有老头差不多，没人对他们感兴趣。柳郎关注的是那位姑娘。据他说，真的是很美。具体怎么个美法，他不太描述得出来，只说她穿着一袭白衣，整个人看着就像一团雪，不像是这个尘世间该有的样子。

柳郎忍不住动了动身子，这才发现腿一扯动就会剧痛。老头劝他好好躺着别动。据老头说，他们也是同州府人，战乱时避到了外乡，这才刚刚回来。以前的家早就没了，只好在山脚下建了房屋，暂时安顿下来。今天老头外出，正好看到柳郎昏倒在地，旁边是他的马。老头就喊家人过来，把他搭在马背上，引到了家里。老头略通医术，检查了一下，发现只是左腿扭着了，并没断。敷上些消肿的膏药，养上几天也就好了。

就这样，柳郎在老头家住了三天。

这三天里，姑娘一直在照顾他。刚经过战乱，大家对男女之防都看得淡了些。乱世嘛，哪儿顾得上这么多。但就算这样，这位姑娘也显得有点出格，一点没有避嫌的意思。而且她家里人好像也不以为意，这就更奇怪了。柳郎这个人本来就不老实，姑娘又长得这么漂亮，他当然就忍不住要去挑逗。捏捏手心啊，假装无意碰一下大腿啊，那姑娘也不生气，有时候甚至会浅笑一下。柳郎就想找机会成就好事，但不知道为什么，一到晚上他就困得不可遏制，沾枕头就睡，醒来的时候已经天光大亮。这能干成什么事儿呢？事后想来，那家人给柳郎准备的晚饭里多半有催眠药。

三天之后，他勉强能骑马，就告辞回家。等他再去找那家人，就再也找不到了。柳郎相当失落，倒不是因为他无法答谢人家，而是可惜自己错过一段艳遇。

但是艳遇自己来了。过了些天，那姑娘忽然来敲他家的门。她还是一身白衣，还是一团雪似的秀丽。姑娘说来看看他恢复得怎么样，但柳郎也不是傻子，当然知道怎么回事。当晚两人就睡在了一起。

据柳郎说，这姑娘肌肤滑腻，柔若无骨，让人荡然销魂，胜过他以前睡过的所有女子。她在床上也一点都不羞怯，甚至显得气定神闲。可她居然还是处女，这让柳郎大吃一惊。他从没想到处女对房事能如此从容。

这姑娘很怪。她有时黎明时分就会离开，有时也会在柳郎家待上一两天，但总是说来就来，说走就走，行踪飘忽不定。他问那姑娘，家里人是否知道你到这儿来，她回答得也很含糊。柳郎知道她不是普通姑娘，她的家也不是普通人家。

当然，她是只狐狸。我说到开头的时候，你们肯定就能猜到了。可柳郎过了很久才发现这件事，因为他以前压根不信什么妖狐鬼怪。但是再不信，天长日久也还是会有所察觉。比如姑娘走后，他在床上捡到过细软的白毛，像银子一样闪亮。比如她特别害怕自己养的那条黑色猎犬。那条猎犬每次看见她都会狺狺狂吠，想要挣脱链子冲上去。再比如他曾试图跟踪她，却总是在半路上迷失掉。

后来他直接问了姑娘。姑娘也没迟疑，爽快地承认自己是狐狸。几年前，她父亲曾经在北山被野狼追逐，差点被咬死。柳郎正好赶来，一箭射死了野狼。他只是打猎而已，并非想救狐狸，但不管怎么样也算是老狐狸的恩人。后来柳郎坠马，被老狐狸看到，就变成老头，把他接进家里照料。她一方面是感激柳郎，一方面也确实喜欢他，所以就有了这段姻缘。

柳郎问，你家的屋子也是变出来的吗?

姑娘说，是的，平时那是狐狸的巢穴。狐狸要变化也不那么容易，不管是把自己变成人，还是把狐狸窝变成房子，都要提前做一两个时辰的准备，而且这种变化最多持续一两天。所以他们才会每天晚上都让柳郎昏睡过去。他要是醒过来，发现自己睡在狐狸窝里，肯定会大吃一惊。

听上去这是不是一个老掉牙的故事？狐狸报恩啊，变化啊，睡觉啊，最后离别啊，内容都差不太多。但是这次的情形却截然不同。

柳郎听姑娘说完，就让她脱了衣服，认真打量她的身体。他仔细抚摸她的皮肤，还是那么滑腻，没有一点野兽的样子。他观察她身体的各个部位，也看不出有什么特异之处。但是等他用手摸索她臀部的时候，发现她的尾骨确实不太对头。人也有尾巴骨，可是这姑娘的尾骨似乎要长一点，而且节数也显得更多。

摸到后来，姑娘有点不高兴了，甩开他的手，缓步走到窗前。阳光照在她的裸身上，白得发亮，就像一幅漂亮的图画。她臀部顶着几案，双手交叉在胸前，若无其事地看着柳郎，脸上一点没有羞涩的表情。当然了，一只狐狸怎么会羞涩呢？柳郎欣赏了一会儿，朝她招了招手。两人相拥上床。他压在姑娘身上，酣畅淋漓地欢好一番。事后，姑娘俯卧在床上，柳郎若有所思地轻抚她的脊背，两人很长时间都没说话。

姑娘走了。临走的时候，她发现自己贴身的亵衣不见了，找了一圈也没有找到，只好算了。

她压根没想到，是柳郎偷偷把亵衣藏了起来。等她走了以后，柳郎召集了家里的仆人，又约了两个朋友。等到第二天黎明，他就跨上马，带队出发，随行的有四条猎狗，其中就有那条黑犬。

我说过，柳郎以前跟踪过这位姑娘，可半道上总会迷失掉。这次他顺着以前的方向走，一直走到跟丢的地方。然后他从怀里掏出亵衣，让四条猎犬嗅闻。猎犬在前面开路，他们跟在后面仔细搜索。猎犬一旦停下来，柳郎就会再让它们闻闻亵衣的味道。

他们搜了一个多时辰，终于找到了狐狸巢穴。猎犬冲着洞口狂吠，但里面一点声音都没有。柳郎早就准备好了木柴，就把它们堆在洞口闷烧。黑烟不断灌进洞口，但里面还是没反应。柳郎有点着急了。他害怕时间长了，狐狸们会作法变化。就这么僵持了大约一顿饭的时间，一群狐狸终于从里面出来了。

柳郎他们早就布置好了天罗地网。狗咬、箭射、棒打，还有埋在地上的捕兽器。十几只狐狸一只也没逃掉。五只小狐狸跑不快，全被棒子打死了。有一只黄狐狸看着最老，毛色已经发灰，也被一箭射翻在地。柳郎走过去，倒提脚爪，把它举了起来。老狐狸的肋部被血浸透了，无法动弹。它的两只眼睛恶毒地盯着柳郎，像是要扑上去咬死他。柳郎把它重重地摔在地上。

他最关心的是白狐。洞里确实跑出来一只白狐，刚钻出洞口，埋伏在旁边的黑犬就一口咬住它的脖颈，使劲朝四下甩动。白狐发出一阵惨嚎，四只脚爪疯狂地抽搐。柳郎赶紧冲上去，从狗嘴里夺下白狐。

柳郎举起白狐，和它对视了一阵儿。白狐真的很漂亮，不光毛皮光滑亮洁，作为一只狐狸，外形也算相当俊美。他想从白狐身上看出那位姑娘的痕迹，但确实有点想象不出来。它的眼神倒是很诡异，说不出是愤怒还是悲哀，但决不是一只畜生该有的神色。

柳郎不想弄坏毛皮，就用手把它扼死了。

狩猎大获全胜。狐狸肉太臊，没法吃。他们就把狐狸全都剥了皮。毛皮带了回去，肉身留给了猎狗处置。最漂亮的一张皮当然是那只白狐的。柳郎不想显得太小气，就表示要送给一位朋友。那朋友没好意思要，两人推托了一阵，柳郎最后还是留了下来。

他找裁缝把这张白狐皮做成了毛领，看上去非常华贵，穿起来也柔软暖和。还剩了点皮子，他就镶在了袍袖上。他经常轻抚皮子，体味那种奇特的手感，就像在摸某种活物一样。有时他还会把整张脸埋在上面，用力地闻，想从上面嗅到那姑娘的体味。可是没有用，皮子就是皮子，那姑娘的味道永远消失了。

他问我要不要看看白狐皮，我说不要。后来，我们两个再也没有提过有关狐狸的事情。

玄衣客人的故事讲完了。听故事的两个人久久没有说话。一时之间，只能听到风吹过树叶的簌簌抖动声。

过了好一阵儿，青袍客人开口了。他问："为什么？"

"什么为什么？"

"他为什么要这么做？"

玄衣客人说："我也问过他这个问题。他说自己也不知道。想这么做，就这么做了。"

方丈叹了口气，说："罪孽啊，罪孽啊。"

玄衣客人转头看向他，问："长老，你觉得他会遭报应吗？”

“阿弥陀佛。”方丈习惯性地说了一句。他思索片刻，说，“我佛确实有因果报应之说。但是因果这种事，相当奥妙，我们凡人不容易看透。说到这儿，我也听人讲过一个故事，不妨说给两位听听。这个故事反正我自己是想不清楚的。”

“也是狐狸吗？”

“不，是鬼。”方丈仰面望着月亮，慢慢地讲了起来，“我出家前是个读书人，考取过秀才，也想中举人，中进士，挣个科甲出身。后来看天下越来越乱，也就断了这个念头，削发为僧，一心礼佛。后来也是在这个庙里，我偶然遇到了当年读书时的一个朋友。他姓卢，我也不说他的名字了，就叫卢生吧。卢生走南闯北，算是见多识广。他在这个庙里待了几天，给我讲了不少怪异之事。其中有个故事让我印象特别深，这就讲给两位听听。”

鬼故事

当时卢生正在湖广一带游历。他这个人和我不一样，天性好动，在一个地方就待不住，再说他的职业本就是行商，好像是贩卖苎麻丝绸之类的东西。据他自己说，天下刚经过大乱，生意不好做，也只是勉强维持生计。那年夏天，他到了棘城。棘城不算大，城内有一万来人的样子。不过它是个水陆码头，也还算繁华。

卢生本来不打算在那里久留，但是他病倒了，在客栈里躺了好些天。等他身体彻底恢复，已经是七月中旬的样子，马上就到中元节了。他听客栈伙计说，这里的中元节很热闹，他反正也没什么急事，就索性等过了节再走。

中元节就是鬼节。他讲的是鬼故事，发生在这个日子当然很合理。据说在这一天，冥界的大门会打开，鬼魂可以自由出入人间。中元节是个人鬼混杂的日子。

当然，这只是传说。人们也未必真的相信，多半只是找个机会热闹热闹。可不知道为什么，棘城这里似乎格外重视中元节，办得很隆重。这天一大早，家家户户就在门口挂起了灯笼。还有的摆出稻草扎的假人，外面套上五颜六色的纸衣服，脖颈上挂着大串大串纸做的金元宝。到了下午，大家沿着街道两侧摆出了祭桌，上面堆放着各色供品，中间插着香烛，准备请鬼来享用。棘城的东西大道被清扫干净了，准备晚上的夜市。

等太阳落山，整个棘城都热闹起来，灯火通明，人头攒动，几乎挤挨不开。见此情形，卢生也觉得奇怪，因为他从没想过棘城有这么多人。几乎每个小巷里都有人烧纸钱，还有各种花里胡哨的纸马、纸车、纸房子，做得还相当精美，看来棘城人对此真是不惜物力。在几处空地上，还请了僧人放焰口。僧人头戴毗卢帽，摇着法铃，念诵咒语。沙弥们准备好了一盘盘的面桃，等仪式结束的时候“撒四方”。不过最热闹的地方还是夜市，几百家档铺一字排开，都在大声吆喝，兜售各种吃食和玩具，看上去真是一片太平景象。我虽然没亲眼见到，但光听卢生的描述，就十分向往。

卢生独自溜达了一阵，在十字街口找了家酒肆，想吃点东西再逛。酒肆里早就人满为患，他转悠了一圈也没找到位置。后来还是跑堂的领他上了二楼。靠窗的位置有个单身客人，跑堂的赔着笑过去商量，问能不能拼个桌。那客人是个青年人，长得很俊俏，穿着一身黑袍，上面绣着大团大团的白色牡丹花，在人群中相当醒目。他侧脸打量了一下卢生，问了句:“老兄是本地人?”

卢生说不是。

那青年笑了一下，冲卢生拱了拱手，表示欢迎。

卢生谢过后，在对面坐下，点了两个菜，一壶酒。点菜的时候，那客人一直在观察他，等跑堂的转身离开，他开口搭话说:“老兄也是一个人客居棘城?”

卢生说是的。

客人从袖里取出一枚铜钱，抛在了空中。等它落在桌面上的时候，他用手掩住了，让卢生猜一猜是字面还是背面。

卢生当然很奇怪，问为什么要猜这个。

客人说，就是猜一猜而已。

卢生觉得对方想拿自己开心，但看看神色却又不像，就随口说是字面。

客人挪开了手，铜钱上显出“崇祯通宝”四个字来。客人点了点头，说:“那看来今年就是老兄了。”还没等卢生想明白这句话是什么意思，客人就把话题岔开了，邀请卢生和自己一起喝几杯。

卢生本来就喜欢交际，何况这青年一表人才，风度翩翩，容易让人产生好感，两个人也就推杯换盏，聊了起来。这客人自称姓穆，就管他叫穆生吧。穆生似乎眼界很广，也有学问，讲起话来很有意思。但到底聊了些什么，卢生也记不太清了，因为后面发生的事情太让人吃惊，把前面的谈话都给冲掉了。

喝着喝着，穆生忽然停杯，一言不发地看着窗外。过了好一阵，他才回过头来，对卢生说："你知道今天晚上棘城里有多少人吗？"

卢生当然不知道。

穆生说："差不多有两万。"

这个数字不对。棘城人口只有一万上下，周围乡村就算有人进城过节，也不会太多，加起来决不会到两万。卢生向他指出了这一点，穆生却一脸严肃地说："其中有几千是鬼。"

卢生一脸愕然，说不出话来。

穆生往楼下指了指，说："你看到那个卖糖人的了吗？他正把糖人递给一个鬼。"

卢生顺着他指的方向看去，那里确实有个卖糖人的。一个十七八岁的姑娘正从他的手里接过糖人。卢生仔细看了看那姑娘，没看出有什么异样，脸色确实有点发青发白，但那个岁数的姑娘往往如此。

穆生又指点着说："你再看那个提着凤凰灯笼的孩子，也是个鬼。还有那个老妇人，手里拿着一个食盒。你知道食盒里是什么吗？是她自己的头骨。她怕弄丢了，无论去哪里都随身带着。"

卢生张大嘴巴，看着穆生，以为他疯了。

穆生看到他的表情，只是笑了笑，说："我没疯。你可能不信，但我说的都是实话。待会儿你就知道了。"

卢生觉得一阵阵地害怕，想起身离开，却又不敢。穆生给他斟了杯酒，说："你知道棘城前些年发生的事儿吗？"

卢生摇头说不知道。

穆生交叉起双手，支着下巴，似乎也陷入了回忆。他说："当时正是战乱最烈的时候，到处都是难民，还有流寇。棘城这里本来还好，不在流寇的行军路线上，算是一小块太平地界。后来一大批难民来了，有好几千人，男女老幼都有，但主要是壮年男人。总之，他们来到了棘城。棘城人对他们还不错，安排他们住在公廨里，在城外还搭了茅棚。也开了粥厂，当然吃不饱，但也勉强饿不死。棘城人这么干，也是怕他们生事，打算这么敷衍几天，就把他们打发走。棘城太小，确实也养不起这么多难民。

"但是这些难民不愿意走。好不容易有个落脚的地方，怎么舍得走？可是棘城不愿意收留他们，怎么办呢？

"想来想去，他们想出了一个好办法，就是把棘城人都杀光，自己住在这儿。

"然后他们就真的这么做了。难民里精壮汉子多，一路逃难，身上又带了不少武器，棘城人偏偏又没有防范。确实，没逃过难的人，往往不明白人是多么危险的东西。难民们做好了准备，然后忽然发难，把四个城门都关了，从南到北，从东到西，挨家挨户地杀了过去。他们怕棘城人跑出去，会找他们报复，所以干脆斩草除根。那一天，棘城里到处都是血，号哭声把鸟都给吓飞了。你看楼下的这条街道，挂着很多红灯笼，可当年，那些血把街道染得比灯笼更要红。

"杀了一天，然后又仔细搜了三天，把藏起来的人也都拖出来杀掉。到最后，棘城的人基本被杀光了。也有逃过一劫的，最多也就几十人吧，被杀掉的却有八九千。现在的棘城人都是当年的难民。当然，也有他们的后代。这些难民对这件事守口如瓶，十几岁往下的人不知道这件事，可岁数稍微大点的都知道。他们只是绝口不提，希望这件事彻底被人遗忘。

“棘城特别重视中元节。你知道为什么吗？就是因为这件事。他们还是害怕，想用中元节来安抚那些死掉的人的鬼魂。

“可是他们不知道，那些鬼魂真的来了，而且就在他们身边。只是这些鬼魂失掉了自己的相貌，所以他们认不出来而已。为什么会失掉相貌呢？因为鬼魂没有肉体，只能凭想象来造出自己的相貌。而这些怨鬼已经忘了生前的事情，也就忘记了自己原本的相貌。不然的话，这些棘城人怕是要吓死了吧。”

听到穆生说的这番话，卢生瞠目结舌，身上一阵阵发冷，也不知道该不该信他。穆生又望向窗外，指点起来：“你看那个卖炒栗子的老头，是不是挺慈眉善目？当年杀人的时候，可数他下手最狠。那个买栗子的女人，手里还扯着一个孩子，你看到了吗？她们都是被这老头杀死的。先砸死的孩子，就当着这女人的面。当然，那时候老头还没这么老，正年轻力壮呢。不过说来也怪，我发现每年这女人都会到老头儿这里买炒栗子，但买了也不吃。为什么呢？我觉得这些鬼还是模糊记得一点东西，只是他们自己不知道而已。所以，夜市里这么多店铺，这女人却不由自主，总是到老头儿这儿来。”

卢生终于忍耐不住，霍地站起身来，说:“你喝多了。”

穆生笑笑说:“那就不喝了。你陪我走走好吗？我会向你证明我说的不是瞎话。”

卢生其实最好还是赶紧走开，但是他没有。也许是好奇心太盛，也许是那个青年有种奇特的力量，总之卢生没有拒绝这个邀请。两人结了账，并肩走下酒楼，来到夜市。穆生在袖子里摸索片刻，掏出一枝红艳艳的花来，递给了卢生，说:“拿着它。谁盯着这朵花看，那就是鬼。”

卢生半信半疑地拿起这朵花，举在胸前。他们顺着人流朝前走，一路上，有人对这朵花视若无睹，也有人好奇地打量这朵花。这些人看完了花，还往往冲卢生微笑点头，像是在打招呼。

穆生也不说话，只是引着他向前走。棘城不大，没多久两人就到了东城门。今天是中元节，照例不关门。他们就穿过城门，来到外面的郊野。那里有条小河，很多人正在那里放河灯。一盏盏红色的灯漂在水面上，向下游缓缓游去。远远望着，就像是漂浮的红带子。

穆生看了一会儿河灯，说:“放河灯是为了普度冤魂野鬼，可是在冥河上，漂的不是灯，而是骸骨。”说完，他将眼光盯着卢生的胸口。卢生顺着目光低头望去，顿时吓得魂不附体。他手里擎着的并非鲜花，而是一根惨白的小臂骨。

卢生惊叫一声，将臂骨抛在地上。穆生俯身捡起臂骨，又揣回自己袖中，说:“现在你信了吗？”

卢生过了好半天才说出话来。他问穆生:“你到底是谁？”

穆生仰面望着天上的月亮，似乎也在思考这个问题。片刻后，他缓缓地说：“我就算是吹笛人吧。”说着，他从袖子里掏出一根笛子，大约两尺长，绿莹莹的，发出淡淡的幽光。卢生也不确定它是不是那根臂骨变的。

穆生做了个手势，示意他跟上来，然后朝东边的小山走去。卢生踉踉跄跄地跟在后面。山不高，有月光照着，两个人没用多长时间，就来到了山顶。从这里望去，小小的棘城尽在眼底。那里灯光明亮，照出了一条条纵横交错的亮线，就像一个棋盘。

穆生坐在一块石头上，愣愣地望着棘城，脸上的表情难以捉摸。过了一会儿，他回过神来，转头对卢生说：“我该怎么做呢？”

卢生不知道他什么意思。

穆生解释说：“是让过去的事情过去呢？还是让过去的事情被清算呢？”

卢生还是不明白。

穆生就问他：“你觉得棘城里这些人该不该受报应？”

卢生思考了片刻，说当然应该。

“可是谁来惩罚？”

卢生说，既然有鬼，当然就有阴司，阴司自然会给恶人报应。

穆生摇头叹息说：“为什么人间没有报应，阴间就该有？人做不到的事情，鬼为什么就能做到呢？这不过是生人的妄想罢了。”

卢生登时语塞，说不出话来。

穆生说：“你知道为什么我跟你讲这些吗？每年我都会找

一个人来，帮我回答这个我回答不了的问题。你不是棘城人，又猜对了那枚铜板，所以你就是我今年要找的人。”

卢生结结巴巴地问是什么问题。

穆生说：“有两个选择。我可以吹一支镇魂曲，这样的话，棘城的鬼魂会继续遗忘。过了今天晚上，他们会去他们该去的地方，不知道自己来自何方，不知道自己死于何事，不知道他们的仇人住着自己的房屋，用着自己的财产。他们不会知道，扼死自己孩子的那双手，正在用自己陪嫁来的铁锅翻炒栗子。他们也不会知道，劈杀自己妻子的那个人，正在自己购置的婚床上翻云覆雨。他们会懵懵懂懂地离开，去到暗无天日的地方。一年之后，他们再懵懵懂懂地回来，和那些仇人一起过中元节。棘城将安然无恙。世上不会有公道，但会有太平。

“或者，我也可以吹起惊魂曲。鬼魂们听到以后，会记起以前的事情，恢复生前的相貌。他们会想起当年的血。他们会认出对面的仇人。他们会扑上去，用手掐，用脚踢，用牙咬。他们会疯了一样地血洗这座小城。明天太阳升起的时候，棘城将没有一个活人。无论是当年杀人的难民，还是他们的后代，都会变成一具具尸体。鬼魂将会找回公道。杀人者受到惩罚，但是棘城没了未来。杀人者的孩子没做过什么坏事，也会跟着没了未来。

“我该吹起哪首曲子呢？我不知道，所以我会找一个人来帮我决定。现在我把这个权柄交给了你。你让我吹什么，我就吹什么。棘城的命运，就在你的唇间了。”

穆生将笛子放在口边，吹奏起来。笛声悠扬，在黑夜里传得很远。卢生不知道棘城里的人能不能听到。按照距离推算，多半听不到吧，但也许鬼是可以的。笛声像雪花一样飘落，堆在大地上。远处就是棘城，热烈的，红艳艳的，充满烟火气的小城。那里有糖人，有炒栗子，有不倒翁，有五颜六色的稻草玩偶，有推着铁环跑来跑去的孩子，也有几千个游荡的冤魂。

笛子的旋律游移不定，有时高亢，有时低回。卢生形容说，那有点像在河上飞来飞去的蜻蜓，一面向着天空，一面点着水面，在水与天之间试探着，不知归宿。

那个选择就卡在卢生的嗓子里，他看看穆生，又看看脚下的小城，说不出话来。穆生不停地吹，吹了又吹，仿佛没有停止的时候。他耐心地等着。夜还长，无论是鬼魂，还是他们，都有的是时间。

方丈停下不说了。讲这个故事花费了他太多精力，方丈长长喘了口气，垂下了眼睑。静静的夜里有风吹过，发出细微的声音，一时之间让人产生了幻觉，仿佛故事里的笛声就在远处缥缈地响起。

青袍客人说话了："那么，卢生最后到底怎么选的呢？"

"我问过他。他不肯说。"

"那么长老觉得呢？"

"我不知道。"

这时，玄衣客人接过了话头："吹笛人每年都会找一个人，让他来做决断，对吧？"

方丈点了点头："卢生确实是这么说的。"

“既然如此，事情就很清楚了。这些年来，每个人都选择了镇魂曲。否则的话，也就不会有这个故事了。”

“这话很有道理。”

“既然这样，卢生为什么例外呢？他当然也选了镇魂曲。跟太平比起来，公正算得了什么呢？人们口上说要公正，其实要的都是太平日子。”

“吹起惊魂曲也并不真的公正。”青袍客人插话了，“杀人者的孩子什么都没做，也会跟着死。这是报复而已，并非公正。”

“父债子偿，也没什么不公正。”

青袍客人摇头不语，但也不再争论。

方丈说：“这样选择也许最好，没人承担得起真正的公正。但是话说回来，不愿承担公正，也就必然会有不公正。因果相循，越缠越深，没有办法的事情。”他长叹一声，转过了话头，“夜深了，两位也早些安歇吧。”

“长老，等一等，”玄衣客人转头对青袍客人说，“我们都讲完了，老兄就没什么故事好讲吗？我觉得老兄应该是个很有些故事的人。”

青袍客人没有回答。他望着庭院的角落，皱着眉头，似乎在思忖着什么。一个小小的黑影在那里飘浮，说不清是花瓣还是蛾子。过了很长很长时间，长到他们都以为青袍客人不会再说话了，他却忽然开口了：“故事倒是有一个，不过有点古怪，我怕讲不清楚。而且，讲了这个故事以后，我可能就再也没有故事了。但是……”

他沉默片刻，接着说了下去：“故事是这样的。”

天人的故事

你讲了狐狸的故事，方丈讲了鬼故事，那么我来讲一个神的故事吧。其实也不是神，至少不是我们想象中的那种神。他们的肉身跟我们没多大区别，寿命长一些，但也不能长生不老。不过，他们的力量更强大。两位都读过《封神演义》之类的书吧？打个比方的话，他们能制造书里说的那种“法宝”。法宝可以让他们排山倒海，上天入地，甚至能从虚空中创造出东西来。这么看，他们跟神也没太大的区别，而且他们也住在天上，那我就叫他们“天人”吧。

天人怎么来的呢？在远古时候，比传说中的伏羲氏、轩辕氏都要早……总之在极其久远的过去，几乎所有人都拥有神一样的力量。然而灾难发生了。那是一场末日之战，就像佛经里所说的“大劫”，山崩地裂，烟云蔽日，无数人都死掉了。你们都经历过乱世，可是那次劫难更大，也更惨烈。整个世界都垮掉了。

垮掉之后，人们就有了分歧。有人觉得力量太大了并非好事。如果没有那些法宝，劫难也不会如此可怕。智慧乃是危险之物。人们不应当有文字，不应当有城镇，也不应当有邦国。有了这个，就有那个，就像一环扣一环的锁链，最后必然会走向劫难。于是他们放弃了智慧。就像你们的《道德经》里所说，绝圣弃智，民利百倍。他们也是这么想的。这些人弃绝了一切，回到了最粗糙、最原始的生活。

但也有人不同意。他们觉得智慧是好的，力量也是好的。这场灾难不过是一次偶然的偏差，以后小心点也就是了。于是，他们带着智慧和力量，飞上了天空。他们既然能从虚空中造出东西来，也就不那么需要大地了。就这样，他们成了天人。

凡人和天人就此分道扬镳。凡人住在洞穴和茅屋里，不想再回忆过去的事情。时光流逝，一代又一代。他们先是拒绝智慧，然后是忘掉智慧，最后他们连忘掉智慧这件事都忘掉了。他们以为世界一向如此，而且会永远如此。

天人呢？他们在云海之上建立了天国。那是一个美轮美奂的世界，金光灿烂，羽翼轻扬，比传说中的兜率宫更加辉煌。他们的身体也渐渐有了变化，肢体更纤细，动作更轻盈。在天上待久了总会是这样的。他们非常鄙视地面上的凡人，觉得那些人野蛮愚昧，跟猪狗没什么两样。不过，根据古老的禁忌，天人倒也不去打扰他们。

交流还是有的。天人偶尔会把一些罪犯放逐到大地上。也有极个别性子古怪的天人自愿到那里去。他们想猎奇，想怀旧，或者打算享受一下被膜拜的感觉。是啊，凡人是膜拜天人的。他们早就忘掉了当年的末日之战，也忘掉了当年的分道扬镳。他们觉得天人是天帝派来的神使，天人也就无可无不可地用这套说辞来糊弄他们。

飞回大地的天人受到很多限制。他们只能携带很有限的几样法宝，也不许向凡人教授任何知识，灌输任何想法。这是古老的禁忌。自凡人与天人分离起，就有这个禁忌了。

天人幸福吗？按理说他们应该幸福，但实际上并非如此。说到底，天人也是人，而人是不会真正幸福的。他们的法宝越来越多，力量越来越强，但是他们并不幸福，而且渐渐仇恨彼此。也许仇恨会导致不幸福，也许是不幸福导致仇恨，到底怎么回事，我也不知道。有人说仇恨源于争抢，这个说法不对。天人只要肯花心思，不用争抢也能得到想要的东西。

我想他们就像那个柳生吧，自己也不知道为什么会产生恶意。一旦有了恶意，因果就开始起作用了。所谓公平和不公平，就是追逐自己尾巴的猫。水流汹涌，哪一滴水是因，哪一滴水又是果，我分辨不出。但总之，天人的黄金时代结束了。

天人分裂，战乱开始。《封神演义》里有很多神魔打仗的故事，天人之战大致也就是那个样子。星空间法宝纷飞，烈焰飞腾，就连地面上的人也能看到那些死灭之光。差不多也就在这个时候，天地间的交流断掉了，据说凡人发起了“绝地天通”，毁掉了天人建立的标识。但在一片混乱里，天人根本不关心这件事。大家自顾不暇，谁也顾不上滞留在地面上的天人了。

有些法宝可以进攻，有些法宝可以拿来防御，进攻和防御势均力敌，天人的战争也就陷入僵局。所以，当天人制造出终极法宝的时候，他们是何等的欢欣啊。星空震动，天界沸腾，天人觉得战争终于要结束了。这种终极法宝的威力超乎想象，没有任何东西可以抗衡。我不知道该怎么描述它，打个比方的话，有点像《封神演义》里的太极图。它可以穿透一切防御，把有形之物彻底抹掉，变成虚空混沌。

它终结了眼前的战争。敌人的身体化为星尘，他们的天城化为乌有，拥有终极法宝的天人获胜了。他们以为自己会开启一个新的黄金时代。可是他们错了。因果的河流无法截断，敌人永远存在。他们消灭了旧敌人，就会出现新敌人。只是这次情况不同了，战斗的双方都拥有终极法宝。

最终证明一切都是梦幻。一旦有了无法防御的终极法宝，不光黄金时代结束了，所有的时代也都结束了。那些为终极法宝而欢呼的天人们，其实是在为自己的死亡欢呼。天界迎来了自己的末日之战。天国崩塌，星桥断裂，天人们像秋风中的花朵一样，纷纷凋谢。

当然没有全都死掉。极少数天人在最后的日子里，登上云翼之车，逃往星空深处。他们希望能在那里找到一个新家园，可是没有。星空太过浩渺空虚，没有他们的栖身之所。有个天人想要折返。可是云翼之车里的其他天人并不同意。那场末日浩劫太过恐怖，逃亡者也不知道后来还发生了什么。他们宁肯永远在星空流浪，也不愿回到修罗场。

于是，在云翼之车里发生了一些事。大家都死了，只剩下了那个要折返的天人。有什么可说的呢？无非是狼蛛般的互相残杀。我不说你们也能想象出来。

这位天人孤独地折返。可他为什么要折返呢？说起来还是有所牵挂。但是这种牵挂经不起推敲。当初逃亡的时候，他并没有因为牵挂而留下。他想都没想，就抓住了最后一个机会，跳上云翼之车。只是在黑暗无边的星空里，在无日无夜的孤独里，牵挂才重新揪住了他。

但他注定找不回自己的牵挂。云翼之车也是难以描述之物。我们都知道“天上一日，地上一年”的说法。在天国里并非如此，可在云翼之车里，时光确实变慢了。它飞了三年，可在天国和大地上，时间已经过去了三千多年。

天人知道吗？天人当然知道。那他为什么还要回去呢？我也说不清。可能还是孤独吧，孤独像是一条毒蛇缠绕着他，像是一头猛虎啃噬着他。后来，我在书里读到过一句话，说是“狐死首丘”，就忽然明白了那个天人的心情。

可是他的狐丘已经不存在了。终极法宝的力量太过强大，云海上一片空空荡荡，连天国的遗迹都无处找寻。什么都没有了，连一点渣滓都没剩下，那场战斗竟是如此彻底。

天人在云海上游荡了两年。从那里，他能够察觉到地面上发生了什么。三千多年前他离开的时候，那里还是一片荒蛮，现在却有了城镇和文字，有了皇帝和王朝。凡人为什么改变念头了呢？天人也搞不清楚是怎么回事。他学会了凡人的语言文字。对于天人来说，这并不难。可他学得越多，越觉得这些人不过是在重复以前的循环。

在云海之上，他陷入了更大的孤独，比星空流浪的时候更孤独。他在噩梦里一次次惊醒，大汗淋漓。他用头去撞墙壁，用刀在臂膀上划出伤口。他驾驶着云翼之车追逐夕阳。那个火球永远悬在他面前，一片血红，永不落下，也永不升起，只是默默地闷烧着，就像他的孤独一样。他变得厌世，也厌己。

他觉得，这一切有什么意思呢？就像凡人下的围棋。黑子，白子，白子，黑子，变着花样地摆来摆去，也无非纵横十九条线，三百六十一个点。等摆到山穷水尽的地步，就把棋子收回小盒里，好像它们从未落在棋盘上一样。一切都是虚空。天人能从虚空中变出东西，并不是因为本领大，而是因为万物的本质正是虚空。这么看问题当然很不对头，但是他被这些念头缠住了。

最后他被孤独逼得快发狂了，就飞到了地面上，和凡人混在了一起。结果很不巧，他见到了这次鼎革的大动乱。杀人，强暴，劫掠，围城，人相食。他更加困惑，这些人为什么要活这么一遭呢？当然，事情并不总是这样，我们也有太平年景，但是天人亲眼看到的就是这些。他看得越多，越觉得这世界是个大错误。他确信这些人走的路，无非是通往另一场末日之战而已。妄念滋生妄念，痛苦繁衍痛苦，一代代的心在黑暗里摸索，摸索出的依旧是黑暗。波浪汹涌，浪生浪灭，但苦海的汁液却不增减。总归是一次次灭绝，那还不如彻底结束，苦海也就和大家再不相干。

而且，说到底，他深深地憎恶这些人，就像憎恶自己一样。

于是，他生出了两个念头：自裁，或者灭世。

对于天人来说，灭世并不困难。云翼之车里就有灭世的器具。不，不，倒不是什么天崩地裂的武器。只需要一个小钵，里面有些肉眼看不到的东西，但是凡人完全无法抵抗。而且这些小东西会增殖得极快，散布到整个世界，灭绝所有的凡人。

天人不知道该听从哪个念头。他想了又想，还是一片茫然，最后他想到了鹿隐之野。

长老，你的庙就在鹿隐之野旁边，可你知道鹿隐之野是什么吗？它就是远古时代末日之战打响的地方。那次末日之战后，凡人和天人才分道扬镳。天人从小就听说过这段故事，可是凡人却没有。可即便如此，他们也模模糊糊觉得这里有问题。鹿隐之野很美，有丛林，有溪谷，还有一望无际的花海，可是周围还是很荒凉，也没有多少人到这里游玩。长老你想过这个问题吗？以前这里比较隐蔽，如今山路已经开通，可大家还是不愿意来。为什么呢？我猜想，鹿隐之野让他们不安。他们也不知道为什么，但就是不安。

你肯定去过鹿隐之野，难道没发觉那里有点怪吗？鹿隐之野的东西不太对头。那里的花跟外面的不太一样，动物也有点不一样。推想起来，还是跟那场末日之战有关。

总之，这位天人去了鹿隐之野。

他要在荒野里做出决断。如果选择灭世的话，鹿隐之野当然是最合适的地方。上一次末日之战从这里开始，最后一次也从这里开始吧。苦海波涛大作后会永远沉寂。灭世后再无灭世。

天人在鹿隐之野游荡了好几天。他像是被黑兽追逐着，整个身心都不太正常。他看到了很多诡异的画面，有流血的天幕，有涂着金粉跳舞的精灵，有悬挂在杆头的尸体，有青碧色的鬼火，有落也落不完的桃花。是在做梦呢，还是睁着眼陷入了幻觉呢。他还见到了一头鹿，伏在草丛里，静静地望着自己，眼睛湿漉漉的。是在做梦呢，还是陷入了幻觉呢……或者压根就是鹿隐之野在诱惑自己？这位天人也分辨不出。

他拿出小钵，又收起来；然后又拿出来，又收起。他立在选择的锋刃上，摇摆了好几天，那颗心已经被刀锋割得鲜血淋漓了。

如果不是看到那块石头，他可能还是会打开小钵的吧。

但他还是看到了。石头就埋在花海深处，上面刻着几行字，歪歪斜斜的，像是用左手写的。字是秦朝的小篆，已经有些漫漶不清，想来有将近两千年了吧。天人学过这种文字，但不熟练。他吃力地一个字一个字地读着。等他读完，感到周围渐渐变得分明起来。

天人不知道是谁留下的这几行字，但决不会是另一位天人，而必定是位凡人。这个凡人要去做一件事。他把起因和过程都写了下来。到底是什么事呢？其实时过境迁以后，也没什么特别重要的。但不知为什么，天人还是被打动了。他战栗地读着，一直读到最后几句话：“天地不仁，今我隳肢体以为天地存仁；万民刍狗，今我抉双目以明民非刍狗。若能猎鲛屠龙，齐物均生，虽死何恨。”

天人面对这块石头，在荒野上坐了很长时间。他后来终于想通了，自己无权灭世，否则就是抹杀了别人的努力，而那努力是用性命做代价的。即便宿命避无可避，这种努力也是真实的。

天人为自己感到羞耻。他自以为有灭世之力，便可以去灭世，好像自己是真的神明。可留下这几行字的人，比自己更像神明。他咒诅这苦海，但自己又做了什么呢？在云翼之车里，那些天人又是怎么死的呢？他自己就是苦海中的一个浪头，他的狂妄就是被苦海毒液凝聚的一团泡沫。看到这块石头，他觉得凡人未必会再次灭世。而且即便真的灭世，那也是凡人的机缘。他又怎能用自己的污秽去污秽这世界呢?

既然世间有过这样的凡人，那么它便有再试一次的权利。

天人收起小钵，走出了鹿隐之野。他放弃了灭世的念头，但是自裁的念头还纠缠着他。他也不知道自己该去向何方，于是漫无目的地随意游荡。这时下起了雨，他就进到一个寺庙里避雨。雨越下越大，天人也没有办法离开。寺里的方丈很和善，邀请他在庙里留宿一晚。反正他也无处可去，就同意了。

吃了晚斋之后，他和方丈，还有另外一位客人，坐在庭院里喝茶聊天。客人和方丈各自讲了一个故事，一个是关于狐妖的，一个是关于鬼魂的。轮到天人讲了，他本想随便讲个听来的故事敷衍敷衍，但不知为什么，他忽然起了一股冲动，讲出了自己的故事。也许是因为这是他能讲的最后一个故事吧。

好吧，我的故事讲完了。你们想要看看那个小钵吗?

全书完

鹿隐之野

作者 _ 押沙龙

产品经理 _ 来佳音　装帧设计 _ 何月婷

技术编辑 _ 陈杰　责任印制 _ 刘淼　策划人 _ 曹俊然

营销团队 _ 杨喆　秦思　闫冠宇

果麦

www.guomai.cn

以　微　小　的　力　量　推　动　文　明

图书在版编目（CIP）数据

鹿隐之野 / 押沙龙著． -- 沈阳 ： 万卷出版有限责任公司， 2024.5（2024.7 重印）
ISBN 978-7-5470-6514-3

Ⅰ．①鹿… Ⅱ．①押… Ⅲ．①短篇小说－小说集－中国－当代 Ⅳ．①I247.7

中国国家版本馆 CIP 数据核字（2024）第 083813 号

出 品 人：王维良
出版发行：北方联合出版传媒（集团）股份有限公司
万卷出版有限责任公司
（地址：沈阳市和平区十一纬路 29 号　邮编：110003）
印 刷 者：天津丰富彩艺印刷有限公司
经 销 者：全国新华书店
幅面尺寸：140mm×200mm
字　　数：250 千字
印　　张：9.25
出版时间：2024 年 5 月第 1 版
印刷时间：2024 年 7 月第 2 次印刷
责任编辑：胡　利
责任校对：张　莹
装帧设计：何月婷
ISBN 978-7-5470-6514-3
定　　价：49.80 元
联系电话：024-23284090
传　　真：024-23284448